위대한 개츠비

옮긴이 **방대수**

대구에서 출생하여 서울대 국문과와 동 대학원을 졸업했다. 경향신문, 조선일보, 중앙일보, 문화일보 기자를 역임했다. 번역서로『사람은 무엇으로 사는가』가 있으며, 다양한 문화 체험을 위해 국내외를 여행하며 책 읽기와 글쓰기의 나날을 보내고 있다.

위대한 개츠비

개정판 1쇄 2017년 1월 9일
지은이 F. 스콧 피츠제럴드
옮긴이 방대수
펴낸이 김영재
펴낸곳 책만드는집

주소 서울 마포구 양화로3길 99 4층 (04022)
전화 3142-1585·6
팩스 336-8908
전자우편 chaekjip@naver.com
출판등록 1994년 1월 13일 제10-927호

* 잘못 만들어진 책은 구입하신 서점에서 교환해드립니다.

ISBN 978-89-7944-592-3 (04800)
ISBN 978-89-7944-591-6 (세트)

이 도서의 국립중앙도서관 출판사도서목록(CIP)은 e-CIP
홈페이지(http://www.nl.go.kr/cip.php)에서 이용하실 수 있습니다.
(CIP제어번호 : CIP2016031747)

The Great
Gatsby

위대한 개츠비

F. 스콧 피츠제럴드 지음 · 방대수 옮김

책만드는집

차 례

1

내가 지금보다 더 어리고 마음이 여린 청년이었을 때, 아버지가 늘 하시던 말씀을, 두고두고 마음속으로 되새겨보곤 한다.

「사람들에 대해 이런저런 평가를 하고 싶을 때는 너의 좋은 면을 다른 사람들도 다 갖고 있는 건 아니라는 것, 이 사실을 잊어서는 안 된다」라고 말씀하셨다.

아버지는 그 이상 아무 말씀이 없었지만, 아버지와 나는 언제나 말이 없어도 서로의 뜻이 지나치다 싶을 정도로 잘 통했기 때문에, 그런 침묵 속에는 더 깊은 의미가 담겨 있음을 알 수 있었다. 그 때문에 나는 모든 일에 있어서 누군가를 쉽게 평가한다든지 비판하지 않게 되었다. 그리고 이것이 몸에 밴 덕분에 괴팍한 성격을 가진 사람들도 많이 만났고, 능구렁이 같은 귀찮은 존재들 때문에 아주 난처한 적도 있었다. 나처럼 평범한 사람에게도 이런 면이 있다는 것을 알게 되자, 그 괴팍한 성격의 소유자들은 곧 냄새를 맡고 들러붙는 것이다.

그래서 대학 시절 나는, 책략가라고 손가락질당하는 부당한 대접을 받기도 했는데, 그것은 잘 알지도 못하는 사람들이 털어놓는 속 얘기를 묵묵히 들어주곤 했기 때문이다. 그러나 사

람들의 신뢰를 얻으려는 생각은 조금도 없었다. 그 사람들이 슬쩍 다가와 친한 척하면서 뭔가 털어놓으려고 하면 나는 자는 척을 하거나, 딴생각을 하며 일부러 심통맞게 대하곤 한다. 왜냐하면 사람들이 친한 척하며 털어놓는 비밀이란 것들이, 아니 비단 그것이 아니더라도 비밀을 고백할 때 사용하는 말투라는 것이, 대체로 어디선가 도용해 온 것으로 무언가 숨기는 듯하고 왜곡되어 있어 진실이 아님이 확실하기 때문이다. 판단을 유보하는 것은 무한한 희망을 품는 것과도 같다. 아버지가 김깃 점잔을 빼며 말씀하신 것, 나 또한 점잔을 빼며 되풀이하곤 하는 것은 결국, 본래의 심성이란 사람마다 제각기 타고나는 것으로 누구나 다 같은 것은 아니라는 것이다. 깜박 이 사실을 잊고 있으면 뭔가 잃어버린 것 같은 생각에 지금도 좀 두려울 정도다.

그런데 이렇게 나의 관대한 행동을 자랑했지만, 나의 관대함에도 한계가 있다는 것은 나로서도 인정하지 않을 수 없다. 인간의 행위는 바위처럼 단단한 것에 바탕을 둘 수도 있고, 그 토대가 축축하고 무른 습지일 수도 있다. 그러나 어떤 한계를 넘어서면 그 토대가 무엇이든 상관이 없어진다. 작년 가을, 동부에서 돌아왔을 때 나는 세상 사람들이 모두 제복을 입고 이른바 도덕이라는 점에 있어서 영원히 차렷 자세를 취해줬으면 하고 생각했다. 마치 무슨 특권이라도 있는 것처럼 인간의 마음속을 슬쩍 엿본다든지 하는 시끄러운 여행은 정말 하고 싶지 않았다.

단, 이 책의 제목인 개츠비, 내가 마음속으로 경멸하고 있던 것을 하나에서 열까지 지니고 있었던 남자, 이 개츠비만은 예외였다. 나는 그에게 강하게 이끌렸다. 만약 사람의 이목을 끄는 멋진 행동이나 분위기가 타고나는 것이라면 그가 바로 그러했다. 그의 주변에는 뭔가 호화스러운 분위기가 감돌았고, 삶에 대한 예리한 통찰력을 지니고 있어, 지구 끝에서 일어난 지진도 감지할 수 있는 아주 정교한 기계와 연결되어 있는 것 같았다. 이 감각은 〈창조적 기질〉이라는 거창한 이름의 빈약한 감수성과는 아무 관계가 없는 것이었다. 즉, 그것은 끝까지 희망을 버리지 않는 탁월한 재능이었다. 삶에 대한 낭만적인 자세로서 일찍이 어떤 사람에게서도 볼 수 없었던 것이고, 또 두 번 다시 볼 수 없을 것이다. 정말 그럴 것이다. 결국 개츠비는 옳았다. 슬픔은 도중에 사라져버리고 모두가 숨이 차도록 의기양양해 있는 속에서 내가 잠시 무관심했던 것은 개츠비를 먹이 삼는 것이 싫었기 때문이다. 그가 품고 있었던 꿈의 궤도에 더러운 먼지가 일었기 때문이다.

우리 집안은 삼대에 걸쳐 이 중서부의 도시에서 살아온, 잘 알려진 부유한 집안이었다. 거의 한 부족 같은 캐러웨이 가문은 버클류 공작의 후예라는 말도 있지만, 실제로 우리 가문을 일으킨 것은 할아버지의 형님이었다. 그는 1851년에 이곳으로 와서, 남북전쟁에는 사람을 사서 대신 보내고, 철물 도매상을 시작했는데 지금은

아버지가 그 점포를 경영하고 있다. 나는 이 큰할아버지를 본적이 없지만, 다들 내가 큰할아버지와 많이 닮았다고 한다. 아버지의 사무실에 걸려 있는 좀 고집 세 보이는 초상화와 꼭 닮았다는 것이다.

나는 아버지보다 꼭 25년 늦은, 1915년에 뉴헤이번대학(예일대학)을 졸업했다. 그리고 곧 그 유명한 제1차 세계대전이라는 독일군과의 싸움에 참가하게 되었다. 서로 치고받는 싸움의 양상이 너무나 재미있어서 제대 후에도 내내 마음이 들떠 있었다. 중서부는 이제 활기친 세계의 중심이 아니라, 우주의 한쪽 구석에 숨어 있는 초라한 변두리 같았다. 그래서 동부 쪽으로 가서 증권 공부를 하기로 마음먹었다. 내가 알고 있는 사람들은 모두 증권 관련 일을 하고 있었기 때문에, 내가 일할 자리쯤은 있을 거라 생각했던 것이다. 친척 어른들은 모두 나를 위해 예비 학교라도 골라주듯이 의논을 했고, 결국 자못 심각하면서도 좀 망설이는 듯한 표정으로 「뭐, 괜찮겠지」라고 결론을 내렸다. 아버지는 1년 동안 재정적인 지원을 해줄 것을 약속하셨다.

여러 가지 일로 시간이 많이 걸렸지만 22살이 되던 봄, 나는 아주 머물러 살 작정으로 동부로 왔다. 우선 가장 급한 문제로 시내에 방을 구해야 했다. 따뜻한 계절인 데다 시골을 떠난 지 얼마 되지 않아, 넓은 잔디밭과 무성한 수풀이 그리웠기 때문에, 사무실에 있는 한 청년이 정기적으로 출퇴근할 수 있는 시골에 집을 구해 같이 기거하지 않겠느냐는 말을 꺼냈을 때는 구세주를 만난 기분이었다. 그는 비바람에 닳고 닳은 낡은 판

자때기로 만든 방갈로풍의 월세 80달러짜리 집을 하나 찾아냈다. 그런데 막상 입주할 때가 되자 그가 워싱턴으로 전근을 가는 바람에 나 혼자 그 시골로 가게 되었다. 그 집에서는 개를 한 마리 키웠는데 얼마 있다가 도망가 버렸다. 그리고 중고차를 한 대 구입하고, 핀란드 여자를 가정부로 고용했다. 그녀는 내 잠자리를 돌봐주고 아침밥도 만들어주었다. 그리고 난롯가에 웅크리고 앉아 핀란드 속담을 중얼거리곤 했다. 하루 이틀 외롭게 지내던 차에 어느 날 아침, 나보다 늦게 이쪽으로 이사 온 남자가 길가에서 나를 불러 세웠다.

「웨스트 에그 시내로 가려면 어떻게 가야 하지요?」

그는 난처한 표정으로 물었다.

나는 그에게 길을 알려주고 계속 걸어갔는데, 그때부터는 더 이상 외롭다는 생각이 들지 않았다. 나는 길 안내자이자 미지의 개척자이며 원주민인 것이다. 그 남자는 나에게 자연스럽게 이웃의 정을 가르쳐준 것이다. 햇빛과 함께 나뭇가지에 붙어 있는 잎들이 순식간에 커져 무성한 숲을 이루는 것을 보고, 여름과 함께 생명이 다시 용솟음치는 것을 확연히 느낄 수 있었다.

나는 읽어야 할 책도 많았고, 또 신선한 공기를 마시며 심신도 다져야 했다. 은행 업무나 신용, 투자 증권 등에 관한 책을 12권 정도 샀다. 빨간색이나 금색으로 장정된 책들은 조폐국에서 막 찍어낸 빳빳한 새 돈처럼 책장에 꽂혀 있었다. 미다스나 모건(미국의 대은행가), 마에케나스(로마의 정치가)만이 알고 있는 훌륭한 비결을 책장에 꽂혀 있는 책들이 곧 밝혀줄 것이

위대한 개츠비

다. 뿐만 아니라 다른 책도 많이 읽으려는 꽤 높은 이상을 갖고 있었다. 대학 시절 글을 좀 쓰는 편이었던 나는 1년간 〈예일 뉴스〉지에 진지하면서도 알기 쉬운 논설을 기고하기도 했다. 지금 또, 그러한 것을 생활 속에 불러들여 전문가 중에서도 몇 안 되는 균형 있는 글을 쓰는 사람이 다시 한번 돼보고 싶었다. 이 균형 있는 글을 쓰는 사람은 단순한 모토가 아니었다. 요컨대 인생은 단지 하나의 창을 통해서만 보면 아주 쉽게 성공할 수 있을 것처럼 보이는 것이다.

내가 북미에서, 그것도 가장 별난 지역 중의 하나에 집을 빌리게 된 것은 우연한 일이었다. 그 집은 뉴욕의 동쪽에 뻗어 있는 좁다랗고 시끌벅적한 섬, 롱아일랜드에 있었다. 그곳에는 신기한 자연현상 중에서도 특히 별난 두 가지 지형이 있다. 뉴욕에서 20마일 떨어진 곳에 똑같은 윤곽을 지닌 한 쌍의 커다란 달걀 모양의 지형이, 만灣이라고 하기에는 뭐한 협소한 만에 의해 분리되어 있었는데, 서반구에서 가장 잘 개발된 해수역, 즉 롱아일랜드 해협이라는 커다란 헛간의 앞마당에 툭 던져진 것처럼 튀어나와 있다. 완전한 계란형은 아니지만 콜럼버스의 이야기에 나오는 계란처럼 둘 다 맞닿은 끝 부분이 납작하게 눌려 있었다. 이것들의 생김새는 너무나 닮아서 하늘을 나는 갈매기들도 경탄을 금치 못할 것이다. 하지만 더욱 놀라운 것은 모양과 크기 외에는 아무리 보아도 전혀 같지 않다는 것이고, 이것이야말로 날개 없는 지상의 우리에게 있어서 더욱 흥미를 불러일으키는 현상이다.

　나는 웨스트 에그에 살았는데 그곳은 둘 중에서 덜 화려한 쪽이었다. 이러한 표현은 양쪽의 이상야릇한 대조를 나타내는 형용사로서는 가장 피상적인 것이기는 하지만 말이다. 내가 사는 집은 해협에서 50야드밖에 떨어져 있지 않은 계란형의 위쪽 끝에 있었고, 게다가 한 철에 1만 2천 달러 내지 1만 5천 달러를 주고 빌리는, 거대한 두 저택 사이에 끼어 있었다. 오른쪽에 있는 저택은 어느 면으로 보나 거대했다. 노르망디의 시청을 그대로 본뜬 것으로 한쪽에는 마냥 자라게 내버려 둔 수염과도 같은 담쟁이덩굴로 덮여 있었고, 새로 세운 탑이 있으며 대리석으로 만들어진 수영장과 40에이커가 넘는 넓은 잔디와 정원이 있었다. 그것은 개츠비의 저택이었다. 아니 그때 나는 개츠비 씨를 몰랐으니까, 그냥 어떤 신사가 살고 있는 저택이라고 해야 할 것이다. 내가 살고 있는 집은 초라해 보였지만 작아서 잘 눈에 띄지 않았다. 또 그 저택보다 위쪽에 있어서 바다도 바라다보이고 이웃의 넓은 잔디의 일부도 볼 수 있었으며 백만장자와 가까이 있다는 위안도 가져볼 수 있었다. 게다가 이 모든 것이 월 80달러로 가능했던 것이다.

　만이라고 할 수도 없는 좁은 만의 반대편에는 화려한 이스트 에그의 하얀 저택들이 해변을 따라 번쩍번쩍 빛을 발하고 있었다. 내가 그곳에 차를 몰고 가 톰 뷰캐넌 부부와 저녁을 함께한 그날 밤부터, 사실은 그 여름의 사건이 시작된 것이다. 데이지는, 나와는 육촌 간이었고 톰은 대학 시절의 친구였다. 전쟁 직후, 나는 시카고에서 이틀간 그들과 함께 지낸 적도 있었다.

데이지의 남편은 다양한 스포츠를 즐겼는데, 특히 뉴헤이번의 풋볼 선수로서는 가장 중요한 역할을 한 사람이었다. 어떤 의미에서는 국민적 영웅이라고도 할 수 있었다. 스물한 살의 젊은 나이에 이미 좁은 문을 뚫고 대단한 지위에 올라서 그런지 그 후에는 어떤 일이든 툭하면 용두사미로 끝나버리고 마는 그런 타입의 남자였다. 그의 집안은 굉장한 부자였다. 학창 시절에도 돈을 물 쓰듯이 해서 욕을 먹었다. 그가 시카고를 떠나 동부로 옮겨 왔을 때 그날의 광경 또한 입이 딱 벌어질 정도였다. 글쎄, 폴로 경기용 작은 말 한 떼를 레이크 포레스트에서 떼로 몰고 온 것이다. 내 나이에 벌써 그 정도로 갑부라니, 도저히 믿어지지 않았다.

그런데 그들이 왜 동부로 왔는지 나는 모른다. 톰과 데이지는 이렇다 할 특별한 이유도 없이 프랑스의 여기저기에서 1년을 지냈다. 그 후 갑부들이 모여서 폴로를 하고 있는 곳이라면 닥치는 대로 어디든지 허겁지겁 찾아다녔다. 이번 이사를 끝으로 이제 다시는 옮겨 다니지 않을 거라고 데이지가 전화로 말했지만 믿을 수 없는 일이었다. 데이지의 마음속까지 꿰뚫어 볼 수는 없지만 톰은 옛 풋볼 시합의 극적인 열광을 그리워하며 영원히 방황을 계속할 것 같았다.

산들바람이 부는 어느 후텁지근한 날 저녁, 차를 몰고 이스트 에그로 이 옛 친구를 찾아가긴 했지만 사실 이 둘에 관해 나는 거의 아는 것이 없다. 집은 생각보다 더 멋있었다. 화려하게 홍백색으로 칠한 조지 왕조 식민지 시대의 저택이 만을 내려다보며 우뚝 솟아 있었다. 그리고 널찍한 잔디가 해변에

위대한 개츠비

서부터 마치 달음박질하듯 현관까지 25마일
씩이나 뻗어 있었다. 잔디는 사이사이에
해시계와 벽돌이 깔린 보도와 태양빛에
불타는 듯한 정원을 뛰어넘고, 마지막으
로 집 앞까지 달려와 거기에서도 도저히
멈출 수 없다는 듯이 벽까지 기어 올라가
아름다운 덩굴을 이루고 있었다. 집 앞면에는
프랑스풍의 창들이 쭉 늘어서 있었고, 오후의 뜨
거운 비림이 불어내는 밖을 향해 활짝 열려 있는 창은 금빛으
로 빛나고 있었다.

　현관 앞에는 승마복 차림의 톰 뷰캐넌이 두 다리를 벌리고
서 있었다. 그는 뉴헤이번 시절과는 많이 달라져 있었다. 이제
는 연노랑 머리카락의 건장한 30대 남자였다. 말투는 거칠고
좀 점잔을 빼는 태도에다 거만한 표정의 눈빛이 마치 무언가
를 얻기 위해 계속 앞만 보고 달려가는 듯한 느낌이었다. 아무
리 여성스러운 승마복을 입고 있어도 힘이 넘치는 건장한 육
체를 감출 수는 없었고 광택이 나는 부츠가 부풀어 올라 상단
의 끈이 팽팽해져 있었다. 얇은 셔츠 밑으로는 어깨가 움직일
때마다 육중한 근육이 꿈틀거렸다. 약간 쉰 목소리로 퉁명스
럽게 말하는 어조가, 듣고 있으면 아주 깐깐한 사람이라는 인
상을 강하게 풍겼다. 어떤 사람이 됐든 마치 근엄한 아버지가
훈계하는 듯한 어조로 말을 건넸다. 그래서 뉴헤이번에서는
그러한 그의 거만한 태도를 싫어하는 사람들이 많았다.

　「여러 가지 문제에 대해 내가 말한 의견들이 최종적인 결론

이라고는 생각하지 마. 내가 너보다 힘이 세다고 해서, 훨씬 남자답다고 해서, 그렇게 생각하지 말란 말이야.」

꼭 이렇게 말하고 있는 것 같았다.

그와 나는 4학년 때, 같은 모임에 있었는데 한 번도 친하게 지낸 적이 없었다. 그래도 내 존재는 의식하고 있었던 것 같다. 〈나는 나 나름대로의 거만한 태도를 바꿀 수는 없다. 그래도 네가 나를 좋아해주었으면 좋겠다〉라는 인상을 항상 받고 있었으니까.

우리는 햇빛이 비치는 현관 앞에서 잠시 얘기를 나누었다.

「여기는 참 좋은 곳이야.」

주위를 두리번거리며 그가 말했다.

그러고는 한쪽 팔을 들어 내 몸을 잡고 살짝 돌리더니, 그 넓적한 손을 움직이며 집 앞의 경치를 쭉 가리켜 보였다. 손으로 가리킨 경치 속에는 지면보다 낮게 만든 이태리식 정원과 반 에이커 정도 심어놓은 짙은 색의 가시 돋친 장미, 앞바다에서 파도에 부딪히며 들썩대는 매부리코 모양의 모터보트 등이 보였다.

「이 집은 석유 사업을 하는 드메인의 것이었어」라고 말하고는 내 몸을 또 살짝 돌렸다. 「안으로 들어가자.」

천장이 높은 현관을 지나자 밝은 장밋빛 응접실이 나왔는데, 그 양끝은 세련된 프랑스식 창으로 둘러싸여 있었다. 창은 약간 열려 있어서 바깥의 싱그러운 잔디에 하얀빛을 던지고

위대한 개츠비

있었고, 길게 자란 잔디가 집 안까지 고개를 갸웃거리고 있었다. 방 안으로 불어오는 산들바람에 창문의 커튼은 뿌옇게 색이 바랜 깃발처럼 한쪽은 안으로, 다른 한쪽은 바깥으로 왔다 갔다 하다가 설탕을 하얗게 뿌린 웨딩 케이크처럼 천장까지 올라갔다가는 다시 내려와 자주색 카펫 위에서 살랑살랑 흔들리며 마치 바람이 바다에 그림자를 드리우듯 카펫 위에 그림자를 만들고 있었다.

방 안에 있는 물건 중에서 꼼짝도 않고 있는 것은 엄청나게 큰 소피뿐이다. 서기에는 누 젊은 여자가 마치 기구에라도 올라탄 것처럼, 그 위에 두둥실 떠서 앉아 있었다. 둘 다 긴 하얀 치마를 입고 있었는데, 그 흰 치맛자락이 바람결에 흔들리며 펄럭거려 조금 전 기구를 타고 집 주위를 한 바퀴 돌고 나서 이제 막 도착한 듯했다. 채찍 소리처럼 휙휙거리는 커튼 소리나 벽에 걸린 그림의 윙윙거리는 소리에 귀를 기울이면서 나는 잠시 뻣뻣하게 거기에 서 있었다. 그때, 「쾅」 하고 톰이 창문을 닫았다. 그러자 방 안에서 불고 있던 바람이 잠들고 파닥거리던 커튼과 카펫, 그리고 두 여자 모두 차례로 바닥으로 내려왔다.

둘 중에 젊은 쪽은 처음 보는 여자였다. 그녀는 소파의 한쪽에 길게 드러누워 꼼짝도 하지 않았다. 턱을 약간 위로 치켜들고 금방 떨어질 것처럼 흔들거리는 물건을 이마 위에 올려놓고 균형 잡기를 하고 있는 것 같았다. 곁눈으로 나를 보았을지 모르지만 그런 눈치는 전혀 보이지 않았다. 오히려 내가 깜짝 놀라 방해를 해 미안하다는 사과의 말을 하려고 했다. 또 한 여자인 데이지는 일어나려고 했다. 몸을 앞으로 약간 기울이고는 부드러운 표정으로 짧게 웃었는데 묘하면서도 매력적인 웃음이었다. 나도 웃으면서 방 안으로 들어갔다.

「너무 행복해서 미칠 지경이에요.」

그녀는 자신이 굉장히 재치 있는 말이라도 한 것처럼 다시 웃었다. 그리고 내 손을 잡고 얼굴을 올려다보며, 정말 이 세상에서 제일 만나고 싶었던 사람이라며 말을 꺼냈다. 그녀는 늘 이런 식이었다. 그녀는 들릴 듯 말 듯한 목소리로 저쪽에서 균형 잡기를 하고 있는 여자의 이름은 베이커라고 알려주었다.(데이지가 작은 목소리로 말하는 것은 상대방을 자기 쪽으로 기울이게 하기 위한 것이라는 말을 들은 적이 있다. 당치도 않은 말이었지만 그 때문에 그녀의 속삭이는 듯한 목소리가 더 매력적으로 느껴졌다.)

그러자 미스 베이커의 입술이 떨리며, 내 쪽을 향해 약간 고개를 끄덕였다. 그리고 빠르게 머리를 원위치로 돌렸다. 균형 잡기를 하고 있던 물건이 흔들려서 깜짝 놀란 것이다. 나는 또 미안하다는 말이 입 밖으로 나올 뻔했다. 누구든 자만심에 빠져 있는 사람을 보면 나는 항상 어리벙벙해져서 경의를 표하고 싶어진다.

나는 다시 데이지 쪽을 보았다. 그녀는 여러 가지 질문을 하기 시작했는데, 그 작고 떨리는 목소리를 따라잡기 위해 내 귀는 끝없이 파도를 타야 했고, 말투 하나하나가 다시는 들어볼 수 없을 노래의 음률을 생각나게 했다. 안색은 어두웠으나, 또렷한 눈매나 선명하고 정열적인 입술이 귀여웠다. 그러나 무

위대한 개츠비

엇보다도 흥분했을 때의 목소리는 그녀에게 호의를 가진 남자라면 결코 잊을 수 없을 것이다. 주의를 환기시키는 음률, 「저, 말이에요」하는 속삭임. 듣고 있으면 뭔가 즐겁고 신나는 일이 곧 기다리고 있는 듯한 목소리였다.

내가 동부로 오는 도중 시카고에 하루 들렀을 때, 많은 사람이 그녀의 안부를 묻더라는 얘기를 했다.

「모두 나를 보고 싶어 하나요?」그녀는 좋아서 외쳤다.

「데이지가 없으니 거리가 온통 쓸쓸해. 차들도 모두 장례식 차량처럼 슬퍼 보이고, 북쪽 해안에서는 밤새 훌쩍거리며 우는 소리가 들린다고.」

「와, 멋져! 돌아가요, 톰! 내일이요, 네?」데이지는 이렇게 말하더니 느닷없이「우리 아기를 봐야 하잖아요」하고 덧붙였다.

「그래, 참 아기가 보고 싶군.」

「지금 자고 있을 거예요. 이제 세 살이 됐죠. 아직 한 번도 본 적이 없나요?」

「한 번도 본 적이 없어.」

「그럼, 꼭 보고 가요. 그 아인…….」

그때, 방 안을 서성이고 있던 톰이 멈춰 서더니 내 어깨에 손을 얹었다.

「닉, 지금 무슨 일을 하고 있지?」

「증권회사에서 일하고 있어.」

「어느 증권회사에서 일하는데?」

나는 회사명을 말했다.

「그런 회사, 들어본 적이 없는데.」그는

단정적으로 말했다.

나는 곧 기분이 나빠졌다.

「곧 알게 될 거야.」 나는 짤막하게 말했다.

「동부에 계속 살고 있으면 곧 알게 되겠지.」

「오, 걱정하지 마. 동부에서 계속 살 생각이
니까.」 톰은 빠르게 내뱉고는 데이지를 힐끗 쳐다본 후
다시 나를 바라보았다. 무언가 다른 것을 경계하고 있는 것 같
았다. 「다른 데서 살다니, 바보 같은 짓이지.」

그 순간, 미스 베이커가 말했다. 「정말 그래요!」

너무 갑작스런 말이라 나는 깜짝 놀랐다. 내가 방 안에 들어
온 후 그녀가 처음으로 내뱉은 말이었다. 그런데 나만 놀란 것
이 아니라 그녀도 자신이 한 말에 놀랐는지 하품을 하고선 재
빠르게 몸을 놀려 방 가운데로 나왔다.

「몸이 뻣뻣해졌어.」 그녀는 불평을 했다. 「꽤 오래 있었지.
종일 저 소파에 누운 기억밖에 없어. 그런데 왜 내 얼굴을 쳐
다보지?」 하고 데이지가 말했다.

「나는 그래도 오후 내내 너를 뉴욕에 데리고 가려고 얼마나
애를 썼는데.」

주방에서 방금 가지고 나온 네 잔의 칵테일을 쳐다보며 미
스 베이커가 말했다.

「아니야, 괜찮아. 나는 지금 열심히 훈련 중이니까.」

그때 톰은 믿을 수 없다는 듯이 그녀를 쳐다보았다.

「그래요!」 그는 술잔에 한 방울 남은 술을 마저 비우듯이 자
신의 잔을 단숨에 비웠다.

「당신이 어떤 식으로 일을 해내는지 난 정말 알 도리가 없어.」

나는 미스 베이커를 보면서 무엇을 〈해내는〉 것일까 하고 궁금했다. 그녀를 바라보는 것은 즐거웠다. 날씬하고 가슴이 작은 여자로, 젊은 사관생도처럼 양어깨를 뒤로 젖힌 똑바른 자세가 눈에 띄었다. 그녀도 역시 태양 광선에 피곤해진 잿빛 눈으로 호기심에 차서 나를 바라보았는데 핏기 없는 거만한, 그러나 매력적인 얼굴이었다.

「웨스트 에그에 살고 계시다죠?」 그녀는 노도하게 물었다.

「거기에 저, 아는 사람이 있어요.」

「나는 아는 사람이 아무도 없어요.」

「하지만 개츠비는 알고 있겠죠?」

「개츠비라고요?」 데이지가 다시 물었다.

「개츠비라니, 누구예요?」

이웃에 사는 사람이라고 대답하려 했을 때, 저녁 식사 준비가 다 되었다는 소리가 들려왔다. 톰은 단단한 손으로 거침없이 내 팔을 잡고 마치 장기의 말을 옮기듯이 아무 말도 않은 채 나를 방에서 데리고 나왔다. 젊은 두 여자는 허리에 가볍게 손을 댄 채, 내키지 않은 듯이 움직이며 우리 앞에 서서 저녁 노을을 향해 열려 있는 장밋빛 현관으로 올라갔다. 거기에는 식사가 준비되어 있었고, 식탁 위에 놓인 네 개의 촛불이 산들 바람에 흔들리고 있었다.

「왜 촛불을 켰지?」

데이지는 눈살을 찌푸리며 손으로 휙 하고 촛불을 껐다.

「이제 2주일만 있으면, 1년 중 해가 가장 길어질 거예요」라며 밝은 얼굴로 우리를 쳐다보았다. 「1년 중 해가 가장 긴 날을 항상 기다리면서도 막상 그때가 되면 놓쳐버리지 않나요? 나는 1년 중 해가 가장 긴 날을 손꼽아 기다리면서도 그때가 되면 꼭 놓쳐요.」

「뭔가 계획을 세워야 해.」 미스 베이커는 하품을 하며 꼭 잠자리에 드는 것 같은 모습으로 식탁에 앉았다.

「좋아」 하고 데이지가 말했다.

「무슨 계획을 세워야 하죠?」

그녀는 곤란한 표정으로 내 쪽을 쳐다보았다.

「모두 어떤 계획을 세울까요?」

미처 대답을 못 하고 있는데 갑자기 그녀가 겁에 질린 눈으로 새끼손가락을 들어 보였다.

「이것 봐. 나 여기 다쳤어!」

우리는 모두 그녀를 쳐다보았다. 손가락 마디 부분이 퍼렇게 멍 들어 있었다.

「당신 때문이에요, 톰.」

그녀는 비난조로 말했다.

「물론 일부러 그런 것은 아니었겠지만 당신이 그런 거예요. 이것도 다 야수 같은 인간과 결혼한 덕택이야. 크고 육중하고, 정말 감당하기 힘들 정도로 거대한 몸집의 표본과 결혼한…….」

「몸집을 감당 못 한다는 말은 듣기 싫은데, 설사 농담이라도 말이야.」 톰은 뚱한 얼굴로 따졌다.

  위대한 개츠비

「몸집을 감당 못 해요.」데이지는 굽히지 않았다.

때때로 그녀와 미스 베이커가 동시에 말을 꺼내곤 했다. 그러나 그들이 말하는 것은 농담 섞인 일관성 없는 것들로 이야기라고 할 수도 없는 것들이었다. 그리고 그들이 입고 있는 흰옷 색깔처럼, 욕망이 사라진 감정 없는 그들의 눈동자처럼, 차갑고 가라앉은 말투였다. 그들은 그냥 거기에서 단지 의무감으로 분위기를 생각해서 톰과 나에게 상냥하게 대하려고 노력하는 것뿐이었다. 식사는 곧 끝날 것이고 그러는 동안 날도 저물 것이다. 그러면 모든 것은 아무 일도 없었다는 듯이 다시 제자리로 돌아갈 것이다. 그들은 이것을 잘 알고 있었다. 이곳은 서부와는 아주 딴판이었다. 서부에서는 붉은 저녁노을이 서산으로 걸음을 재촉하기 시작하면 아쉬운 마음으로, 혹은 두렵고도 애타는 마음으로 바라보곤 한다.

「이봐 데이지, 너랑 같이 있으면 나 자신이 마치 교양 없는 사람 같아.」나는 코르크 냄새는 나지만 그래도 맛이 괜찮은 적포도주를 두 잔째 비우면서 솔직한 속마음을 털어놓았다.

「농작물 재배에 관한 얘기라든가, 뭐 그런 얘기 좀 할 수 없어?」

특별한 의미로 이렇게 말한 것은 아니지만, 생각지도 않은 방향으로 화제가 옮겨졌다.

「문명이란 것은 와해되고 있어.」톰이 불쑥 격한 어조로 말을 꺼냈다. 「나는 극도의 비관론자가 되었어. 자네, 고다르라는 남자가 쓴 〈유색인 제국의 융성〉이라는 책을 읽어본 적 있나?」

 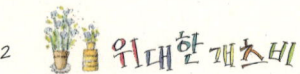

「아니, 읽은 적 없는데.」

그의 격한 어조에 깜짝 놀라면서 나는 대답했다.

「음, 훌륭한 책이야. 모두 읽어봐야 해. 그 책에는 이런 말이 쓰여 있지. 주의하지 않으면 백인은 완전히 몰락해버릴 거라고. 이 책은 하나에서 열까지 과학적으로 쓰여 있어. 증명해 보이고 있단 말이야.」

「톰은 요즘 생각이 아주 깊어지고 있어요.」 분위기에 어울리지 않는 슬픈 표정을 지으며 데이지가 말했다.

「긴 문장으로 된 심오한 책을 읽죠. 그게 무슨 말이너라. 우리가…….」

「그래, 이 책들은 모두 과학적이야.」 톰은 다시 한번 강조를 하고 못 참겠다는 듯이 그녀를 힐끗 쳐다보았다. 「이 사람은 온갖 힘을 기울여 모든 것을 다 써놓았어. 주의하고 경계하는 것이야말로 지금 지배적인 위치에 있는 우리 백인들의 의무라고 할 수 있지. 그렇지 않으면 다른 인종이 모든 것을 지배하게 될 것이란 말이야.」

「다른 인종을 눌러 이겨야 해.」

데이지는 불타는 노을을 바라보면서 눈을 깜박거리며 나지막이 말했다.

「다들 캘리포니아에서 살아야 하는 건데…….」 미스 베이커가 말을 꺼내자 톰이 의자에 앉은 채로 자세를 바꾸며 그녀의 말을 가로막았다.

「다시 말해 우리는 북유럽 인종이란 말

33

이야. 내가 그렇고, 자네도, 미스 베이커도, 그
리고……」 순간 머뭇거렸지만 가볍게 고개를
끄덕이며 데이지도 그 속에 포함시켰다. 그
러자 그녀는 또 나를 보며 눈을 깜박거렸다.
「그리고 말이야, 문명을 형성하는 데 있어서 중
심이 된 것은 모두 우리가 만들어낸 거야. 그래, 과학이나 예
술, 뭐 그런 모든 것 말이야. 알겠지?」

그의 열변은 어딘지 모르게 우리를 끌어들이는 힘이 있었
다. 옛날보다 더 심해진 자만심도 그에게 있어서는 충분치 않
은 것 같았다. 그런데 잠시 후, 방에서 전화벨 소리가 울리고
집사가 안으로 들어가자 데이지는 그 틈을 타 내 쪽으로 몸을
기울였다.

「우리 집 비밀 하나 얘기해줄까요?」 그녀는 신나는 표정으
로 속삭였다. 「우리 집 집사의 코 얘긴데, 듣고 싶어요?」

「그럼, 그것 때문에 오늘 일부러 여기까지 온 거라고.」

「그런데 말예요, 원래는 집사가 아니었어요. 그는 뉴욕에 있
는 2백 명분의 은그릇을 소유하고 있는 가게에서 그릇을 닦고
있었죠. 그런데 아침부터 밤까지 계속 닦지 않으면 안 되잖아
요. 그것이 결국에는 코에 영향을 미친 거죠.」

「상태는 점점 나빠졌어요」라며, 옆에 앉은 미스 베이커가
끼어들었다.

「그래요. 상태는 점점 더 나빠져서 결국 그 일을 그만둬야
했어요.」

순간, 저물어가는 태양빛이 홍조를 띤 그녀의 얼굴에 드리

위대한 개츠비

워져 로맨틱한 분위기를 자아냈다. 그녀의 목소리를 듣고 있으면 나도 모르게 숨을 죽이고 앞으로 몸을 기울이지 않을 수 없었다. 이윽고 그 빛은 사라지고 말았다. 저물어가는 빛이 아쉬운 듯이 머뭇거리며 그녀로부터 멀어져 갔다. 그 빛은 황혼 무렵, 길거리에서 신나게 놀다가 마지못해 집으로 돌아가는 아이들의 뒷모습 같았다.

집사가 들어와서 톰의 귓가에 입을 바짝 대고 무언가 속삭였다. 그러자 톰은 찌푸린 얼굴로 의자를 밀치고 한마디 말도 없이 안으로 들어갔다. 그가 자리를 비운 것이 데이지를 초조하게 만들었는지 다시 앞으로 몸을 내밀더니 마치 노래하는 듯한 정열적인 목소리로 말하기 시작했다.

「같은 식탁에서 닉과 마주 앉다니, 정말 너무 기뻐요. 닉을 보고 있으면 그게 생각나, 장미 말이야. 진짜 장미를 생각나게 해. 응, 그렇지 않아?」 그녀는 미스 베이커 쪽을 돌아보며 다시 한번 확인했다. 「정말 장미를 닮았지?」

하지만 그건 거짓말이었다. 내가 장미를 닮았다니 말도 안 되는 소리다. 그녀는 단지 즉흥적으로 생각나는 것을 말하고 있을 뿐이었다. 그러나 그녀에게서는 사람을 감동시키는 따뜻함이 흐르고 있었다. 숨을 죽이고 들어야 하는 그녀의 말에서 감춰진 마음까지 전달되는 것 같았다. 그런데 그녀는 갑자기 냅킨을 식탁 위에 던지더니 실례한다면서 집 안으로 들어가 버렸다.

미스 베이커와 나는 별생각 없이 서로를 바라보았다. 내가 말을 하려 하자 그녀는 갑자기 딱딱한 자세를 취하고 상대를 제압하듯이 「쉿!」 하고 말했다. 흥분된 어조로 얘기를 주고받는 소리가 저쪽 방에서 작게 들려왔다. 그러자 미스 베이커는 부끄럽지도 않은지 몸을 그쪽으로 기울여 엿들으려고 했다. 들릴 듯 말 듯 떨리는 말소리는 잠시 가라앉았다 다시 흥분하여 높아지는가 싶더니 이윽고 딱 멈춰버렸다.

「조금 전에 말했던 개츠비 씨는 옆집에 사는 사람이에요……」 하고 나는 말을 시작했다.

「말하지 말아요. 저쪽에서 무슨 소리를 하는지 좀 들어보자고요.」

「무슨 일이죠?」 나는 천연덕스럽게 물어보았다.

「아무것도 모른다는 말씀이에요?」 미스 베이커는 정말 놀라는 표정이었다. 「모두 알고 있다고 생각했는데.」

「몰라요.」 나는 고개를 저었다.

「어쩜.」 그녀는 머뭇거리며 말했다. 「톰은 뉴욕에 여자가 있어요.」

「여자가 있다고요?」 나는 얼빠진 사람처럼 되물었다.

미스 베이커가 고개를 끄덕였다.

「적어도 저녁 식사 때 전화하는 건 피해줘야 하지 않을까요? 그렇게 생각하지 않아요?」

그녀가 무슨 말을 하는지 이해를 못 하고 있는데 그때, 옷의 펄럭거리는 소리와 가죽 부츠의 저벅거리는 소리가 들리면서 톰과 데이지가 테이블로 돌아왔다.

「어쩔 수 없어요, 그건!」 데이지는 일부러 명랑한 척하며 이렇게 말했다. 그녀는 의자에 앉아 처음에는 미스 베이커를, 그

 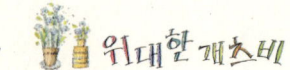

다음에는 나를 힐끗 쳐다본 다음 말을 계속했다.

「잠시 밖을 내다보고 있었는데 바깥 풍경이 너무 로맨틱하지 뭐야. 잔디 위에 새 한 마리가 앉아 있었는데 아마 커너드나 화이트 스타 선박 회사의 배를 따라 이 먼 곳까지 건너온 나이팅게일 같아. 그 새가 울면서 날아가더라고.」

그녀의 목소리는 노래를 부르는 것 같았다.

「로맨틱하지 않아요? 그렇죠, 톰?」

「아주 로맨틱하지.」 그는 이렇게 말하고는 나를 향해 좀 곧은 표정으로 「저녁 식사가 끝났는데도 아직 밝으니까 마구간을 구경시켜주지」 하고 제안했다.

순간, 집 안에서 전화벨 소리가 요란하게 울렸다. 데이지가 톰을 보며 머리를 옆으로 세차게 흔들었기 때문에 마구간 얘기는 아니, 그 어떤 화제도 날아가 버렸다. 테이블에서 마지막 5분 동안에 일어난 조각조각의 단편적인 일 중에서 내가 기억하고 있는 것은 촛불이 특별한 의미도 없이 다시 켜진 것뿐이었다. 나는 모두가 어떤 얼굴을 하고 있는지 똑바로 보려고 했지만 그런 한편 누구와도 시선을 마주치고 싶지 않다는 생각도 들었다. 당사자인 톰이나 데이지가 무엇을 생각하고 있는지 그것을 추측하기는 어려웠다. 제삼자인 미스 베이커조차 궁금증을 참고 있는 것 같았는데, 그래도 급한 볼일이 있는 것처럼 날카롭게 전화벨 소리를 울려댄 다섯 번째 손님을 전혀 신경 쓰지 않고 있을 수는 없었을 것이다. 어떤 사람에게는 이 자리가 흥미진진해 보였을지

모르나 내 입장에서는 본능적으로 곧 경찰에 전화를 걸까 하고 생각했을 정도다.

말馬에 관한 것은 물론 화제가 되지 않았다. 톰과 미스 베이커는 어스름 속을 서로 약간 떨어져서 서재 쪽으로 느릿느릿 걸어 돌아갔다. 마치 시체 옆에 보초를 서러 가는 것처럼 경직된 모습이었다. 한편 나는 일부러 재미있다는 얼굴로 또 아무것도 듣지 못한 척하며 앞의 현관과 길게 이어진 베란다를 돌아 데이지의 뒤를 쫓아갔다. 우리는 어둠 속에서 긴 등나무 의자에 나란히 앉았다.

데이지는 양손을 얼굴로 가져갔다. 마치 귀여운 얼굴의 윤곽을 확인해보고 있는 것 같았다. 그리고 시선은 점차 부드럽게 펼쳐진 황혼으로 옮겨져 어스름을 응시하고 있었다. 그녀의 감정이 복잡하다는 것은 나도 알 수 있었다. 그래서 어린 딸 얘기를 꺼내면, 그녀의 기분이 좀 나아지지 않을까 싶어서 말을 걸었다.

「우리 서로 잘 모르죠, 닉.」 그녀가 갑자기 말했다. 「그래도 친척이라고 할 수 있을지 모르겠네요. 내 결혼식에도 와주지 않았는데.」

「전쟁터에 있을 때였으니까.」

「정말 그렇군요.」

그녀는 잠시 머뭇거렸다. 「저……, 그동안 굉장히 힘들게 살아왔어요, 닉. 그래서 이제는 무슨 일이든 믿지 않아요.」

그녀가 그렇게 생각하게 된 것은 너무나 당연했다. 나는 계속해서 다음 말을 기다리고 있었는데 그녀는 더 이상 입을 열지 않았다. 잠시 후 멈칫멈칫 딸 얘기로 화제를 돌렸다.

「이제, 말도 할 줄 알고 그리고…… 먹기도 하고 별짓을 다 하겠군.」

「아, 그래요.」 그녀는 멍하니 나를 바라보았다.

「저기, 닉. 그 애가 태어났을 때 내가 뭐라고 했는지 알아요? 말해줄까요?」

「응, 듣고 싶어.」

「이 얘길 들으면 이해할 수 있을 거예요. 내가 모든 일을 어떻게 생각하게 되었는지. 글쎄, 태어난 지 한 시간도 채 안 되었는데, 톰이 어디로 갔는지 전혀 알 수가 없었어요. 마취에서 깨어났을 때는 마치 버려진 느낌이었죠. 곧 간호사에게 남자 아인지 여자 아인지 물어봤어요. 여자 아이라고 가르쳐주더군요. 나는 얼굴을 휙 돌려 울어버렸어요. 그리고 이렇게 말했어요. 〈괜찮아. 여자 아이라 잘됐어. 제발 이 애가 바보이길 바라……. 귀여운 바보가 되는 것이 여자의 가장 큰 행복이야〉라고. 있죠, 어쨌든 모든 일이 끔찍하다고 생각해요.」

그녀는 확신에 찬 어조로 말을 계속했다.

「모두 그렇게 생각하고 있어요……. 가장 진보적인 사람들이라 해도 그래요. 나는 알고 있어요. 나는 안 가본 데가 없고 안 본 것이 없을뿐더러 뭐든지 다 해보았으니까요.」

그녀는 반항적인 태도로 주위를 돌아보며 소름이 끼칠 정도로 자신을 비웃었다.

「닳고 닳았어……. 그래, 나란 여자는 닳고 닳았어!」

그녀의 목소리가 끊어지고 내 관심을 무리하게 끌려고 한다든지 무리하게 믿게 하려는 낌새가 없어지자 갑자기 그녀가 말한 것이 근본적으로 진실이 아니라고 느껴져 불안해졌다. 오늘 저녁의 모든 일이 하나에서 열까지 나에게 도움을 받기 위해, 위안을 얻기 위해 마련된 일종의 계략이 아니었을까 하는 의심도 들었다. 나는 기다려보았다. 그러자 곧 그녀가 억지로 꾸며낸 듯한 미소를 띠고 나를 보는 것이 아닌가. 마치 자신도 톰과 함께 어떤 비밀 조직의 일원이기라도 한 것처럼.

집 안으로 들어가자 진홍색 방에서 희미한 빛이 새어 나오고 있었다. 톰과 미스 베이커가 긴 소파의 양 끝에 앉아 있었고, 그녀가 〈새터데이 이브닝 포스트〉를 큰 소리로 읽어주고 있었다. 확실한 어조와 부드러운 음조가 하나하나 틀어짐 없이 이어졌다. 전등 빛은 톰의 부츠에 반사되어 번쩍거렸고 노란 가을 나뭇잎 색인 그녀의 머리카락을 희미하게 비추고 있었다. 그리고 그녀가 가냘픈 양팔을 움직여 페이지를 넘길 때마다 종이에 반사되어 반짝반짝 빛이 났다.

우리가 들어가자 그녀는 한 손을 들어 「잠깐」 하며, 아무 소리도 내지 말라는 신호를 보냈다.

「곧 다음 호에 계속.」

테이블 위에 잡지를 휙 던지면서 그녀가 말했다.

그녀는 가만히 있질 못 하겠는지 무릎을 계속 들썩거리다가 결국 일어섰다.

「벌써 10시야.」 그녀는 시계를 본 후 천장을 올려다보았다.

「이 아가씨는 잘잘 시간입니다.」

 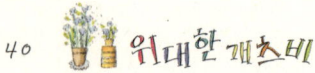

「조던은 내일 멀리 웨스트 체스터까지 시합을 하러 가야 해요」 하고 데이지가 설명해주었다.

「아아, 당신이 조던 베이커예요?」

그녀의 얼굴을 어디선가 본 적이 있다고 생각했는데 지금에야 그 이유를 알게 되었다. 〈어쩐지, 애슈빌이나 핫 스프링스, 팜비치 등에서 행해지는 운동경기를 찍은 여러 잡지의 사진 속에서 거만한 표정으로 카메라를 보고 있었지.〉 별로 유쾌하지 않은 소문도 들렸지만 어떤 내용이었는지는 잊어버렸다.

「잘 자요.」 그녀는 상냥하게 말했다. 「8시에 깨워줘요, 알았죠?」

「일어날 수 있을까 몰라.」

「일어날 거예요. 잘 자요, 캐러웨이 씨. 그럼 또 만나요.」

「물론 또 보게 될 거야.」 데이지는 장담하듯이 말했다. 「사실은 내가 중매 좀 서려고 해요. 가끔 들러줘요, 닉. 그러면 제가 뭐라고 할까……. 아, 그래…… 두 사람을 같이 내던져 버릴 거예요. 저기 옷을 넣어두는 장롱이나 뭐, 그런 데다 밀어넣고 자물쇠로 잠가서 배에 싣고 멀리 바다로 내던져 버리거나 뭐, 그런 거 말이에요.」

「잘 자요!」 미스 베이커가 계단으로 올라가며 소리쳤다.

「난 아무것도 못 들었어요!」

「좋은 아가씨야.」 잠시 후 톰이 말했다. 「저렇게 여기저기 돌아다니게 하면 안 되는데.」

「누가 그렇게 하면 안 된다는 거죠?」

데이지가 차갑게 물었다.

「조던의 가족 말이야.」

「가족이라니요. 그녀의 가족은 나이가 천 살쯤 먹어 보이는 늙은 아주머니 한 사람이 있을 뿐이잖아요. 그리고 앞으로는 닉이 돌봐줄 거예요. 그렇죠, 닉? 조던도 올여름에는 대부분의 주말을 여기서 보낼 거예요. 내 생각에는 가정이라는 울타리가 그녀에게 좋은 영향을 줄 거라고 생각해요.」

순간 데이지와 톰은 아무 말도 하지 않은 채 서로의 얼굴을 바라보았다.

「그 아가씨 뉴욕 출신인가?」 나는 재빨리 물었다.

「루이빌 출신이에요. 순수했던 소녀 시절을 우리는 거기서 같이 보냈어요. 아름답고 순수한…….」

「베란다에서 닉에게 모든 것을 말해버렸소?」 톰이 갑자기 따지듯이 물었다.

「그랬나요?」 그녀는 나를 보았다.

「잘 기억을 못 하겠어요. 하지만 북유럽 인종의 일은 서로 얘기한 것 같아요. 그래요, 확실히 기억나요. 그 얘기가 우리 화제에 올랐어요.」

「어떤 말을 들었는지 모르겠지만 그대로 믿어서는 안 돼, 닉.」

그는 충고하듯이 나에게 말했다. 아무것도 듣지 못했다고 나는 확실하게 말했다. 그리고 얼마 후에 집에 돌아갈 생각으로 일어났다. 둘은 문밖까지 배웅을 나와 네모꼴로 빛이 비치고 있는 밝은 곳에 나란히 섰다. 내가 자동차에 시동을 걸자 데이지가 느닷없이 「기다려요!」 하고 소리쳤다.

「물어본다는 걸 깜박했어요. 중요한 일이에요. 닉, 서부에서 약혼했다죠?」

「그래, 약혼했다고 들었어.」 톰이 맞장구를 쳤다.

「이거 너무한데. 나는 가난하다고.」

「하지만 분명히 그렇게 들었어요」라며 데이지는 주장했다. 그녀의 얼굴이 다시 꽃처럼 환하게 피어나서 나는 깜짝 놀랐다. 「세 사람한테서 들었는걸요. 사실일 거예요.」

물론 그들이 무슨 말을 하는지 알고 있었지만 나는 꿈에도 약혼한 적이 없었다. 사실, 그런 소문이 나돌아서 그것을 피하려고 겸사겸사 동부에 온 것이다. 소문 때문에 친구와 의를 끊을 수도 없었고 그렇다고 해서 소문대로 결혼할 생각도 없었다. 〈둘이 그런 것에까지 관심을 갖고 있다니.〉 나는 감동했다. 가까이 갈 수 없는 존재로만 여겨졌던 그들이 조금은 가깝게 느껴졌다. 하지만 나는 차를 몰고 오는 내내 머리가 다소 혼란스러워졌고 기분이 좋지 않았다. 데이지가 해야 할 일은 아이를 양팔에 꽉 안고 집을 뛰쳐나오는 것이었다. 그

러나 아무래도 그런 것은 생각도 않고 있는 것 같았다. 사실 톰이 〈뉴욕에 여자가 있다〉는 것은 그다지 놀라운 일이 아니었고 오히려 책을 읽고 우울해졌다는 것이 놀랄 일이었다. 무엇 때문인지 그는 진부한 생각에 잠겨 있

었다. 제멋대로 휘두르는 건장한 육체가 더 이상 그의 오만함을 지탱해주지 못하기 때문이리라.

길가에 늘어선 집들의 지붕 주위에도, 길옆에 있는 주유소 앞에도 이미 여름이 깊어지고 있었다. 여기저기에 설치된 붉은색의 새 휘발유 펌프가 환한 불빛 속에서 가만히 우뚝 서 있었다. 웨스트 에그의 집에 도착한 후 차고에 자동차를 넣고 뜰에 버려진 잔디 깎는 기계 위에 잠시 걸터앉았다. 마구 불어대던 바람은 잠잠해지고 밝고 시끄러운 달밤이 되었다. 숲에서는 새들이 날갯짓하고 내시의 힘을 한껏 빨아들여 풍선처럼 부푼 팔딱팔딱 생명이 고동치고 있는 개구리가 목청껏 오르간을 연주하고 있었다.

고양이가 움직이자 그림자가 달빛을 가로지르며 흔들렸다. 고양이를 자세히 보려고 뒤돌아보니 거기에 있는 것은 나 혼자가 아니었다. 50피트 가량 저편, 옆 저택의 그늘에서 사람 그림자가 나타나 주머니에 양손을 푹 찌르고 선 채 은빛 가루를 흩뿌린 것 같은 별들을 올려다보고 있었다. 어딘지 모르게 여유 있는 거동이라든지 잔디 위에 떡하니 서 있는 모습으로 보아 아무래도 개츠비 같았다. 〈이 웨스트 에그의 하늘을 올려다보며 자신의 영역은 어디에서 어디까지인지 확인하려고 온 것일까. 좋아 말을 걸어보자. 저녁 식사 때 미스 베이커가 그에 관한 말을 했는데 얘기하기 좋은 기회야.〉 그러나 실제로는 그에게 말을 걸지 않았다. 왠지 그의 몸짓에서 다가갈 수 없는 무언가를 느꼈기 때문이다.

그는 이상하게도 어두운 바다를 향해 양팔을 뻗었다. 멀리 떨어져서 잘 보이지 않았지만 분명히 그는 가냘프게 떨고 있었다. 무심코 나도 바다 쪽으로 시선을 던졌다. 아주 멀리 선창가에 작은 녹색 등불이 외로이 서 있을 뿐 그 외에는 아무것도 보이지 않았다.  다시 한번 개츠비 쪽을 돌아보자 그의 모습은 이미 거기에 없고 나는 다시 외톨이가 되어 시끄러운 어둠 속에 홀로 남겨졌다.

위대한 개츠비

2

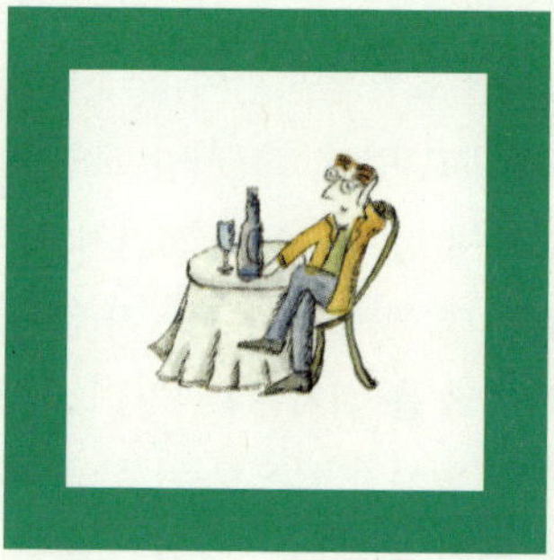

웨스트 에그와 뉴욕의 중간쯤에 차도가 갑자기 철로와 만나 그 옆으로 4분의 1마일 가량 나란히 달리는 곳이 있다. 마치 어떤 황무지로부터 몸을 피하기라도 하는 듯한데 그곳은 쓰레기 계곡이었다. 이곳은 잿더미가 보리처럼 피어올라 산등성이가 되기도 하고, 언덕이 되기도 하며 괴이한 정원을 이루는 환상의 농장이다. 거기에서는 집이든 굴뚝이든 할 것 없이 심지어는 피어오르는 연기까지도 재로 둘러싸여 있다. 뿐만 아니라 어떤 초월적인 힘에 의해 회색의 재로 인간의 형태까지도 창조해내고 있다. 그 사람 모양의 잿더미는 서서히 움직이다가 어느새 먼지가 되어 사라지고 마는 것이다. 때때로 일렬로 연결된 회색 열차가 보이지 않는 궤도를 느릿느릿 달려와서 전신에 소름 끼치는 「끼익」 소리를 내며 멈춘다. 그러면 곧 회색빛의 인부가 납으로 된 삽을 가지고 다가온다. 그리고 뭉게뭉게 잿빛 구름을 일으켜 그들의 작업도 몽롱한 장막 속에 가려져 버린다.

그러나 곧 그 잿빛 토지의 위쪽, 먼지가 쉴 새 없이 솟아오르고 있는 위쪽에서 T. J. 에클버그 박사의 눈이 툭 튀어나와 있는 것을 발견하게 된다. 에클버그 박사의 눈은 파랗고 거대

 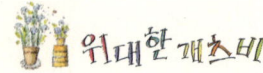 위대한 개츠비

한데 망막의 높이가 1야드나 된다. 얼굴은 없고 눈만 있는데, 존재하지도 않는 코에 걸린 엄청나게 큰 노란색 안경 너머로 이쪽을 보고 있는 것이다. 퀸스구에서 개업하여 돈 좀 벌어보려고 했던 어떤 웃기는 안과 의사가 거기에 그것을 세워놨을 것이다. 그 후에 본인이 영원히 눈을 감아버렸거나 걸어놓은 안경 같은 것은 잊고 다른 데로 이사를 가버렸을지도 모른다. 오랫동안 페인트칠도 하지 않고 비바람을 맞아 거지꼴이 되었는데도 여전히 거드름을 피우며 쓰레기 언덕 위에서 점잖게 생각에 잠겨 있는 형상을 하고 있다.

작고 더러운 시냇물이 쓰레기 계곡의 한쪽을 가로지르며 흐르고 있었다. 가끔 개폐교가 올라가 거룻배가 통과하기 때문에 열차의 승객들은 그것을 기다리며 30분간이나 그 음울한 광경을 넋을 잃고 바라봐야 했다. 그것이 아니더라도 열차는 항상 거기에서 최소한 1분간은 정차한다. 그리고 그 때문에 나는 톰의 정부를 처음으로 만나게 되었다.

그의 얼굴이 알려진 곳이라면 어디든 도처에서 그에게 여자가 있다고 증언을 한다. 사실 여자를 데리고 레스토랑에 나타나 여자만 자리에 남겨둔 채 어슬렁거리며 아는 사람만 보면 누구든 가리지 않고 붙잡고 얘기하는 그의 행동에 사람들은 모두 분개하고 있었다. 나는 호기심에 그의 여자를 보고 싶다는 생각은 했지만 일부러 만나고 싶은 생각은 없었다. 그런데 만난 것이다. 어느 날 오후 나는 톰과 함께 기차를 타고 뉴욕에 가기로 했다. 그런데 열차가 쓰레기 언덕 옆에 정차하자 그는 갑자기 일어서서 내 팔꿈치를 잡고 억지로 열차에서 내리게 했다.

「어이, 내려.」 그는 고집을 부렸다.

「자네한테 내 여자를 보여줄게.」

점심때 술을 꽤 마신 모양인지 나를 끌고 가려고 하는 그의 행동은 거의 폭력에 가까웠다. 마치 나에게 〈일요일 오후인데도 별로 좋은 일도 없으면서〉 하고 억측을 하며 사람을 깔보는 것 같았다.

나는 그의 뒤를 따라가서 하얗게 칠한 철로의 울타리를 넘었다. 에클버그 박사가 위에서 가만히 노려보고 있는 길을 백 야드쯤 걸어 들어갔다. 거기에서 보이는 건물이라곤 노란 벽돌로 지어진 작은 빌딩 한 채뿐이었는데 쓰레기 언덕의 가장자리에 서 있었다. 그 건물은 그 쓰레기 언덕을 돋보이게 하며 자그마한 획을 이루고 있었는데 주위엔 아무것도 없었다. 그 건물에 있는 세 개의 점포 중 하나는 세 들 사람을 기다리는 중이었고, 또 한 채는 쓰레기 옮기는 길에 인접한 철야 영업을 하는 레스토랑이었으며, 세 번째가 자동차 수리소였는데 「수리함. 조지 B. 윌슨. 자동차 매매」라는 간판이 붙어 있었다. 나는 톰을 따라 안으로 들어갔다. 안은 초라하고 횅했다. 눈에 띄는 차는 단 한 대, 먼지가 쌓인 고물 포드로 어둠침침한 구석에 처박혀 있었다. 순간, 이렇게 어두운 실내는 눈가림이고 정말 멋지고 로맨틱한 방이 이 위에 숨겨져 있는 것은 아닐까 하는 생각이 들었다. 그때 이곳의 주인이 기계를 청소하는 헝겊 조각으로 손을 닦으면서 사무실 입구에 모습을 드러냈다.

위대한 개츠비

금발 머리에 창백하고 무기력해 보이는 남자였지만 어딘가 잘생긴 구석이 있었다. 그는 우리를 보자, 연푸른 두 눈에 약간 희망의 빛이 스쳤다.

「어이! 윌슨.」 톰은 그의 이름을 부르면서 앞으로 다가가 어깨를 툭 쳤다. 「장사는 어때?」

「그저 그렇지, 뭐」라며, 윌슨은 불만스러운 듯이 대답했다.

「그 차 언제 나한테 넘길 생각인가?」

「다음 주. 지금 사람을 시켜 손을 보고 있어.」

「그 사람, 일 처리가 너무 느리구먼. 안 그래?」

톰은 차갑게 말했다.

「그렇게 생각한다면 결국 딴 곳에 파는 것이 좋겠어.」

「그런 의미가 아닐세.」 윌슨은 당황해서 변명했다. 「단지, 좀 그……」 그의 목소리는 기어들어 버렸다.

톰은 초조한 얼굴로 안을 둘러보았다. 그 순간 계단에서 발소리가 나는가 싶더니 곧 통통하게 생긴 여자가 모습을 나타내면서 사무실 문의 빛을 가로막았다. 나이는 30대  중반 정도로 보였는데 여자들에게서 가끔 볼 수 있는 관능적인 몸놀림을 지니고 있었다. 점박이 무늬의 남색 비단 드레스를 입고 있었는데, 얼굴은 그다지 예쁘다고는 할 수 없었지만 몸속의 신경이 끊임없이 요동치는 것처럼 온몸에 생기가 넘쳐흐르고 있는 것을 곧 느낄 수 있었다. 여자는 입가에 살며시 미소를 짓더니 거기에 서 있는 남편은 아랑곳하지

위대한 개츠비

않고 쓱 옆을 지나, 톰의 이글이글 불타는 눈에 초점을 맞추며
악수를 했다. 이윽고 입술을 축인 후 작고 쌀쌀맞은 목소리로
남편에게 말했다.

「의자 좀 가져와요, 네? 손님이 앉을 데가 없잖아요.」

「아참, 그렇지」하고 윌슨은 서둘러 작은 사무실 쪽으로 갔
는데 그의 뒷모습이 곧 시멘트 벽 색깔과 하나가 되었다. 쓰레
기 언덕 근처에 있는 것은 뭐든지 다 하얀 재를 뒤집어쓰고 있
었고 그의 거무스름한 옷과 금발도 뽀얗게 먼지로 뒤덮여 있
었다. 단, ㄱ이 부인만은 예외였다.

「만나고 싶어.」톰은 들뜬 목소리로 말했다. 「다음 기차를
타자.」

「좋아요.」

「역 아래층의 신문 판매소 옆에서 만나자고.」

그녀는 고개를 끄덕였다. 그리고 윌슨이 의자를 두 개 가지
고 사무실 문에 나타나자 곧 톰에게서 떨어졌다.

우리는 길 아래쪽, 사람들 눈에 잘 띄지 않는 곳에서 그녀를
기다렸다. 그날은 독립기념일(7월 4일)을 며칠 앞둔 때였는데
회색 머리카락의 한 비쩍 마른 이태리계 소년이 선로를 따라
폭죽을 일렬로 나란히 장치하고 있었다.

「끔찍한 곳이야, 안 그래?」

톰은 이렇게 말을 하며 에클버그 박사처럼 얼굴을 찌푸렸다.

「정말 끔찍해.」

「그래서 여기를 떠나는 게 좋겠어.」

「남편이 가만 있을까?」

「윌슨이? 그 작자는 그녀가 뉴욕의 여동생을 만나러 가는 줄 알고 있지. 자신이 살아 있는지 어쩐지도 모르는 바보라고.」

이렇게 해서 톰과 그 여자와 나는 함께 뉴욕으로 갔다. 아니, 반드시 함께였던 것은 아니다. 주위의 눈이 신경 쓰여서 윌슨 부인이 다른 칸에 탔기 때문이다. 이스트 에그 사람들이 기차를 타고 있을지도 몰랐다. 그들의 시선을 신경 쓸 정도의 여유는 톰에게도 있었던 것이다.

그녀는 갈색 모슬린 드레스로 갈아입었는데, 뉴욕 역의 플랫폼에서 톰의 부축을 받으며 내릴 때 보니, 그녀의 드레스는 약간 펑퍼짐한 엉덩이에 딱 달라붙어 늘어나 있었다. 그녀는 신문 판매소에서 〈타운 태틀〉 한 부와 영화 잡지 한 권을 샀고, 구내매점에서는 콜드크림과 작은 병에 들어 있는 향수 한 병을 샀다. 차 소리가 시끄럽게 울려대는 위층 찻길에서 그녀는 택시 네 대를 그냥 보내더니 회색 가죽으로 의자를 씌운 연보라색 새 차를 잡았다. 우리는 그것을 타고 복잡한 역을 빠져 나와 뜨거운 태양이 내리쬐는 차도로 미끄러져 갔다. 그런데 곧 그녀는 창문에서 휙 몸을 돌려 앞으로 숙이더니 유리창 정면을 톡톡 두드렸다.

「저런 개 한 마리 갖고 싶어요.」

그녀는 몹시 사고 싶은 눈치였다.

「아파트에서 기르고 싶어요. 개가 있으면 정말 좋을 거야.」

우리는 터무니없게도 존 D. 록펠러(미국의 대자본가)를 닮은 백발의 노인이 있는 곳으로 되돌아갔다. 노인의 목에 매달려

 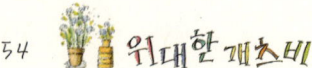 위대한 개츠비

있는 바구니 안에는 어떤 종인지 모를 갓 태어난 강아지들이 여러 마리 웅크리고 있었다.

「이거, 무슨 종이죠?」 노인이 택시 쪽으로 다가오자 윌슨 부인이 물었다.

「무슨 종이든 다 있어요. 무슨 종을 찾습니까, 부인?」

「경찰견이 좋아요. 그런데 그런 건 없겠죠?」

노인은 「글쎄」 하며 바구니를 살펴보더니 한쪽 손을 집어넣어 그중 한 마리의 목덜미를 잡아 버둥대는 강아지를 끄집어 냈다.

「그건 경찰견이 아니에요.」 톰이 말했다.

「그렇군요, 경찰견하고는 좀 다르군요.」

노인은 실망한 목소리로 말했다.

「에어데일 테리어에 더 가깝지요.」 그는 갈색 수건 같은 강아지의 등을 쓰다듬었다. 「이 털 좀 보세요. 굉장하지요. 이 털이 있어서 감기에 걸릴 걱정일랑 안 해도 된다고요.」

「귀엽네요. 이거 얼마예요?」 윌슨 부인은 들뜬 목소리로 물어보았다.

「이놈 말이오?」 노인은 대견하다  는 듯이 그 강아지를 쳐다보았다.

「이놈은 10달러는 줘야 해요.」

그 강아지는 어딘지 모르게 에어데일 테리어다운 데가 있었는데 하얀 다리가 돋보였다. 곧 주인이 바뀌어서 윌슨 부인에게 넘어왔다. 그녀는 무릎 위에 놓인 강아지의 그 방한 코트 같은 털이 마음에 드는지 이리저리 쓰다듬었다.

「암놈이에요, 수놈이에요?」 그녀는 자세하게 물었다.

「그놈요? 수놈이에요.」

「암캐야」라고, 톰은 딱 잘라 말했다.

「자, 돈. 이 돈이면 열 마리쯤은 더 살 수 있을 거야.」

택시는 5번가를 향해 달렸다. 날씨는 그다지 덥지 않고 상쾌해서 봄철의 목가적인 느낌을 주는 여름날의 일요일 오후였다. 한 무리의 양 떼가 그곳을 가로질러 갔다 해도 이상해 보이지 않았을 것이다.

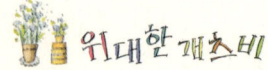

「차 세워. 여기에서 당신들과 헤어져야겠어」 하고 나는 말했다.

「안 돼, 그건 안 돼.」 톰은 재빨리 말했다.

「아파트까지 가지 않으면 머틀이 섭섭해하지. 그렇지, 머틀?」

「같이 가요.」 그녀도 역시 나를 잡아끌었다.

「여동생인 캐서린에게 전화할게요. 아주 미인이라고들 하죠. 그 아이를 알고 있는 사람은 모두 그렇게 말해요.」

「가고는 싶지만, 그래도…….」

우리는 차를 멈추지 않고 다시 공원을 가로질러 거기에서 웨스트 100번가 쪽으로 향했다. 158번가에는 아파트 몇 채가 길고 하얀 케이크처럼 늘어서 있었다. 그 한 조각 같은 곳에서 택시는 멈췄다. 윌슨 부인은 궁전에 돌아온 왕비가 주위를 둘러보듯이 위풍당당하게 주변에 시선을 던진 후 강아지와 산 물건들을 들고서 거만하게 안으로 들어갔다.

「맥키 부부를 올라오라고 할 거예요.」

올라가는 엘리베이터 안에서 그녀는 말했다.

「그리고 물론 동생에게도 전화하겠어요.」

방은 제일 위층에 있었다. 작은 거실에 작은 식당, 작은 침실에 욕실. 거실에는 어울리지 않게 너무 큰 직물로 장식한 한 세트의 가구가 문 앞까지 꽉 들어차 있었다. 그래서 방 안을 걸을 때마다 베르사유 정원에서 여자들이 허리를 흔들며 활보하고 있는 직물의 풍경이 이리 걸리고 저리 걸리곤 했다. 벽에 걸려 있는 한 장의 사신은 너무 크게 확대를 해서 희미한 바위에 암탉 한 마리가 앉아 있는 것 같았다. 그런데 좀 더 가까이 잘 보이는 곳으로 가서 보니, 그 암탉은 챙이 넓은 부인용 모자가 되었고 살찐 노부인의 얼굴이 방 안을 향해 방긋이 미소 짓고 있었다. 날짜 지난 〈타운 태틀〉 몇 부와 〈베드로라 불리는 시몬〉이라는 제목의 책 한 권이 작은 브로드웨이의 스캔들 잡지와 함께 테이블 위에 놓여 있었다. 강아지에 정신이 팔려 있는 윌슨 부인 때문에 엘리베이터 보이는 마지못해 지푸라기가 가득 들어 있는 상자와 우유를 가지러 갔다. 그는 또 신경을 써서 개가 먹는 크고 딱딱한 비스킷을 한 깡통 따로 가져왔다. 우유가 들어 있는 접시 안에 던져진 비스킷은 오후 내내 아무도 거들떠보지 않아 모두 녹아버렸다.

그러는 동안에 톰은 열쇠가 달린 장롱 문을 열고 위스키 한 병을 꺼내 왔다. 나는 지금까지 술에 두 번 정도 취한 경험이 있는데 그 두 번째가 바로 그날 오후였다. 8시가 넘은 시간인데도 아직 밝은 햇빛이 아파트 구석구석까지 가득 내리쬐고 있었지만 거기에서 일어난 일들은 지금 생각해보면 모두가 다 안개에 싸인 것처럼 몽롱하다. 윌슨 부인은 톰의 무릎에 걸터앉아 몇 사람에게 전화를 걸었다. 나는 담배가 떨어져서 모퉁이에 있는 약국까지 사러 나갔는데 방에 돌아와 보니 둘 다 그 장소에서 사라지고 없었다. 그래서 그냥 얌전하게 거실에 앉아, 〈베드로라 불리는 시몬〉의 1장을 읽었다. 그런데 책이 형편없는 것이었는지 아니면 취기가 감돌아 무엇이나 삐뚤어지게 보인 탓인지 아무리 읽어도 무슨 소리인지 알 수가 없었다.

　마침 톰과 머틀이(한잔하기 시작한 후부터는 윌슨 부인과 나는 서로 이름을 부르기로 했다) 다시 거실에 모습을 나타냈고, 동시에 친구들도 도착하기 시작했다. 여동생 캐서린은 마른 체구에 좀 속물처럼 보이는 여자였고 나이는 30살 정도로 보였다. 착 달라붙는 단발에 머리카락은 굵고 붉었으며 얼굴은 하얗게 화장한 상태였다. 눈썹은 가지런히 뽑고 더 세련되게 그렸지만 뽑은 자리에 눈썹이 다시 나려고 해서 얼굴이 얼룩져 보였다. 양팔에는 자기로 만든 팔찌를 한 무더기 차고 있었는데 움직일 때마다 팔뚝에서 시소를 타며 쉴 새 없이 짤랑짤랑 소리가 났다. 자신이 집주인이라도 되는 양 불쑥 방 안에 들어오더니 역시 주인 같은 태도로 방 안의 가구를 둘러보기에 혹시 여기에 살고 있는 것이 아닌가 하는 생각이 들 정도였다. 그래서 물어보니, 깔깔대고 웃으며 내 질문을 큰 소리로 따라하더니만 친구와 호텔에서 살고 있다고 말했다.

　맥키 씨는 창백한 얼굴의, 여자같이 생긴 남자로 아래층에 살고 있었다. 조금 전 수염을 깎았는지 광대뼈에 하얀 비누 거

품이 묻어 있었다. 그는 방에 있는 사람들을 향해 아주 정중하게 인사를 했다. 그는 나에게 예술적인 일을 하고 있다고 했다. 나중에 안 사실이지만 맥키 씨는 사진사였고 벽에 심령체 같이 걸려 있는 윌슨 부인의 뿌연 어머니 사진은 그의 작품이었다. 그의 아내는 날카로운 목소리에 좀 맥이 없어 보였다. 예쁜 얼굴이기는 했지만 형편없는 여자였다. 결혼 후, 남편이 127번이나 자기의 사진을 찍어줬다고 자랑스럽게 떠벌렸다.

머틀이 막 옷을 바꿔 입고 나타났다. 크림색 시폰으로 만든 잘 꾸며진 애프터눈 드레스였다. 걸을 때마다 치맛자락이 바닥에 끌려 사각사각하는 소리가 났다. 옷 때문에 성격까지 변한 것 같았다. 자동차 수리소에 있었을 때는 그렇게도 인상적이었던 강렬한 생기가 지금은 거만함으로 바뀌었다. 웃는 소리며 거동, 그리고 주장하는 태도가 점점 더 거만해져 갔다. 그녀의 존재가 오만함으로 부풀어 올라 그녀를 둘러싼 방은 자꾸만 작아지고 마침내 담배 연기 자욱한 속에서 그녀는 시끄럽게 끼끼 소리 내는 축 위에 앉아 빙빙 돌고 있는 느낌이었다.

그녀는 높은 톤의 목소리로 거만하게 동생에게 말했다.

「애, 사람들이 말이야. 툭하면 상대를 속이려 든단 말이야. 그리고 돈밖에 몰라. 지난주에 다리가 아프기에 여자를 불러 진찰을 받았어. 그런데 청구서를 보니까 맹장 수술이라도 한 것처럼 터무니없이 비싸지 뭐야.」

「그 여자 이름이 뭔데요?」 맥키 부인이 물었다.

「에버하르트 부인이라고 하는데 사람들 집을 방문하며 다리를 진찰하고 다니지.」

「어, 드레스 좋은데요. 너무 멋져요」라며 맥키 부인이 화제를 놀렸다.

머틀은 상대방을 깔보듯이 눈썹을 추켜올리고는 그 칭찬을 일축해버렸다.

「말도 안 돼요. 이건 아주 오래된 거예요. 그냥 편하게 있을 때 가끔 걸치는 거예요.」

「하지만 당신이 입으니까 멋있어요. 제가 무슨 말을 하는지 알겠어요?」 맥키 부인은 말꼬리를 놓지 않았다.

「그런 포즈로 있는 당신을 찍으면 체스터는 좋은 작품을 만들 수 있을 거예요.」

모두 잠자코 머틀을 쳐다보았다. 그녀는 눈앞에 어른거리는 머리카락을 손으로 치우고 환하게 웃으면서 다시 우리를 돌아보았다. 맥키 씨는 머리를 옆으로 기울이고 그녀를 뚫어지게 쳐다보며 한쪽 손을 자신의 얼굴 앞에서 천천히 앞뒤로 움직였다.

「조명을 바꿔야겠어요.」 잠시 후 그가 말했다. 「얼굴형의 입체감을 살리고 싶어요. 뒷머리 전부도 살리면서요.」

「조명은 바꾸지 않는 게 좋을 것 같아요.」

맥키 부인은 큰 소리로 말했다.

「내 생각에는······.」

그녀의 남편이 「쉿!」 하고 저지했다. 우리는 모두 다시 한번 화제의 인물을 쳐다보았다. 그러자 톰이 크게 하품을 하면서 일어섰다.

「맥키 씨 내외분, 뭘 좀 마시겠어요?」톰이 말했다.

「머틀, 얼음하고 물 좀 더 가져와. 사람들이 모두 잠들어 버리기 전에.」

「얼음은 보이에게 말해뒀는데……」 머틀은 미천한 사람들의 칠칠치 못함에 참을 수 없다는 듯이 눈썹을 추켜올렸다.

「이 사람들, 참! 아무튼 항상 감시하지 않으면 안 된다니까.」

그녀는 나를 보고 빙긋이 웃어 보였다. 그러고 나서 강아지를 얼싸안고, 얼굴에 쪽 소리가 나도록 뽀뽀를 했다. 그리고 마치 여러 명의 요리사가 자기의 명령을 기다리고 있기라도 한 것처럼 거드름을 피우며 부엌으로 들어갔다.

「롱아일랜드에서는 좋은 작품을 만들었죠」 하고 맥키 씨는 자신 있게 말했다.

톰은 멍하니 그를 쳐다보았다

「그중 둘은 아래층에 있는데 액자에 끼워뒀어요.」

「둘이라니 뭐가요?」 하고 톰은 다시 물었다.

「습작품이 두 장이라는 뜻이에요. 한 장은 〈몬토크 포인트 –갈매기〉라고 하고 또 한 장은 〈몬토크 포인트–바다〉라고 이름을 붙였어요.」

캐서린은 나와 나란히 소파에 앉아 있었다.

「당신도 롱아일랜드에 사나요?」 그녀는 물었다.

「난 웨스트 에그에 살아요.」

「정말이에요? 한 달 전쯤, 거기에서 파티가 있어서 갔는데 개츠비라는 사람의 집이었어요. 그분 아세요?」

  위대한 개츠비

「바로 옆집이에요.」

「그런데 그 사람이 빌헬름 황제의 조카인가, 사촌뻘 된다나 그렇대요. 그래서 그 많은 돈은 모두 거기에서 나오는 거래요.」

「정말이에요?」

그녀는 고개를 끄덕였다.

「그런데 나, 그 사람 무서워요. 혹시 그 사람이 나한테 마음이 있으면 어떡하죠?」

이러한 나의 이웃에 관한 재미난 정보는 맥키 부인이 별안간 캐서린을 지적하는 바람에 중단돼버렸다.

「체스터, 당신. 캐서린을 모델로 하면 뭔가 해볼 수 있을 것 같은데.」 그녀가 갑자기 큰 소리로 이렇게 말하자 맥키 씨는 귀찮다는 듯이 고개만 끄덕일 뿐 톰 쪽으로 얼굴을 돌렸다.

「롱아일랜드에서 더 일해보고 싶어요. 그럴 수만 있다면 말이야. 내가 부탁하는 것은 단지, 내가 활동할 수 있게 길만 터 달라는 것뿐이에요.」

「머틀에게 부탁해보지.」 톰은 이렇게 말하고 머틀이 쟁반을 가지고 들어오자 갑자기 껄껄대고 웃었다. 「저 사람이 당신에게 소개장을 써줄 거요. 안 그래, 머틀?」

「뭘 한다고요?」

그녀는 깜짝 놀라 물었다.

「맥키 씨에게 소개장 하나 써주고 당신 남편을 만나게 하는 거야.

당신 남편을 모델로 습작품을 만들 수 있게 말이지.」

잠시 그의 입술이 소리 없이 움직이더니 제목을 하나 만들어냈다.

「음……, 〈기름 펌프 옆에 서 있는 조지 B. 윌슨〉이나 뭐 그런 이름으로 말이지.」

캐서린이 바짝 다가와서 내 귀에 대고 속삭였다.

「둘 다 배우자에 대해 불만이 많아요.」

「그래요?」

「진저리를 치고 있다고요.」 그녀는 머틀을 보고 나서 톰을 바라보았다. 「내가 말하고 싶은 것은 상대에게 진저리를 치면서 어째서 지금까지 함께 살고 있나 하는 거예요. 나 같으면 벌써 이혼하고 딴 사람하고 재혼해버렸을 텐데.」

「머틀도 역시 남편을 좋아하지 않나요?」

대답은 뜻밖에 머틀이 했다. 여태껏 우리 얘기를 듣고 있었던 것이다. 그 대답은 상스럽고 듣기 민망한 것이었다.

「보셨죠?」 캐서린은 그것 보라는 듯이 말했다. 그녀는 다시 목소리를 낮추고 말했다. 「둘이 합치지 못하는 것은 사실 톰의 부인 때문이에요. 그 여자는 가톨릭 신자거든요. 그래서 이혼 같은 건 꿈도 못 꾸죠.」

그런데 데이지는 가톨릭 신자가 아니다. 얼굴색 하나 변하지 않고 꾸며대는 거짓말에 나는 놀라지 않을 수 없었다.

「둘이 결혼하면……」 캐서린이 계속 말을 이었다. 「주위의 입방아가 가라앉을 때

까지 잠시 서부에 가서 살 거래요.」

「유럽으로 가는 편이 더 좋지 않을까?」

「어머, 유럽 좋아하세요?」 그녀는 반가운 듯이 외쳤다.

「저, 몬테카를로에서 돌아온 지 얼마 안 돼요.」

「그렇군요.」

「바로 작년이었어요. 친구와 같이 놀러 갔었죠.」

「오래 있었어요?」

「아니요. 그저 몬테카를로만 갔다 왔죠. 마르세유를 거쳐서
갔는데 떠날 때는 1천2백 달러 넘게 있었는데 이틀 후에 도빅
판에서 다 날렸어요. 그래서 아주 끔찍한 몰골로 돌아왔죠. 정
말이에요. 아, 거긴 정말 생각만 해도 끔찍해요!」

날이 저물 무렵, 하늘은 지중해의 파란 물결처럼 아름다운
빛깔로 유리창을 물들이고 있었다. 그때 맥키 부인의 날카로
운 목소리가 귓가를 울려 나는 다시 방 안으로 시선을 돌렸다.

「내가 까딱하면 실수할 뻔했죠.」 그녀는 단호한 표정으로 말
했다. 「몇 년이나 내 뒤를 졸졸 쫓아다니던 키 작은 촌뜨기와
하마터면 결혼할 뻔했었다고요. 내 결혼 상대로는 어림도 없
는 사람이었죠. 모두들 나에게 이렇게 말했어요. 〈루실, 저 남
자는 너보다 훨씬 못해!〉라고 말이죠. 하지만 체스터를 만나지
않았으면 그 남자와 결혼했을 거예요.」

「그래, 하지만…….」 머틀은 머리를 위아래로 끄덕이면서
말했다.

「결국 결혼하지 않았잖아요.」

「그래요. 안 했어요.」

「그런데 나는 결혼을 했다고요.」

머틀은 애매모호한 말을 했다.

「그것이 당신 경우와 내 경우의 차이예요.」

「그럼, 왜 결혼했어?」 캐서린이 대답을 재촉했다. 「아무도 강제로 하라고 하지 않았는데.」

머틀은 잠시 생각에 잠겼다.

「왜냐하면 그 사람이 신사라고 생각했기 때문이야.」

그녀는 마침내 이렇게 말했다.

「그래도 교양이 뭔지 조금은 알 거라고 생각했어. 그런데 알고 보니 내 발꿈치에도 못 미치는 위인이지 뭐야.」

「그래도 한때는 그에게 푹 빠졌었잖아」 하고 캐서린이 말했다.

「그런 위인한테 푹 빠졌다니!」 머틀은 말도 안 된다는 듯이 외쳤다. 「누가 그런 말을 하는 거지? 그 남자한테 미쳤었다고? 누가 그래? 이것 봐, 저기 저 사람에게 푹 빠지지 않는 것처럼 나는 절대 그렇지 않았다고.」

그녀는 갑자기 나를 가리켰고 사람들은 마치 내가 무슨 잘못이라도 한 것처럼 모두들 나를 쳐다보았다. 그래서 나는 〈사랑 같은 건 바라지 않아요〉 하는 표정을 지어 보여야 했다.

「결혼 초기에 잠깐 눈이 돌아갔던 것뿐이야. 그것도 곧 잘못된 생각이라는 걸 깨달았지. 그는 결혼식 때 누군가에게 비싼 옷을 빌려서 입고 결혼을 했어. 그런 일을 나에게는 입도 뻥긋 안 하고 말이야. 그런데 어느 날 그이가 집에 없을 때 옷 주인이 옷을 찾으러 온 거야. 난 〈어머, 댁의 옷이었나요? 전 몰랐

어요〉라고 말했지. 하지만 옷을 그 사람에
게 건네주고 나서 오후 내내 쓰러져서 엉엉
울었어.」

「그때 도망쳤어야 했는데.」 캐서린은 나
를 보고 다시 얘기하기 시작했다.「그 허름
한 자동차 수리소 2층 방에서 11년이나 살았지
뭐예요. 그러니까 톰은 첫사랑이라고 할 수 있죠.」

그때 우리는 캐서린만 제외하고, 계속해서 위스키를
두 병째 마시고 있었다. 그녀는 한 모금도 안 마셨지만 마신 것
처럼 기분이 좋아졌다고 했다. 톰은 전화로 심부름꾼을 불러
맛있기로 유명한 샌드위치를 사러 보냈는데, 한 끼 저녁 식사
로도 충분할 만큼 푸짐했다.

나는 이곳을 빠져나가 부드럽게 어스름이 깔린 거리를 동쪽
으로 걸어서 공원으로 가고 싶었다. 그러나 나가려고 할 때마
다 무언가 쓸데없는 말싸움에 휩쓸려 마치 밧줄에 끌려가듯 다
시 제자리로 돌아오게 되었다. 그렇지만 이 도시의 높은 곳에
일렬로 늘어선 노란 창들은 인간의 비밀을, 어두워지는 길을
지나가며 호기심 어린 눈초리로 쳐다보는 사람들에게 그 비밀
을 가르쳐주었음에 틀림없다. 나도 그 사람들이 창을 올려다보
며 궁금해하는 모습을 볼 수 있었다. 나는 안에도 있었고 동시
에 밖에도 있었다. 한없이 다채로운 인생들이 매력적이기도 하
는 반면, 혐오스럽기도 했다. 머틀은 갑자기 내 옆으로 의자를
끌어 와 후끈한 입김을 내뿜으며 어떻게 해서 처음 톰을 만나
게 되었는지 얘기하기 시작했다.

「기차를 타니 두 자리가 비어 있었어요. 마주 보고 앉는 자리였는데 항상 맨 마지막에 남는 그런 자리였죠. 나는 그날 뉴욕으로 가서 동생을 만나고 하룻밤을 보낼 생각이었죠. 그때 그는 정장 차림에 고급 가죽 구두를 신고 있었어요. 나는 그 사람에게서 눈을 뗄 수가 없었어요. 하지만 그가 나를 쳐다볼 때마다 그 사람 머리 위에 붙어 있는 광고를 보는 척했지요. 그런데 역에 도착하니 그이가 바로 내 옆에 서 있지 않겠어요. 셔츠의 가슴 부분으로 내 팔을 밀고 있었어요. 그래서 이렇게 말해줬죠. 〈자꾸 이러면 경찰을 부르겠다〉고. 하지만 그건 거짓말이었죠. 그 당시 너무나 흥분해서 같이 택시에 탔을 때는 내가 무엇을 타고 있는지조차 깨닫지 못했을 정도였어요. 그때 내 머릿속은 온통 〈인생은 영원하지 않아, 인생은 영원하지 않아〉라는 말이 꼬리에 꼬리를 물고 맴돌고 있었죠.」

그녀는 맥키 부인 쪽으로 몸을 돌렸고 어색한 웃음소리가 방 안 가득히 울려 퍼졌다.

「저기 있잖아.」 그녀는 소리 높여 말했다. 「이 드레스를 벗으면 바로 당신한테 줄게요. 나는 내일 또 다른 것을 사야겠어요. 꼭 해야 할 거, 사야 할 거를 다 적어 목록을 만들까 해요. 마사지 기계랑 파마 기계, 개 목걸이, 스프링 달린 깜찍한 작은 재떨이, 또 어머니 무덤에 장식할 검은 비단 리본이 달린 여름 내내 시들지 않는 화환. 사고 싶은 물건을 잊어버리지 않게 모두 리스트를 작성해야겠어요.」

9시가 된 걸 본 지 얼마 되지 않았는데 시계를 보니 벌써 10시였다. 맥키 씨는 두 주먹을 무릎 위에 불끈 쥐고는 의자에서

 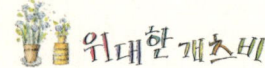

자고 있었는데 그 모습이 꼭 무슨 운동선수 같았다. 나는 손수
건을 꺼내서 오후 내내 신경 쓰였던 그의 뺨에 달라붙은 마른
비누 거품을 닦아주었다.

　강아지는 테이블 위에 앉은 채로 담배 연기 자욱한 방 안에
서 잘 보이지도 않는 눈을 깜박거리며 때때로 작은 소리로 끙
끙거렸다. 모두 사라졌다가 다시 나타나고, 어
디로 가는 계획을 세우는가 싶더니 온데간데
없이 다시 사라지고, 서로 찾아다니기도 하고
그러나가 아수 가까운 곳에서 서로를 발견하
곤 했다. 언제부터인지 모르겠지만 한밤중이
되자 톰과 머틀이 마주 앉아 데이지의 이름을 입
에 올릴 권리가 있는가 없는가에 대해 심하게 다투
기 시작했다.

　「데이지! 데이지! 데이지!」 머틀은 큰 소리로 외쳤다.

　「부르고 싶을 땐 언제든지 부를 거예요! 데이지! 데이
지…….」

　그 순간, 톰은 날쌘 동작으로 그녀의 코를 후려쳤다. 그러자
욕실 바닥에는 피 묻은 수건이 던져지고, 여자들의 비명 소리
가 들리고, 그 소란보다 더 크고 길게 고통을 호소하며 울부짖
는 울음소리가 들렸다. 맥키 씨는 선잠에서 깨어나 멍한 상태
로 현관문을 향해 걷기 시작했다. 그는 중간까지 가더니 다시
돌아보고 집 안의 광경을 가만히 바라보았다. 그의 아내와 캐
서린은 소리를 지르기도 하고 위로하기도 하며 꽉 들어찬 가구
사이를 이리저리 걸려 넘어질 뻔하면서 구급약을 가져왔다. 피

를 흘리면서 소파에 누워 있는 절망적인 모습의 그녀는 베르사유 풍경이 그려져 있는 태피스트리 위에 피가 묻을까 봐 〈타운 태틀〉지를 펼치려 하고 있었다. 이윽고 맥키 씨는 몸을 돌려 현관 쪽을 향해 뚜벅뚜벅 걸어가 문밖으로 나갔다. 나는 샹들리에에 대롱대롱 걸린 모자를 집어 들고 그를 따라갔다.

「언제든 점심이나 하러 오세요.」

엘리베이터가 삐거덕거리는 소리를 내면서 내려갈 때 그가 말했다.

「어디서요?」

「어디에서든요.」

「레버에 손대지 마세요.」

엘리베이터 보이가 퉁명스럽게 말했다.

「어, 미안해요.」 맥키 씨는 근엄하게 말했다. 「거기에 손이 간 줄도 몰랐어요.」

「좋습니다.」 나는 동의했다. 「기꺼이 가겠습니다.」

나는 그의 침대 옆에 서 있었고 그는 양손에 커다란 포트폴리오를 들고 속옷 바람으로 시트 속에 들어가 앉아 있었다.

「미녀와 야수⋯⋯, 고독⋯⋯, 늙은 식료품 가게의 말⋯⋯, 브루클린브리지⋯⋯.」

그때 나는 펜실베이니아 역의 차가운 대합실 의자에 누워 반쯤 졸린 눈으로 조간 〈트리뷴〉지를 보면서 새벽 4시 기차를 기다리고 있었다.

위대한 개츠비

여름 내내 밤만 되면 옆집에서는 음악 소리가 들려왔다. 시끄럽게 떠드는 소리와 샴페인 터뜨리는 소리가 들리고 사람들이 별과 별 사이를 누비며 푸른 정원 위를 모기 떼처럼 돌아다녔다. 정오가 지나 밀물 때가 되면 손님들이 전망대에서 바다로 뛰어들거나 해변의 뜨거운 모래사장에서 일광욕하는 모습을 볼 수 있었다. 바다 저편에선 두 척의 모터보트가 하얀 물거품을 일으키며 물살을 가르고 미끄러져 가는 수상스키 판을 매달고 달리고 있었다. 주말에는 롤스로이스가 셔틀버스로 변신하여 아침 9시부터 한밤중까지 도심 사이를 왕복하며 일행을 실어 나르고, 스테이션 왜건은 기차 시간에 늦지 않기 위해 민첩한 몸놀림으로 쌩쌩 날아다녔다.

월요일이 되면, 임시 정원사를 비롯하여 여덟 명의 일꾼이 걸레나 수세미, 망치, 혹은 정원용 가위를 들고 하루 종일 움직이며 지난밤에 망가진 곳을 수리했다. 매주 금요일, 오렌지와 레몬이 들어 있는 다섯 개의 바구니가 뉴욕의 과일 가게로부터 배달되고, 매주 월요일엔 반으로 쪼개져 알맹이가 제거된 이 같은 오렌지나 레몬 껍질이 피라미드처럼 쌓여 뒷문에 버려졌다. 주방에는 작은 단추를 2백 번 누르면 30분 만에 2백

위대한 개츠비

개의 오렌지에서 즙을 짤 수 있는 기계가 있었다.

적어도 2주일에 한 번쯤은 한 무리의 배달원이 5, 6백 피트나 되는 커다란 천막과 색색의 전구를 가득 실어 와, 개츠비의 거대한 정원수에다 크리스마스트리처럼 장식을 했다. 뷔페식 테이블에는 입맛을 돋우는 전채요리와 함께, 양념한 햄 구이, 반점 모양의 샐러드, 튀김옷을 입힌 돼지고기, 그리고 먹음직스럽게 익힌 칠면조가 곁들여져 있었고, 넓은 객실에는 진짜 청동으로 만든 바가 있어서 여러 가지 진이나 위스키, 그리고 다양한 코디얼을 즐길 수 있었다. 코디얼은 오랫동안 사람들이 입에 대지 않고 잊고 있던 것이라, 젊은 여자 손님들은 어느 게 어느 건지 구별할 수 없다고 말할 정도였다.

7시가 되면 오케스트라가 도착했다. 이것도 다섯 악기로만 편성된 작은 악단이 아니라 오보에, 트롬본, 색소폰, 코넷, 피콜로, 저음과 고음을 내는 드럼 등 대극장의 오케스트라용 무대를 가득 채울 정도로 대규모인 것이다.

해변에서 늦게까지 수영하고 있었던 사람들도 이미 돌아와 2층에서 옷을 갈아입고 있었다. 뉴욕에서 온 자동차들은 저택 내 차도에 옆으로 나란히 다섯 대가 주차돼 있고, 화려한 빛깔의 옷으로 치장을 한 여자, 최신형 단발로 머리를 자른 여자, 스페인 왕비조차 꿈도 꾸지 못할 것 같은 멋진 숄을 두른 여자들이 거실이나 객실, 베란다 등을 꽃처럼 수놓고 있었다. 바는 한창 북적대고 있었다. 칵테일을 얹은 쟁반이 이동을 하며 이리 돌고

저리 돌아 정원 밖에까지 도달했다. 이야기 소리나 웃음소리가 점점 높아지는가 싶더니 제멋대로 남을 빈정대고, 소개를 받아도 곧 그 자리에서 잊어버리거나 서로 이름도 모르는 여자들끼리 얘기에 열중한다거나 하며 주위의 분위기는 점점 고조되었다.

태양이 떨어지고 나면 반대로 전등은 더욱 빛을 내기 시작했다. 오케스트라는 마음을 녹이는 정열적이면서도 달콤한 음악을 연주하고, 이야기 소리는 마치 오페라처럼 한층 더 고조되었다. 웃음소리는 시시각각 커지더니 급기야 폭발해서 산산이 흩어지고, 떠들어대는 말과 부딪쳐 다시 튀어 올랐다. 그룹은 급격히 바뀌어 새로운 손님이 섞여 부푸는가 싶더니 이내 눈 깜짝할 사이에 꺼져버리고 다시 만들어졌다. 벌써 어슬렁거리며 돌아다니는 사람도 있고, 술에 자신 있는 여자는 술에 강한 확실한 패거리 사이를 여기저기 누비면서 그룹의 중심이 되는 순간, 짜릿한 쾌감에 사로잡혔다. 그러고는 승리감에 도취되어 쉬지 않고 바뀌는 머리 위의 빛과 함께 얼굴, 목소리, 색채가 변하는 사람들 속을 미끄러지듯이 빠져나갔다.

그런데 갑자기 그렇게 방랑하던 한 여자가 우윳빛 옷자락을 나풀거리며 하늘 높이 칵테일 잔을 거머쥔다. 그러고 나서 단호하게 쨍그랑, 떨어뜨리고는 양팔을 빠르게 움직이면서 혼자 천막을 친 무대로 뛰어오른다. 순간 주위는 쥐 죽은 듯이 조용해진다. 그러자 오케스트라의 지휘자는 친절하게 리듬을 바꿔 그녀에게 맞춰준다. 웅성웅성 다시 사람들이 떠들기 시작하면서, 그녀가 폴리스 소속으로 질다 그레이의 임시 대역이라는 그럴듯한 소문이 퍼진다. 파티는 시작된 것이다.

처음으로 개츠비의 파티에 갔던 날 밤, 나는 확
실히 정식으로 초대된, 얼마 되지 않는 손님 중
하나였던 것 같다. 거기에 있는 대부분의 사람
들은 초대받지 않았지만 모두 파티에 온 것이
다. 그들은 모두 롱아일랜드까지 실어다 주는 자
동차를 탔고 개츠비네 집 문 앞에서 내린 것이
다. 그들은 개츠비를 누군가로부터 소개받은
석이 있는 사람들이었나. 그 나음은 마치 유원시에서 규칙에
따라 몸을 움직이는 아이들처럼 자연스럽게 규칙에 따라 행동
한다. 그들은 파티에 왔더라도 개츠비를 만나지 않고 그냥 돌
아가기도 하고 단순히 기분을 내기 위해 오기도 하는데, 실은
이 단순한 기분이야말로 파티의 입장권이었다.

그런데 나는 확실히 초대를 받았다. 개츠비의 운전사가 녹
색빛이 감도는 파란색 제복을 입고 토요일 아침 일찍 우리 집
잔디를 가로질러 오더니 정중하게 격식을 차린 초대장을 전해
주었다. 거기에는 「오늘 저녁의 조촐한 파티에 와주신다면 저
에게 있어 더없는 영광이 되겠습니다」라고 쓰여 있었다. 몇 번
인가 나를 보고 진작에 찾아뵈려고 생각했지만 때마침 여러
가지 사정이 생겨서 차일피일 미루고 있었다고, 장중한 필적
으로 제이 개츠비라고 서명이 돼 있었다.

나는 하얀 플란넬 양복을 차려입고 7시가 조금 지나 그의 저
택 잔디를 밟으며 걸어 들어갔다. 거기에는 낯선 사람들이 모
여서 크고 작은 소용돌이를 만들고 있었다. 나는 약간 어색한

기분으로 그 속을 돌아다녔다. 통근 열차 안에서 본 적이 있는 얼굴들이 여기저기 눈에 띄기도 했다. 그 속에서 아주 인상 깊었던 것은 젊은 영국인들을 곳곳에서 많이 볼 수 있었다는 것이다. 모두 옷차림은 좋아 보였는데 뭔가 구걸하는 듯한 표정으로, 신뢰감 있어 보이는 돈 많은 미국인을 찾아다니면서 작은 목소리로 말을 걸고 있었다. 주식이나 보험, 자동차 같은 것을 팔아보려고 애쓰는 것 같았다. 어쨌든 바에 가까울수록 움직이는 돈이 있다는 것을 그들은 너무나도 잘 알고 있었다. 핵심을 찌르는 말을 몇 마디쯤 하면 그 돈은 과녁을 맞춘 자신들의 것이 된다고 확신하고 있는 것이다.

도착하자마자 나는 개츠비를 찾으려고 애썼다. 몇몇 사람에게 그가 어디에 있는지를 물었더니 눈을 동그랗게 뜨고는 나를 뚫어져라 쳐다보면서, 그가 어디 있는지 전혀 모른다며 딱 잘라 말하는 바람에 멋쩍어진 나는 칵테일이 놓여 있는 테이블 쪽으로 슬그머니 꽁무니를 빼고 말았다. 오직 그곳만이 정원에 혼자 있어도 저 사람은 어울릴 곳 없는 외톨이라는 취급을 받지 않고 편안하게 쉴 수 있는 장소였다. 너무 당황한 나는 계속 술만 마셨다. 슬슬 취기가 돌 때쯤, 조던 베이커가 집 안에서 나와 대리석으로 된 층계 위에 서서 몸을 약간 굽히고, 거만하면서도 관심 어린 표정으로 정원을 내려다보고 있었다.

이제 지나가는 사람들에게 인사를 하며 슬슬 말을 걸어봐야겠는데, 그 전에 환영을 받든 그렇지 않든 우선 누군가에게 들러붙어 같이 있는 게 좋다는 생각이 들었다.

「어이!」 나는 큰 소리로 외치며 그녀 쪽으로 다가갔다. 내 목

소리가 너무 커서 온 정원이 쩌렁쩌렁 울릴 정도였다.

「와 있을 거라고 생각했어요.」 층계를 올라가니 그녀는 넋이 빠진 사람처럼 약간 멍한 표정으로 대답했다. 「옆집에 살고 있다는 것이 기억이 나서요…….」 그녀는 곧 돌봐주겠다는 약속의 표시처럼 내 손을 잡고 층계 아래쪽으로 내려가다가 멈춰 섰다. 거기에는 똑같이 노란색 옷으로 곱게 차려입은 두 명의 아가씨가 있었는데 그들에게 무슨 말인가를 속삭였다.

「어머!」 두 아가씨는 동시에 외쳤다.

「당신이 이기지 못해서 정말 유감스럽군요.」

그것은 골프 시합 얘기였다. 그녀는 지난주 결승전에서 패배한 것이다.

「잊어버리고 있었어요.」 노란색 옷을 입은 아가씨 중 한 사람이 말했다. 「하지만 한 달 전쯤에 여기서 뵌 적이 있죠.」

「그 후에 머리를 염색했군요」라며 조던이 말했다. 나는 다시 걷기 시작했고 아가씨들도 아무 생각 없이 걸어갔기 때문에 조던의 말은 벽을 보고 한 격이 되었다. 조던은 가냘픈 구릿빛 팔을 내 팔에 끼고는 층계를 내려와 정원을 돌아다녔다. 칵테일을 담은 쟁반이 석양을 배경으로 눈앞에 떠올랐다. 우리는 노란색 옷을 입은 두 아가씨와 세 명의 남자가 있는 테이블로 다가갔다. 남자들은 각자 자기소개를 했는데 묘하게도 세 명 모두 멈블이라는 이름이었다.

「이런 파티에 자주 오나요?」 조던은 옆에 앉은 아가씨에게 물었다.

「지난번에 왔을 때, 그때가 처음이었어요.」 민첩하고 자신만

 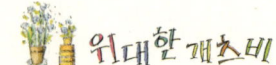 위대한 개츠비

만한 말투였다. 그녀는 친구 쪽을 돌아보며 「루실, 너도 그렇지 않아?」하고 물었다.

루실은 긍정의 뜻으로 고개를 끄덕였다. 「나는 여기 오는 거 좋아해.」루실은 말했다.

「나는 무슨 일이 일어나도 별로 신경 쓸 필요가 없어. 그래서 언제나 즐거워. 요전에 여기에 왔을 때, 의자에 걸려서 가운이 찢어졌어. 그러자 그 사람이 이름과 주소를 물어보더라고. 그런데 일주일이 되기도 전에 크뢰위에르 양품점에서 소포가 왔는데 그 안에 새 이브닝 가운이 들어 있지 뭐야.」

「그거 가졌어요?」조던이 물었다.

「물론이죠. 오늘 입고 오려고 했는데 가슴 부분이 너무 커서 수선해야 해요. 연보라색 구슬이 달린 가즈 블루 가운인데, 265달러나 한다고요.」

「그렇게까지 신경 쓰다니, 어딘가 재미있는 사람이네요. 그 사람, 어느 누구와도 옥신각신하기 싫은가 보죠.」다른 아가씨가 말했다.

「누가 그렇다는 말이죠?」나는 물었다.

「개츠비요. 어떤 사람이 그러던데…….」

두 아가씨와 조던은 비밀 이야기라도 하듯이 몸을 바짝 붙였다.

「누가 그러던데 그 사람, 옛날에 누굴 죽인 일도 있대요.」

순간 온몸에 소름이 끼쳤다. 세 명의 미스터 멈블은 몸을 굽히고 열

심히 귀를 기울였다.

「설마, 그 정도였을까?」라고 루실은 믿을 수 없다는 듯이 말했다.

「그것보다도 전쟁 중 독일 스파이였다는 쪽이 더 신빙성이 있는 것 같아요.」

세 남자 중 한 사람이 확실히 그렇다는 듯이 고개를 끄덕였다.

「그와 같이 독일에서 자라서 그에 관한 것이라면 뭐든지 알고 있는 어떤 남자가 그렇다고 하더군요」 하고 그는 장담했다.

「어머, 아니에요.」 처음에 말을 꺼냈던 아가씨가 부정했다.

「그런 일은 있을 수 없어요. 그는 전시에 미군에 있었거든요.」

우리의 얄팍한 귀가 또 방향을 바꾸어 그쪽으로 향하자, 그녀는 흥분해서 몸을 앞으로 기울였다.

「가끔 그 사람이 혼자 있을 때, 몰래 그를 엿보라고요. 분명 사람을 죽였을 거예요. 확실히 그랬을 거라고요.」

그녀는 눈을 가늘게 뜨고 몸을 떨었다. 루실도 몸을 떨었다. 우리는 모두 혹시 개츠비가 근처에 있는 게 아닐까 불안한 마음으로 주위를 둘러보았다. 이 세상에 소문 따위를 퍼뜨릴 이유가 없어 보이는 사람들 입에까지도 이렇게 오르내리는 것을 보면 개츠비라는 인물이 사람들에게 꽤 로맨틱한 상상을 불러일으키는 것 같았다.

한밤중이 지나면 또 한차례의 식사가 나오는 것이 보통이었기에 저녁 식사가 차려지고 있었다. 조던은 나를 불러 자신의 일행과 합석하도록 했다. 그 일행은 정원의 맞은편 테이블 주

위에 늘어서 있었다. 부부 동반으로 온 사람이 세 쌍, 조던을 따라온 대학생이 한 명 있었다. 통렬한 비판을 거침없이 내뱉는 대담한 표정의 그 학생은, 조만간 조던이 자신에게 굴복할 거라고 생각하고 있는 듯했다. 이 일행은 이리저리 돌아다니지 않고 모두 한결같이 근엄한 태도를 취하며 견실하고 고상한 이스트 에그를 자신들이 대표하고 있다는 생각을 가지고 있었다. 그리고 알록달록한 화려함을 싸구려 취급하며 엄하게 경계하고 있었다.

「나갑시다.」 좀 거북스러운 분위기 속에서 30분 정도 쓸데없이 시간을 보낸 후, 조던이 속삭였다. 「여기는 너무 예의를 차리는군요.」

우리가 자리에서 일어나자 「주인, 개츠비를 찾는 거예요」 하며 그녀가 말했다. 「아직 한 번도 만난 적이 없죠?」 하는 그녀의 말에 나는 왠지 불안해졌다. 대학생은 어울리지 않는 우울한 얼굴로 고개를 끄덕였다.

많은 사람이 북적거리는 바를 살펴봤지만 개츠비는 보이지 않았다. 그녀는 또 층계 위로 올라가 정원을 내려다보았는데 역시 개츠비의 모습은 없었다. 베란다에도 없었다. 우리는 우연히 크고 육중한 문을 밀었다가 천장이 높은 고딕 양식의 서재로 들어가게 되었다. 서재는 영국산 떡갈나무 목재에 조각한 유리판을 끼운 것으로 아마 어딘가 외국의 골동품 시장에서 그대로 실어 온 고가품 같았다.

서재에는 올빼미 눈처럼 커다란 안경을 걸친 건장한 체구의 중년 남자가 큰 테이블 가장자리에 걸터앉아 얼큰하게 취해서 비틀거리면서도 눈을 부릅뜨고 책장을 가만히 응시하고 있었다. 우리가 들어가자 그는 애써 몸의 방향을 바꾸더니 머리끝에서 발끝까지 조던을 훑어보았다.

「어떻게 생각하시오?」 그는 도전적으로 물었다.

「무엇을요?」

그는 책장을 가리키며 한쪽 손을 흔들었다.

「저것 말이오. 진짜인지 가짜인지 일부러 확인해볼 필요는 없지. 내가 확인해봤으니까. 저건 진짜요.」

「책 말입니까?」

그는 고개를 끄덕였다.

「완전한 진짜요. 페이지도 있고 있을 건 다 있어. 그냥 두꺼운 고급 마분지라고 생각했는데, 정말이오. 진품이라고. 이걸 한번 보시오.」

우리가 의심하는 것도 무리는 아니라는 듯이 그는 책장으로 달려가서 〈스터다드의 강의록〉 1권을 꺼내 왔다.

「이것 봐요!」 그는 의기양양하게 외쳤다. 「인쇄물로서는 진품이지. 나는 완전히 속았소. 이놈은 진짜로 거짓 없는 벨라스코(브로드웨이의 유명한 마술사)요. 이건 하나의 승리라고. 얼마나 철저하오! 얼마나 리얼하오! 어디서 멈춰야 하는지도 알고 있었어. 페이지가 잘리지 않았잖아. 그런데 여긴 무슨 일이죠? 무슨 용건인가?」

그는 나에게서 책을 휙 낚아채더니 서둘러 다시 책장에 꽂았다. 벽돌처럼 쌓여 있는 책을 한 권이라도 움직이면 서재 전체가 무너질 것 같다고 중얼거렸다.

 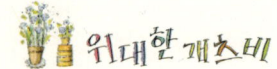 위대한 개츠비

「누가 당신들을 안내했죠?」 그는 캐물었다. 「아니면, 그저 아무 생각 없이 들어온 거요? 나는 누가 데려다 줬소. 대부분의 사람들은 그렇게 해서 이곳에 오지.」

조던은 대답하지 않고 그저 밝은 표정으로 생긋생긋 웃으면서 그를 보고 있었다.

「나는 루스벨트라는 부인이 데려다 줬소.」 그는 말을 이었다. 「미세스 클로드 루스벨트. 그녀를 아시오? 어제저녁 어딘가에서 그 부인을 만났지. 최근 일수일 내내 술녹에 빠져 있어서 서재에 들어가 있으면 취기가 좀 깰지도 모른다고 생각했죠.」

「그래서 술이 좀 깼나요?」

「뭐, 약간. 아직 뭐라고 말할 수는 없지만. 여기에서 겨우 한 시간 있었을 뿐이니까. 책에 관해서 내가 말을 했던가요? 저건 진짜라고, 저건…….」

「얘기했어요.」

우리는 정중하게 그와 악수를 나누고 밖으로 나왔다. 정원에 설치된 천막에서는 댄스가 시작되고 있었다. 노인들은 젊은 아가씨들을 끊어질 줄 모르는 원 안에 밀어 넣었고, 춤을 잘 추는 커플들은 허리를 실룩거리며 서로 얼싸안고 세련된 모습으로 구석에서 춤을 추고 있었다. 파트너가 없는 아가씨들은 여럿이 모여 제멋대로 춤을 추거나, 밴조나 타악기를 대신 연주하며 흥을 돋우어 오케스트라 단원을 좀 쉬게 하기도 했다. 밤이 깊어지자 분위기는 더욱 요란해졌다. 유명한 테너

가수가 이태리어로 노래도 불렀다. 평판이 높은 알토 가수는 재즈를 불렀다. 노래 사이사이 여러 사람이 정원 쪽을 향해 묘기를 부리고 행복에 겨운 웃음소리가 여름 하늘 위로 솟아올랐다. 무대 위에는 두 사람이 올라가 있었는데, 뜻밖에도 노란색 옷을 입은 두 아가씨였다. 그들은 어린아이 의상을 입고 어린아이 흉내를 내고 있었다. 샴페인이 대접보다도 더 큰 잔에 담겨 나왔다. 달은 더욱 높이 떠올라 있었다. 바다 위에 두둥실 떠 있는 달은 세모꼴의 은색 비늘 같았는데 잔디 위에서 연주되는 밴조 소리에 맞춰 춤을 추는 것 같았다.

나는 여전히 조던 베이커와 함께 앉아 있었다. 테이블에는 동년배의 한 남자와 시끄럽게 웃어대는 여자도 한 명 같이 있었다. 그 여자는 조금만 자극을 받아도 도저히 억제할 수 없다는 듯이 웃어댔다. 나도 즐거웠다. 두 대접이나 되는 샴페인을 마셔서 그런지 주위의 정경은 순식간에 의미 깊고 두려운, 뭔가 심오한 것으로 변해 있었다.

여흥이 좀 가라앉자 같이 앉아 있던 남자가 나를 보고 미소를 지었다.

「얼굴이 낯익은데……」 그는 정중하게 말했다. 「혹시, 전쟁 중에 제1사단에 있지 않았나요?」

「네, 그래요. 제28보병대였어요.」

「나는 1918년 6월까지 제16보병대였지요. 어쩐지, 전에 어디선가 본 적이 있는 것 같다고 생각했어요.」

우리는 우수에 젖은 프랑스의, 어느 작고 음울한 마을 얘기를 잠시 나누었다. 이 남자는 이 근처에 살고 있는 것이 분명

 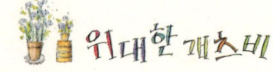

했다. 그는 최근 수상비행기를 샀는데 아침이 되면 시험해볼 생각이라고 했다.

「같이 가보지 않겠소? 바닷가 바로 근처인데.」

「몇 시에요?」

「언제든 시간 날 때.」

내가 그의 이름을 물어보려는 말이 혀끝에서 튀어나오려 할 때 조던이 돌아보고 미소 지으며 물었다.

「이제 기분이 좋으세요?」

「아주 좋아요」 하고 새로 사귄 사람 쪽으로 다시 고개를 돌렸다.

「나는 이렇게 신기한 파티는 처음이에요. 아직 주인도 만나지 못했는데…….. 나는 저기에 살고 있는……」 하며 한쪽 손을 흔들어 멀리 보이지 않는 울타리를 가리켰다.

「게다가 개츠비라는 사람이 운전사를 시켜서 초대장을 들려 보냈더라고요.」

순간, 그는 이해할 수 없다는 표정으로 나를 쳐다보았다.

「내가 개츠비요.」 불쑥 그가 말했다.

「네엣?」 나는 소리쳤다. 「어이구, 이거 실례했습니다.」

「알고 있을 거라고 생각했는데, 아무래도 나는 그다지 좋은 주인이 못 되는 것 같군요.」

그는 괜찮다는 듯이 미소 지었다. 아니, 알고 있다는 성질의 것이 아니라 그 이상의 것이었다. 그 미소는 일생에 단 몇 번 밖에 볼 수 없을 것 같은 묘한 것으로, 영원히 변치 않는 자신감을 표현하고 있었다. 그것은 영원의 세계와 접하는 것이었

다. 혹은 그렇게 생각되었다. 이윽고 거리낌없이 사람의 어깨를 잡고 그 사람에게 웃어 보인다. 그것은 당신이 이해받고 싶은 만큼 당신을 이해하고 있었으며, 당신이 스스로를 믿는 만큼 당신을 믿고 있었고, 또 전달하고 싶은 뜻이 그대로 전달되었다고 보증해주는 웃음이었다. 바로 그런 찰나에 웃음은 사라졌다. 나는 서른을 조금 넘긴 단아하고 잘생긴 청년을 바라보고 있었다. 그의 격식을 차린 말투는 조금만 더 심했으면 얼간이처럼 보였을 것이다. 그가 자신을 밝히기 바로 전 그의 말투에서, 세심한 주의를 기울이고 있다는 인상을 강하게 받았다.

개츠비가 자기 이름을 밝힘과 동시에, 집사가 급한 걸음으로 그의 곁으로 달려와 시카고에서 전화가 걸려 왔다고 했다. 그는 우리에게 가볍게 목례를 하고 실례한다며 양해를 구했다.

「필요한 것이 있으면 언제든지 말하세요.」 그는 힘을 주어 말했다. 「실례합니다. 나중에 다시 뵙죠.」

그가 가버리자, 나는 곧 조던 쪽으로 고개를 돌렸다. 너무 갑작스런 일이라 그녀에게 다시 확인하고 싶었던 것이다. 내가 생각한 개츠비는 붉은 얼굴에 뒤룩뒤룩 살이 찐 중년 남자였다.

「저 사람, 누구죠?」 나는 다시 물었다. 「알고 있어요?」

「바로 개츠비라는 사람이에요.」

「어디 출신이냐는 말이에요. 그리고 무슨 일을 하고 있죠?」

「드디어 그걸 문제 삼기 시작하는군요.」그녀
는 살짝 웃으면서 말했다.

「그래요. 옥스퍼드대학 출신이라고 언젠
가 나에게 말한 적이 있어요.」

지금까지 그에 대한 희미했던 배경이
드디어 확실한 형태를 띠기 시작했는데
그만 다음 말에서 다시 사라져버렸다.

「하지만 믿을 수 없어요.」

「어째서?」

「잘 모르겠어요. 그렇지만 그 사람이 거길 다녔다니 좀 상상
이 안 되네요.」

이렇게 말하는 그녀의 태도에 무언가가 담겨 있었기에 조금
전 다른 아가씨가 「그 사람 살인을 했을 거야」라고 한 말이 떠
올랐다. 어쨌든 호기심이 자극되었다. 개츠비가 루이지애나의
습지나 뉴욕의 이스트 사이드 출신이라면 두말하지 않고 인정
했을 것이다. 그렇다면 이해할 수 있는 얘기였다. 그러나 아직
새파란 젊은이가 어디선가 방황을 하다가 시치미 뚝 뗀 얼굴
을 하고 돌연 나타난 것이라면, 롱아일랜드 해협에 궁전 같은
저택을 사는 짓은 하지 않았을 것이다. 적어도 나 같은 시골뜨
기의 서투른 경험으로 비추어볼 때는.

「어쨌든 성대한 파티군요.」조던은 그런 따분한 이야기는 재
미가 없다는 듯 화제를 바꾸었다. 「그리고 나는 성대한 파티가
좋아요. 아주 친숙하잖아요. 작은 파티라면 혼자 조용히 있기
도 좀 그렇고.」

위대한 개츠비

정원에서 모두가 웅성웅성 떠들고 있는데 북소리가 나더니, 오케스트라의 지휘자의 목소리가 크게 울렸다.

　「신사, 숙녀 여러분!」 그는 크게 소리쳤다. 「개츠비 씨의 요청에 따라 지금부터 블라디미르 토스토프 씨의 최신작이며 지난 5월 카네기홀에서 크게 주목을 끌었던 곡을 연주하겠습니다. 여러분이 신문을 보셨다면 일대 센세이션을 일으켰던 것을 알고 계실 것입니다.」 그는 밝고 겸손한 미소를 지으며 덧붙였다. 「아니, 굉장한 센세이션입니다!」 이때 모두 「와!」 하고 웃음을 디뜨렸다.

　「이 곡은 블라디미르 토스토프의 〈재즈 세계사〉라는 곡입니다.」 그는 자신감 있는 목소리로 말했다.

　토스토프 씨의 곡이 어떤 것인지 내 귀에는 들어오지 않았다. 그 곡이 시작됐을 때, 바로 대리석 층계에 서서 만족스러운 눈빛으로 여기저기 모여 있는 사람들을 바라보고 있는 개츠비가 눈에 들어왔기 때문이다. 그의 검게 그은 피부가 얼굴에 탄력을 주고 있어서 아주 매력적으로 보였고, 짧은 머리는 매일 손질이라도 하는 듯 단정했다. 어디에서도 불길한 그림자는 찾아볼 수 없었다. 취하지 않아서, 그 때문에 손님들과 어울리기 힘든 것이 아닐까 하는 생각도 들었다. 화기애애한 떠들썩함이 높아짐에 따라 오히려 그는 정신을 똑바로 차리고 있는 것처럼 보였기 때문이다.

　〈재즈 세계사〉의 연주가 끝나자, 여자들은 기분이 들떠 마치 강아지가 재롱을 떠는 것처럼 남자들의 어깨에 머리를 기대기도 하고 장난삼아 뒷걸음질치며 남자들의 팔뚝 위에 쓰러지기도 했다. 심지어는 누군가 받쳐줄 거라 믿고 아예 많은 사람이 모인 곳에 뛰어들어 졸도해버리는 여자도 있었다. 그러나 개츠비에게 쓰러지는 여자는 단 한 명도 없었다. 어깨에 손을 얹는 아가씨도 없었다. 둥근 원을 만들어 개츠비를 지휘자로 삼고 4중창을 하려고 하는 사람도 없었다.

「실례합니다.」

개츠비의 집사가 불쑥 우리 옆에 섰다.

「미스 베이커 씬가요?」 그는 물었다.

「실례지만 주인님께서 단둘이 얘기를 좀 나누고 싶어 하십니다.」

「저하고요?」 그녀는 깜짝 놀란 듯 큰 소리로 말했다.

「네, 그렇습니다.」

그녀는 놀랍다는 듯이 나를 향해 눈썹을 추켜올려 보이고는 천천히 일어서서 집사 뒤를 따라 걸어갔다. 지금 깨달은 것이지만, 그녀는 이브닝드레스를 입고 있었다. 그녀는 드레스를 마치 운동복처럼 입고 있어서 맑게 갠 상쾌한 아침, 골프 코스를 걷고 있는 사람 같은 씩씩한 모습이었다.

나는 혼자 있었다. 벌써 새벽 2시가 다 되어갔다. 테라스 위에 불쑥 튀어나와 있는 창이 유난히 많고 옆으로 긴 방에서 아까부터 유쾌하게 떠드는 소리가 들려왔다. 조던을 따라다니던 대학생은 별 관심을 보이지 않는 두 명의 코러스 걸에게 말을 걸고 있는 중이었다. 그는 나에게 같이 얘기할 것을 청했지만 거절하고 집 안으로 들어갔다.

그 커다란 방에는 사람들이 많이 모여 있었다. 아까 그 노란

색 드레스를 입은 아가씨 중 한 사
람이 피아노를 치고 그 옆에서는 유
명한 합창단에서 온 빨강 머리의 키
가 큰 젊은 여자가 서서 노래하고 있
었다. 그녀는 샴페인을 너무 많이 마셨는지 무슨 노래든 아주
구슬프게 부르고 있었다. 아니, 노래를 하는 것이 아니라 울고
있다고 해야 할 것이다. 노래의 휴지부에서는 꼭 헐떡대는 것
처럼 훌쩍훌쩍 흐느껴서 노래가 멈추지를 않았다. 이윽고 떨
리는 소프라노로 오페라를 부르기 시작했다. 눈물이 뺨을 타
고 흘러내렸다. 하지만 끊임없이 줄줄 흘러내리는 것은 아니
었다. 대롱대롱 이슬을 머금은 속눈썹에 새로이 눈물이 닿자,
그 눈물은 잉크빛이 되어 천천히 거무스름한 시냇물처럼 졸졸
길을 더듬으며 흘러내렸다. 「얼굴에 음표가 그려졌네요」 하고
누가 유머러스하게 한마디 던지자 그녀는 쓱 양손을 올리고
의자에 몸을 던지더니 잠이 들어버렸다. 얼큰하게 취해 깊은
잠에 빠진 것이다.

　「저 여자, 남편이라고 떠들고 다니는 사람과 한바탕 싸움을
벌었어요.」 바로 옆에 있던 아가씨가 설명해주었다.

　나는 주위를 돌아보았다. 아직 남아 있는 여자들은 대부분
남편이라 칭하는 남자들과 싸우고 있는 중이었다. 조던의 일
행이었던 이스트 에그에서 온 네 사람도 말다툼을 하고 뿔뿔
이 흩어져 있었다. 그런데 한 남자가 호기심에 찬 얼굴로 젊은
여배우에게 말을 걸고 있었다. 그의 부인은 품위를 지키며 무
관심한 태도로 그 정경을 비웃으려고 애썼지만 잠시 후, 완전

히 인내심이 무너지고 결국 태도를 바꾸어 측면 공격을 퍼부었다. 갑자기 남편 옆에 나타나서는 「당신, 약속하지 않았어요!」하고 귀에다가 헉헉대며 쉰 목소리로 욕을 퍼부었다.

집에 돌아가려고 하지 않는 것은 변덕스러운 남자들뿐만이 아니었다. 몹시 화가 나서 남편과 승강이를 하고 있는 부인들이 제 집처럼 거실을 차지하고 있었다. 취기 없는 얼굴의 두 남자는 불쌍해 보였다. 부인들은 자신들의 처지가 비슷해서인지 소리 높여 서로 동정하고 있었다.

「내가 좀 즐길 만하면 항상 집에 가자고 다그치지 뭐예요.」

「어머, 그런 이기적인 말이 어디 있어요.」

「항상, 우리가 제일 먼저 집에 돌아갈걸요.」

「우리도 그래요.」

「그런데 오늘 밤은 우리가 마지막이라고 해도 좋을 것 같군」하고 두 남자 중 한 사람이 쭈뼛거리면서 말했다. 「오케스트라는 벌써 30분 전에 돌아갔으니까.」

그런 심술궂은 생각에 동의할 수 없다며 부인들은 의견 일치를 보았지만, 말다툼은 오래가지 않고 결국 두 부인도 남편의 팔에 안겨서 다리를 흔들며 어둠 속으로 실려 갔다.

나는 거실에서 집사가 모자를 가져다주기를 기다리고 있는데 서재의 문이 열리고, 그곳에서 조던 베이커와 개츠비가 나란히 나왔다. 그는 무언가 진지하게 말을 하고 있었는데, 대여섯 명의 사람이 옆으로 다가와 작별 인사를 하자 그의 태도는 갑자기 굳어지더니 격식 차린 자세로 바뀌었다. 조던 일행은 기다리다 못해 현관에서 그녀를 부르고 있었고 그녀는 잠시 틈을 내어 나와 작별의 악수를 했다.

「아주 놀랄 만한 얘기를 들었어요.」 그녀는 속삭였다. 「저 안에 얼마쯤 있었죠?」

「글쎄, 한 시간 정도.」

「그 얘기…… 어쨌든 대단히 놀라운 것이에요」라며 그녀는 충격받은 사람처럼 되뇌었다. 「하지만 말하지 않겠다고 약속했어요. 그래서 지금 닉에게 알려줄 수 없어요.」 그녀는 졸린지 조심스럽게 하품을 했다. 「저를 찾아오세요……. 전화번호부에…… 시거니 하워드라는 이름이 있는 곳……. 저의 큰 어머니예요…….」

그녀는 이렇게 말하고 서둘러 밖으로 나갔다. 볕에 그을린 손을 흔들며 명랑하게 인사를 하고는 문 앞에서 기다리고 있던 일행 속으로 사라졌다.

처음으로 참석한 파티에 이렇게 늦게까지 남아 있는 것이 부끄러웠지만 개츠비를 둘러싸고 모여 있는 마지막 무리에 끼게 되었다. 파티장에 오자마자 개츠비를 찾았다는 말을 하고 싶었다. 그리고 정원에서 만났을 때 알아보지 못한 것도 사과하고 싶었다.

「괜찮아요.」 그는 손을 내저었다. 「미안하게 생각하지 않아도 됩니다.」

그는 격려하듯이 한 손으로 내 어깨를 가볍게 두드렸지만,

그 이상의 친근함은 나타내지 않았다.

「내일 아침 9시에 수상비행기를 타니까 잊지 마세요.」

그때 집사가 그의 등 뒤에서 말했다.

「필라델피아에서 전화가 왔습니다.」

「알았네. 곧 갈 테니 잠깐 기다리라고 전해줘. 잘 가요.」

「안녕히 계세요.」

「잘 가요…….」 그는 미소 지었다. 내가 마지막 남은 손님들 속에 끼어 있다는 것을 좋아하는 눈치였다. 제일 늦게 가줬으면 하고 진작부터 바라고 있기라도 했던 것처럼.

「잘 가요, 친구. 잘 가요…….」

그러나 계단을 내려오면서 파티의 밤은 아직도 완전히 끝나지 않았다는 것을 알았다. 문에서 50피트 정도 떨어진 곳에서 여러 개의 헤드라이트가 괴이한 광경을 비추고 있었다. 저택 내 차도를 나오자 산 지 얼마 안 된 것 같은 새 차 쿠페가 길가의 도랑 속에 오른쪽이 위로 올라간 채 빠져 있었는데 바퀴 하나는 심하게 비틀려 있었다. 툭 튀어나온 벽에 부딪친 것 같은데, 그 장면을 호기심 많은 여섯 명의 운전자가 숨을 죽인 채 물끄러미 바라보고 있었다. 그들이 차에서 내려 길을 막아버려 뒤에 늘어선 차들은 길을 재촉하며 요란하게 경적을 울려 대 혼란스러운 현장이 더 아수라장이 되었다.

긴 코트를 입은 남자가 찌그러진 차에서 내리더니, 길 한가운데에 버티고 서서 얼빠진 우스꽝스런 모습으로 차에서 타이어로, 타이어에서 구경꾼들로 시선을 옮기고 있었다.

「이런!」 하고 그는 외쳤다. 「차가 도랑에 빠졌어.」

이 사실에 그는 계속 놀라워하고 있었다. 나는 그가 놀라서 당황해하는 모습을 보고 그 남자가 누구인지 쳐다보았다. 그런데 그는 바로 술에 취해서 개츠비의 서재에 있었던 바로 그 손님이었다.

「어떻게 된 거죠?」 그는 어깨를 으쓱해 보였다.

「기계에 관해서 나는 아는 바가 없소.」 그는 딱 잘라 말했다.

「하지만 어떻게 된 거예요? 벽을 들이박은 건가요?」

「나에게 물어도 소용없어요.」 올빼미 눈은 이렇게 말하고 완선히 두 손을 는 상태였다. 「나는 운전에 관해서는 잘 몰라요. 아니 전혀 모른다고 할 수 있죠. 그래, 내가 알고 있는 건 그것뿐이오.」

「그렇군요. 운전을 잘 못하면 야간 운전 같은 건 해서는 안되겠어요.」

「그래, 해서는 안 되죠.」 그는 부루퉁해서 말했다. 「해서는 안 돼.」

구경꾼들은 공포에 질린 듯이 조용해졌다.

「자살하려고 그랬나요?」

「바퀴만 빠져서 다행이오. 운이 좋았어! 운전도 잘 못하면서 〈해서는 안 된다〉라니!」

「모르시는 말씀!」 그는 단호하게 말했다.

「나는 운전하지 않았어요. 차에 한 사람 더 있단 말이오.」

그가 이렇게 말하자 모두 큰 충격을 받았고, 차 문이 열리는 것을 보고는 모두

「아, 아!」 하고 숨을 죽였다. 군중, 지금은 이미 군중이었다. 그들은 자기도 모르게 한 걸음 뒤로 물러섰다. 문이 완전히 열리자, 주위는 유령이라도 나올 것처럼 조용해졌다. 그 순간 아주 천천히 창백한 얼굴의 남자가 비틀거리며 찌그러진 차 안에서 점차 밖으로 발을 내밀며 나오더니, 크고 헐렁한 무용 슈즈로 지면을 시험해보듯 탁탁 때렸다.

강한 빛을 발하는 헤드라이트에 눈을 가리고 시끄럽게 울려대는 경적 소리에 쩔쩔매며 나타난 그는 순간 비틀거리며 서 있었는데, 곧 긴 코트를 입은 남자를 알아보았다.

「어떻게 된 거죠?」 그는 조용조용 물었다. 「기름이 떨어졌나요?」

「봐요!」

여섯 명쯤 되는 사람들이 비틀려 빠진 바퀴를 각각 가리켰다. 그는 잠시 그 바퀴를 바라보다가 하늘을 올려다보았다. 하늘에서 떨어진 것이 아닐까 의심하고 있는 것 같았다.

「빠져버렸어요.」 누군가가 설명했다.

그는 고개를 끄덕였다.

「처음엔 차가 멈춘 것을 몰랐어요.」

그의 말이 잠시 끊어졌다. 그러다가 크게 한숨을 쉬더니, 양어깨를 뒤로 젖히고 다시 단호한 목소리로 말했다.

「주유소가 어디에 있죠?」

그때 열두 명의 사람이 일제히, 그중 몇 사람은 이 남자보다 좀 나은 처지에 있는 사

위대한 개츠비

람들이었는데, 바퀴와 자동차는 지금 물리적으로 완전히 분리된 상태라고 설명해줬다.

「후진해봐요.」 잠시 후 그가 제안했다. 「후진해봐요.」

「하지만 바퀴가 빠져버렸다고!」

그는 말이 막혔다.

「한번 해보는 것도 나쁘진 않지.」 그가 말했다.

서로 빵빵대는 경적 소리가 점점 커졌다. 나는 발길을 돌려 잔디를 가로질러 집 쪽으로 갔다. 가면서 한번 뒤를 돌아보았다. 개츠비의 집 위에서 빛나고 있는 가느다란 달이 변함없이 밤을 아름답게 물들이고 있었다. 달은 여전히 등불이 훤한 정원에 왁자지껄한 웃음소리와 함께 사람들의 모습을 내려다보고 있었다. 커다란 문과 유리창에서 갑자기 공허함이 느껴졌다. 그 때문인지 현관에 서서 한쪽 손을 들고 격식을 차려 작별 인사를 나누고 있는 개츠비의 모습이 몹시 고독해 보였다.

지금까지 써온 것을 읽어보면 사흘 밤의 일들이 몇 주일에 걸쳐 완전히 내 마음을 사로잡았을 거라는 인상을 받을 것이다. 하지만 그렇지는 않다. 다사다난했던 여름날의 일들은 그저 스쳐 지나가는 작은 에피소드에 불과했다. 훨씬 후에 일어난 나의 개인적인 사건에 비하면 내 마음을 빼앗겼다고까지는 할 수 없는 것들이다.

나는 대부분의 시간을 일을 하며 보냈다. 이른 아침, 태양이 내 그림자를 서쪽으로 던질 무렵, 프로비티 신탁회사를 향해 남 뉴욕의 하얀 건물과 건물 사이의 깊은 골짜기를 서둘러 걸어갔다. 내가 알고 있는 사무원들이나 증권 업무 관계자들과 어울려 어둠침침하고 복잡한 레스토랑에서 작은 돼지고기 소시지나 으깬 감자, 커피로 점심을 때웠다. 저지시티에 살고 있는 경리 아가씨와 사귄 적도 있었지만, 그 여자의 오빠가 나를 심술궂은 눈으로 보기 시작해서 7월에 그녀가 휴가를 떠난 것을 계기로 그냥 흐지부지 끝내버렸다.

보통 저녁 식사는 예일 클럽에서 해결했다. 어떤 면에서 이 것은 하루 일과 중 가장 음울한 시간이었다. 그리고 2층의 도서실에 가서 한 시간 정도 투자나 유가증권 공부에 할애했다. 대체로 소란스럽게 떠들어대는 사람이 두세 명은 있었지만 결코 도서실로 올라오는 일은 없었기 때문에 공부를 하기에는 좋은 장소였다. 그 다음은 조용한 밤, 기분 전환을 위해 매디슨 거리를 슬슬 걸어 내려가 오래된 머레이 힐 호텔을 지나고 33번가를 넘어 펜실베이니아 역까지 걸어가곤 했다.

나는 뉴욕이 좋아지기 시작했다. 활기차고 모험에 가득 찬 분위기의 밤, 끊임없이 나타났다가 사라지는 사람들, 깜빡거리는 네온사인을 보면 흥분이 되고 보는 눈도 즐거웠다. 5번가를 걸으면서 사람들 속에서 로맨틱한 여자를 찾아내는 것도 좋았다. 그리고 몇 분 지나면 그들의 생활 속으로 들어가는 것이다. 누구도 눈치채지 못하고 아무도 뭐라고 하지 않는 상상을 하는 것이 좋았다. 때때로 마음속으로 그들의 뒤를 쫓아가 본다. 숨겨진 뒷골목의 어느 구석에 있는 아파트까지 가면 그들은 뒤돌아서 나를 향해 미소를 띄우고 현관문으로 들어가 따뜻한 실내의 어둠 속으로 사라져버린다. 마음을 매료시키는

위대한 개츠비

도시의 황혼 속에 서 있으면서 나는 가끔 고독
이 엄습하는 것을 느낀다. 그리고 다른 사람
들, 저녁 식사 시간이 될 때까지 혼자서 레스
토랑 앞을 어슬렁거리며 기다리고 있는 가난
한 젊은 직장인들, 저물어가는 어스름 속에 서 있
으면서 가슴이 미어지는 듯한 밤, 인생의 순간순간을 낭비하
고 있는 젊은이들에게서도 그것을 느낀다.

그리고 또 저녁 8시가 되어, 40번가 부근의 어두운 골목의
길가에 극장으로 향하는 택시들이 멈춰 서서 시동을 걸고 늘
어서 있으면 내 마음은 푹 가라앉기 시작한다. 차가 신호를 기
다리는 동안 그 안에서는 사람의 그림자가 서로 몸을 기대고
있다. 노래하는 소리도 들린다. 그리고 여기까지 들리지는 않
지만 무슨 농담을 했는지, 웃음꽃이 핀다. 그들이 담배에 불을
붙이면, 차 안은 뿌옇게 흐려진다. 나도 역시 그 화려한 곳으
로 서둘러 가고 있는 것이다. 나도 이 사람들의 친근한 흥분에
한몫 끼는 것이라고 상상하면서 〈사람들이여, 마음껏 즐기기
를〉하고 빌었다.

한동안 조던을 만나지 못하다가 한여름에 다시 그녀를 만났
다. 그녀가 골프 챔피언으로 잘 알려져 있었기 때문에 처음에
는 그녀와 곧잘 이곳저곳을 기웃거리곤 했다. 그러는 동안 뭔
가 그 이상의 것이 되어버렸다. 사실, 나는 연애는 하고 있지
않았지만 뭐라고 할까, 그녀에게 애정이 깃든 호기심을 느끼
고 있었다. 그녀는 세상 사람들을 향해 따분하고 거만한 표정
을 짓고 있었지만 거기에는 무언가가 숨겨져 있었다. 대체로

위대한 개츠비

거만한 태도라는 것이 시작은 그렇지 않다고 해도 결국은 무언가를 숨기고 있는 것이다.

그런데 어느 날 그것이 무엇인가를 알게 되었다. 워릭에서 열린 파티에 같이 갔을 때, 그녀는 빌려 온 자동차의 덮개를 내린 채 빗속에 내버려 뒀다. 그러고는 나중에 거짓말을 했다. 그때 데이지의 집에서 아무리 떠올려도 생각이 나지 않았던 그녀에 대한 소문이 드디어 생각난 것이다. 그녀가 처음 참가했던 어느 유명한 골프 대회 때, 큰 소동이 일어나서 하마터면 신문에까지 보노뉠 뻔한 석이 있었나. 준결승에서 서짓밀을 하여 볼을 움직인 것이 아닌가 하는 의문이 있었는데 그 일은 세상을 떠들썩하게 했다. 그러나 얼마 지나지 않아 사건은 꼬리를 감춰버렸다. 캐디는 자신이 했던 말을 취소했고 또 한 사람의 유일한 목격자는 자신의 착각이었을지 모른다고 부인한 것이다. 이 사건과 그녀의 이름이 하나가 되어서 내 가슴속에 남아 있었다.

조던 베이커는 똑똑하고 예리한 사람을 본능적으로 피했다. 지금에야 알게 된 사실이지만 이것은 규칙을 어기지 않는 자로 인식되는 것이 훨씬 안전하다고 생각했기 때문이다. 그녀는 도무지 손을 쓸 수 없을 정도로 불성실했다. 그녀는 불리한 입장에 서는 것을 견딜 수 없어 했다. 그래서 어린 시절부터 자신이 불리해지는 곤란한 일이 일어나면 구실을 꾸며대기 시작한 것이다. 그것도 그 차갑고 오만한 미소를 세상 사람들을 향해 언제까지나 보여주기 위해서, 또 한편으론 자신의 건장한 몸이 요구하는 것을 만족시키기 위해서였다.

그러나 그런 것은 나에게 그리 중요한 일이 아니었다. 여자의 불성실 따위는 그다지 크게 책망할 일은 아니었다. 때로는 유감이었지만 곧 잊어버리고 만다. 우리가 운전 일로 묘한 얘기를 나누게 된 것도 그 같은 파티에 초대되어 갔을 때였다. 그녀가 운전하는 차가 몇 명의 노동자들 바로 옆으로, 너무 가까이 스쳐 가 차의 흙받기가 한 남자의 웃옷 단추를 건드렸다.

「큰일 날 운전사로군.」 나는 다그쳤다. 「좀 더 조심해야겠어요. 아니면 운전을 하지 말든가.」

「난 조심했어요.」

「아니, 그렇지 않아요.」

「그러면 다른 사람이 조심하면 돼죠.」

그녀는 태연하게 말했다.

「그게 무슨 상관이죠?」

「그들이 비켜 갈 거예요.」 그녀는 억지를 부렸다.

「사고는 둘이 부딪쳐야 나는 거잖아요.」

「만약 당신과 똑같이 부주의한 사람을 만난다면?」

「그러지 않기를 바라죠」 하고 그녀는 대답했다. 「나는 조심성 없는 사람들이 싫어요. 그래서 난 닉이 좋아요.」

강한 태양 광선에 피곤해진 그녀의 회색 눈은 똑바로 앞을 향하고 있었다. 그녀의 말은 우리의 관계를 신중하게 변화시켰다. 그래서 순식간에 내가 그녀를 사랑하고 있는 듯한 느낌이 들었다. 그러나 나는 두뇌 회전이 느리고, 내 마음속에는 나의 욕망을 억제하는 내면의 규칙들로 가득 차 있었다. 우선 첫째로, 감정의 갈등을 뚝 끊고 빠져나와 원점으로 돌아가지

 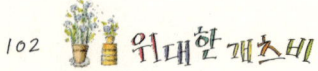 위대한 개츠비

않으면 안 된다는 것을 나는 잘 알고 있었다. 일주일에 한 번 편지를 써서 「사랑을 담아, 닉으로부터」라고 서명을 했는데 기껏 생각나는 것이라곤 「어느 소녀가 테니스를 칠 때에 입술 위에 엷은 수염처럼 땀이 송골송골 맺혔었지」 하는 것 정도였다. 그래도 막연하게나마 단호하게 끊고 자유의 몸이 되어야 한다는 생각을 하고 있었던 것이다.

〈사람은 누구나 기본적인 미덕을 적어도 하나쯤은 갖고 있지 않을까〉 하는 생각을 해본다. 그리고 그런 사람이 바로 나다. 나는 이 세상의 몇 안 되는 정직한 사람 중의 하나라고 생각한다.

4

일요일 아침, 해변의 마을에서는 교회의 종소리가 울리고, 사람들은 또다시 개츠비의 집에 모여 잔디 위를 흥겹게 이리저리 돌아다니고 있었다.

「그는 주류 밀수업자래요.」 젊은 여자들은 그가 내놓은 칵테일과 정원의 꽃들 사이를 누비며 수군거렸다. 「그자는 자신이 폰 힌덴부르크(제1차 세계대전 당시 독일의 육군 원수)의 조카이고, 그 악마(독일 황제 빌헬름 2세)와는 육촌뻘이라는 것을 눈치챈 어떤 남자를 죽인 적이 있어요. 여보, 장미 한 송이만 좀 꺾어줄래요? 그리고 거기에 있는 그 크리스털글라스에 술도 좀 따라주고요.」

언젠가 나는 그 여름날, 개츠비의 집에 찾아온 손님들의 이름을 행사 예정표의 여백에 써놓은 적이 있다. 낡은 예정표로 접힌 부분이 다 닳아 너덜너덜해졌는데, 「이 파티는 1922년 7월 5일에 개최」라고 상단에 쓰여 있었다. 그래도 희미하게 지워진 이름들은 여전히 읽을 수 있었는데, 그 이름을 들으면 개츠비의 접대를 받으면서도 개츠비에 관해서

  위대한 개츠비

는 아무것도 모른다고 뻔뻔스럽게 무시해버린 사람들에 대해 내가 총괄적인 얘기를 하는 것보다 더 확실한 인상을 주게 될 것이다.

그때 이스트 에그에서 온 사람들은 체스터 베커 부부, 리치 부부, 내가 예일대학에서 알고 지낸 번슨이라는 남자, 그리고 작년 여름 메인 주에서 익사한 웹스터 시버트 박사다. 그리고 혼 빔 부부, 윌리 볼테어 부부, 블랙 벅이란 이름의 가족 전원, 그들은 항상 구석에 모여 있으면서 누가 옆에 다가오면 염소처럼 코를 벌름벌름거렸다. 그리고 이스메이 부부, 크리스티 부부(차라리 휴버트 아우어바흐와 크리스티 씨의 부인이라고 하는 편이 정확), 그리고 에드거 비버가 왔는데 이 사람의 머리카락은 이렇다 할 이유도 없이 어느 겨울 오후 솜뭉치처럼 새하얗게 변했다고 한다.

클래런스 엔다이브는 내 기억으로는 이스트 에그 사람으로, 하얀 니커보커스(무릎 부분에서 졸라매는 느슨한 바지)를 입고 딱 한 번 왔는데 에티라는 건달과 정원에서 싸움을 벌였다. 롱 아일랜드에서는 치들 부부, O. R. P. 슈레이더 부부, 조지아 출신의 스톤 월 잭슨 에이브러험 부부, 피쉬가드 부부, 리플리 스넬 부부가 왔다. 스넬은 교도소에 들어가기 전에 3일 동안 그곳에 있었는데, 심하게 취해서 자갈을 깐 저택 안의 차도에 나동그라져 있다가 율리시스 수웨 부인의 자동차에 오른손을 다쳤다. 댄시 부부도 왔고 이미 예순 살이 넘은 S. B. 화이트 베이, 그리고 모리스 A. 플링크, 해머헤드 부부, 담배 수입업자인 벨루거와 그의 딸들도 왔다.

웨스트 에그에서 온 손님은 폴 부부, 멀레디 부부, 세실 로우벅과 세실 슌, 상원 의원인 걸릭, 파 엑셀런스 영화사의 이사인 뉴턴 오키드다. 에크 허스트, 클라이드 코언, 돈 S. 슈바르츠(아들), 아더 매카티, 모두 어떤 면에서는 영화와 관계가 있는 사람들이었다. 그리고 캐틀리프 부부, 벰버그 부부, 후에 아내를 교살한 멀둔과 동생인 G. 얼 멀둔, 프로모터인 다 폰타노도 거기에 찾아왔다. 에드 리그로스, 제임스 B.(일명 썩은 창자) 페리트, 드 종 부부, 도박을 하러 온 어니스트 릴리, 그리고 페레트가 정원 안으로 어슬렁어슬렁 걸어 나왔는데 그것은 그의 호주머니가 비었다는 것으로 즉, 그 다음 날 연합 철도의 주가가 오른다는 것을 말해주는 것이었다.

클립스프링거라는 남자는 너무 자주 오고, 오래 머물러서 하숙생이라는 별명까지 붙었다. 어딘가에 집이 있기는 한 건지 의심스러울 정도였다. 그 외의 사람들로는 거스 웨이스, 호레이스 오도너번, 레스터 마이어, 조지 덕워드, 프랜시스 불, 또 뉴욕에서 온 사람으로 크롬 부부, 백커슨 부부, 데이커 부부, 러셀 베티, 코리건 부부, 켈러허 부부, 디워 부부, 스컬리 부부, S. W. 벨처와 스머크 부부, 지금은 이혼한 젊은 퀸 부부, 타임스스퀘어에서 돌진해오는 지하철로 뛰어내려 자살한 헨리 엘 팔미토 등이었다.

베니 매클러너핸은 항상 네 명의 젊은 여자를 데리고 왔다. 그녀들은 외모는 결코 같지 않았지만 서로 많이 닮아서 전에 온 적이 있는 것처럼 보였다. 또 정확한 이름은 모르겠지만 아마 재클린이었을 것이다. 그렇지 않으면 콘수엘라나, 글로리

아나 주디나 존이었든지. 성은 꽃이나 달 이름 같은 아름다운
선율을 지닌 것이었든가, 혹은 대자본가의 아주 위엄 있는 것
일지도 모른다. 캐물어 보면 대자본가의 사촌이라고 고백할지
도 모른다.

　이러한 사람들에게 덧붙여, 포스티
나 오브라이언을 적어도 한 번은 파
티에서 본 기억이 있다. 그리고 베데
커 아가씨들, 전쟁에서 총에 맞아 코
가 날아가 버린 브뤼어 청년, 미스
터 엘브럭스버거와 약혼한 미스
하그, 어디터 피츠 피터스와 전 미국세계대전참가군인회장인
P. 즈웨, 자가용 운전사라고 소문난 남자와 같이 온 미스 클로
디아 히프, 우리가 공작이라고 부르던 어떤 왕자, 그의 이름을
알고 있었는데 지금은 잊어버렸다.

　이들이 모두 그해 여름, 개츠비의 집에 온 사람들이다.

　7월 하순의 어느 날 아침 9시, 개츠비의 호화스러운 자동차
가 돌이 박혀 있는 차도 위를 덜컹거리며 달려서 내 집 앞까지
와서는 요란하게 경적을 울려댔다. 그가 처음으로 나를 찾아
온 것이다. 그동안 나는 그의 파티에 두 번 참석했고 수상비행
기도 타봤다. 또 그의 정중한 초대로 개인 소유의 해변을 자주
이용하기도 했다.

　「잘 있었나, 친구. 오늘 점심이나 같이하지. 그래서 차로 같
이 가려고.」

그는 차의 흙받기에 올라서서 간당간당하게 몸의 균형을 잡고 있었는데, 이는 미국인들에게서 흔히 볼 수 있는 특유의 행동이다. 그 행동은 아마, 그가 젊었을 때 무거운 것을 손으로 들어본 적이 없거나 카드놀이처럼 신경을 많이 쓰는 게임을 해서 그럴 것이다. 이러한 특징은 계속 안절부절못하는 행동으로 나타나 평상시 그의 예의 바르고 격식 차리던 태도가 점점 뭉개지고 있었다. 그는 잠시도 가만히 있지를 못했다. 항상 발로 어딘가를 탁탁 치든가, 그렇지 않으면 손을 폈다 오므렸다 하고 꽉 쥐기도 했다.

그는 차를 보고 감탄하는 나를 쳐다보았다.

「멋있지?」 그는 내가 더 잘 볼 수 있도록 차에서 뛰어내렸다. 「아직 본 적 없나?」

나도 본 적은 있다. 누구나 다 보았을 것이다. 그 차는 화려한 크림색으로 니켈 장식이 번쩍번쩍 빛났고 긴 차체의 이곳저곳에는 자신만만하게 고개를 내밀고 있는 모자 상자, 음식 상자, 도구 상자 등이 불룩불룩 튀어나와 있었다. 방풍 유리는 여러 단으로 되어 있어서 태양빛이 여러 갈래로 반사되고 있었다. 몇 겹이나 되는 유리창 뒤, 가죽으로 된 초록빛 온실과도 같은 곳에 앉아 우리는 시내로 출발했다.

지난 한 달 동안에 대여섯 번 정도 그와 얘기를 나누었는데, 그에게 별 화젯거리가 없다는 데에 실망하고 있었다. 그래서 뭔지 확실하지는 않지만 어쨌든 그가 중요한 인물이라는 첫 번째 인상은 차츰 사라져버리고 단지 화려하고 풍취 있게 꾸며진 여관집 주인쯤으로 생각하게 되었다.

 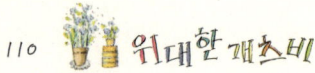

이런 차에 어느 날, 갑작스럽게 이 자동차 여행을 하게 된 것이다. 개츠비는 웨스트 에그 시내에 도착하기 전에 고상한 말투를 접고, 뭔가 망설인다는 듯 그의 캐러멜색 양복의 무릎을 손으로 탁탁 치기 시작했다.

「저, 친구.」

그는 놀랄 만큼 아주 큰 소리로 갑자기 말을 시작했다.

「나를 어떻게 생각하지?」

나는 약간 압도되어, 그 질문에 어울리는 적절한 답변을 찾고 있었다.

「그러면 내 인생에 관해 좀 얘기하지」 하고 내 말을 막았다.

「사람들로부터 들은 이런저런 얘기로 나에 대해서 오해하지 않았으면 좋겠어.」

그의 집 거실에서 오고 가던 군살이 붙은 그 기이한 험담을 그는 알고 있었던 것이다.

「진실만을 얘기하겠네.」

그는 갑자기 오른손을 들더니 자신이 거짓말을 하면 신의 처분에 따르겠다는 듯 맹세를 했다.

「나는 중서부 출신의 갑부 집 아들이라네. 이미 집안 사람들은 모두 죽었지만……. 난 미국에서 자랐지만 교육은 옥스퍼드에서 받았지. 우리 선조는 대대로 거기에서 교육을 받았거든. 대대로 내려오는 집안의 전통이지.」

그는 나를 곁눈질해 보았다. 그 순간, 베이커가 개츠

위대한 개츠비

비를 못 믿겠다고 한 이유를 알 것 같았다. 특히「교육은 옥스퍼드에서 받았어」라는 대목에선 말을 얼버무리듯이 넘어가서 마치 그 말을 하기가 멋쩍어 도중에 그냥 삼켜버리거나, 아니면 거기서 막혀버린 것 같았다. 이렇게 의심하기 시작하자 그가 하는 말은 모두 모래성처럼 무너지고 말았다. 나는 〈이 사람, 못 믿을 사람이군〉 하는 생각까지 들었다.

「중서부의 어디쯤?」

불쑥 나는 물었다.

「샌프란시스코.」

「그렇군.」

「집안 사람들이 모두 죽어서 거액의 유산을 상속받았지.」

가족 모두가 그렇게 갑자기 사라져버린 것이 아직도 가슴 아픈지 그의 목소리는 엄숙했다. 순간 나를 놀리고 있는 것이 아닐까 하는 의심이 들었는데 그를 한번 쳐다보고는 그렇지 않다는 확신이 들었다.

「그 후 유럽의 도시들, 파리, 베니스, 로마에서 보석, 그래, 특히 루비를 수집하거나 사자나 호랑이 등 맹수류 사냥을 한다든지, 심심풀이지만 그림을 좀 그린다든지 하며 인도의 젊은 왕자처럼 지내기도 했지. 오래전에 일어난 아주 슬픈 일을 잊으려고 애쓰면서.」

나는 너무 터무니없는 그의 말에 터져 나오려는 웃음을 겨우 참고 있었다. 그의 이러한 말투는 닳고 닳아서 아무런 상상도 할 수 없었다. 단지 볼로뉴 숲(파리에 있는 숲)에서 호랑이를 추격하며 나무에 구멍만 내는 터번을 두른 인형의 모습이 떠올랐다.

「그러다 전쟁이 일어났어. 그건 커다란 구세주였지. 죽으려고 무척 애를 썼지만 아무래도 나는 마력을 지닌 존재였던 것 같아. 전쟁이 시작되자 곧바로 중위로 임명됐지. 아르곤 숲에서는 살아남은 기관총 대대를 지휘했는데, 너무 멀리 전진하는 바람에 양측에 있었던 보병이 따라오지 못해서 반 마일 정도 공백이 생겼고 거기에서 이틀 낮, 이틀 밤을 지내야 했어. 병사가 130명, 루이스 기관총이 열여섯 자루뿐이었지. 결국 보병이 왔는데, 산더미 같은 시체 속에서 독일군 세 개 사단의 휘장이 발견됐다네. 나는 곧 소장으로 승진했지. 연합국 정부는 모두 나에게 훈장을 수여했어. 몬테네그로까지도 말이야. 그 아드리아 해 남쪽 해안가의 조그만 나라 몬테네그로까지도 나에게 훈장을 준 거야.」

「조그만 몬테네그로!」 그는 소리 높여 외치고 그다운 미소를 띠면서 고개를 끄덕였다. 몬테네그로의 고난에 찬 역사를 이해하고 몬테네그로 국민의 용감한 투쟁에 동정하고 있는 듯한 미소였다. 일련의 국제 정세에 촉발되어 몬테네그로가 작은 감사의 마음을 담아, 이 선물을 준 것에 아주 감격해하는 미소였다. 나의 깊은 의심은 그 매혹에 잠겨 순식간에 사라지고 말았다. 그것은 마치 여러 권의 잡지를 아주 급히 훑어보고 있는 것과 같았다.

그는 주머니에 손을 푹 찔러넣더니, 리본을 단 메달 한 개를 내 손바닥에 떨어뜨렸다.

「몬테네그로에서 받은 거지.」

 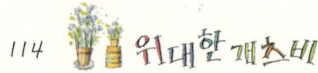 위대한 개츠비

놀랍게도 진짜 같았다. 「다닐로 훈장, 몬테네그로, 니콜라스 왕」이라는 글자가 원형으로 새겨져 있었다.

「위쪽을 봐.」

「J. 개츠비 소령. 뛰어난 무용을 치하하며」라고 쓰여 있었다.

「또 하나, 항상 간직하고 있는 게 있어. 옥스퍼드 시절의 기념품인데, 트리니티칼리지에서 찍은 거야. 내 왼쪽에 있는 사람이 지금의 돈개스디 백작이지.」

스포츠 재킷을 입은 여섯 명의 청년이 아치 모양의 길에서 놀고 있는 사진이었다. 아치 모양의 길, 저편에는 많은 첨탑이 보였다. 거기에 개츠비가 크리켓 방망이를 한 손에 쥐고 있었다. 그다지 젊은 모습은 아니지만 지금보다는 젊어 보였다.

그렇다면 모든 것이 사실인 것이다. 그랜드 캐널에 면한 곳에 그가 살던 궁전이 있었을 것이다. 그 바닥에서 이글이글 불타오르는 호랑이 가죽들며, 루비가 들어 있는 상자를 열어 진홍빛을 발하는 보석들을 바라보면서 고뇌에 찬 마음을 달래는 그의 모습이 눈앞에 선명하게 떠오르는 것 같았다.

「사실, 오늘은 닉에게 큰 부탁이 있네.」 그는 이렇게 말하고 만족스러운 듯이 기념품을 주머니에 넣었다. 「그래서 내가 어떤 사람인지 조금은 알고 있어야 한다고 생각했지. 나를 한낱 시시한 인간이라고 생각하지 않았으면 했어. 나는 항상 낯선 사람들 속에 섞여 있는데 그건 나에게 닥친 슬픔을 어떻게든 잊어보려고 방황하고 있는 거야.」 그는 잠시 망설였다.

「오후가 되면 그 슬픈 일이 어떤 것인지 알게 될 걸세.」

「점심 식사 때를 말하는 건가?」

「아니, 점심 식사 후에. 자네가 미스 베이커에게 차를 마시러 오라고 초대한 것을 우연히 알게 됐어.」

「그러면 자네, 미스 베이커에게 마음이 있다는 뜻이군?」

「아니야, 이 친구. 마음이 있다는 게 아니야. 미스 베이커가 친절하게도 자네 얘기를 해주겠다고 약속했어.」

그것이 무엇인지 전혀 알 수가 없었지만, 나는 흥미롭다기보다 좀 귀찮다는 생각이 들었다. 개츠비의 일을 듣기 위해 조던에게 차를 마시자고 한 것은 아니었다. 그 부탁이라는 것이 뭔지는 모르지만 분명히 황당한 것일 거라고 생각했다. 순간, 낯선 사람들이 들끓는 그의 집 마당에 왜 발을 들여놨는지, 후회가 되었다.

그는 더 이상 아무 말도 하지 않았다. 시내가 가까워짐에 따라 그의 태도는 더 반듯해졌다. 루스벨트 항을 지나자 빨간 띠를 두른 원양선들이 스쳐 지나갔다. 우리는 허름한 빈민가를 속력을 내어 지나갔다. 거기엔 빈민가와 나란히 빛바랜 1900년대풍의 술집들이 쭉 늘어서 있었는데, 어둠침침한데도 제법 사람이 있었다. 이윽고 쓰레기 계곡이 양쪽에 전개됐다. 잠시 후 윌슨 부인이 헐떡거리며 자동차 수리소의 펌프를 열심히 눌러대고 있는 것이 눈에 스쳤다. 우리는 흙받기를 날개처럼 펼치고 빛을 반사시키며 아스트리아의 중간 지점까지 달리다가 멈춰야 했다. 고가철도의 기둥 사이를 막 돌았을 때, 「부릉부릉」 하는 낯익은 오토바이 소리가 들렸기 때문이다. 경찰관이 바로 뒤에서 우리를 따라 미친 듯이 달려오고 있었다.

「알았다고, 알았어.」 개츠비는 차의 속력을 줄이며 경찰관을 향해 투덜거렸다. 그리고 지갑에서 흰 카드를 꺼내더니 그의 눈앞에 흔들어 보였다.

카드를 본 경찰관은 「됐습니다」라며 모자를 벗고 인사를 했다. 「개츠비 씨, 다음에는 알아 모시겠습니다. 실례했습니다!」

「그건 뭐시?」 나는 물었다. 「옥스퍼드 때 찍은 사진을 보여 줬나?」

「언젠가 시경국장에게 도움을 준 적이 있거든. 그랬더니 매년 크리스마스카드를 보내오더라고.」

커다란 다리 위에서 내려다보면 교각 사이로 내리쬐는 햇빛이 지나가는 자동차에 반사되어 끊임없이 반짝거린다. 강 건너 시내에는 높은 건물들이 각설탕을 쌓아놓은 것처럼 하얀 산을 이루며 우뚝 솟아 있었다. 〈바라건대, 그것들이 모두 냄새 나지 않는 돈으로 세워진 것이기를…….〉 퀸스보로교에서 바라보는 뉴욕은 언제나 처음 보는 도시 같다. 이 세상의 온갖 신비라는 신비, 미라는 미는 마음껏 약속하고 있는 것 같았다.

꽃으로 높게 덮은 영구차가 스쳐 지나갔다. 그 뒤로 차양을 내린 두 대의 마차와 친구들을 태운 떠들썩한 마차가 뒤따르고 있었다. 친구들은 윗입술이 약간 짧은 동남부 유럽인 특유의 애수 어린 눈빛으로 우리를 물끄러미 쳐다보았다. 나는 그들의 따분한 휴일에 개츠비의 호화로운 자동차를 보여줄 수 있어 기뻤다. 블랙웰 섬을 지날 때, 리무진 한 대가 우리 옆을 지나갔다. 운전사는 백인이었고, 세 명의 흑인이 타고 있었는데 화려한 복장을 한 남자 둘과 여자 한 명이었다. 그들이 우리를 향해 달걀 노른자 같은 눈동자를 굴리며 거만하게 적개심을 나타내는 것을 보고 나는 큰 소리로 웃었다.

〈이제 이 다리를 건넜으니, 무슨 일이든 벌어지겠지〉 하고 생각했다.

〈어떤 일이든지…….〉

개츠비의 경우만 해도 별 특별한 징후도 없이 불쑥 나타나지 않았던가.

시끌벅적한 대낮. 시원한 선풍기가 돌아가는 42번가의 어느 지하 레스토랑에서 개츠비와 함께 점심을 먹기로 했다. 밝은 햇빛이 내리쬐는 밖에 있다 지하로 들어오니 갑자기 눈앞이 깜깜해져 대기실에서 다른 남자와 얘기하고 있는 그의 모습이 뿌옇게 보였다.

「이쪽은 캐러웨이 씨, 이쪽은 친구인 울프심.」

코가 납작한 작은 체구의 유대인이 커다란 머리를 쳐들고 양 콧구멍에 털이 무성한 얼굴로 나를 빤히 쳐다보았다. 잠시 후, 어슴푸레한 불빛 속에서 그의 작은 눈을 알아볼 수 있었다.

「거기서 나는 그 남자를 힐끗 보았는데」 하며 울프심은 가만히 내 손을 잡았다. 「그래서 내가 어떻게 했을 것 같나?」

「뭐라고요?」 나는 공손하게 물었다.

그러나 나에게 말하고 있는 것이 아니었다. 그는 내 손을 놓

위대한 개츠비

더니 그 인상적인 코를 개츠비 얼굴에 가까이 댔다.

「캐스포우에게 그 돈을 건네주면서 말했지. 〈캐스포우, 좋아. 그 녀석이 입 다물기 전에는 한 푼도 주지 말아야 해〉라고. 그 녀석은 곧 그 자리에서 입을 다물었어.」

개츠비가 우리의 팔을 잡고 레스토랑 안으로 들어가자 울프심은 하려던 말을 삼키고 돌연 최면술에 걸린 것처럼 넋 나간 표정을 지었다.

「하이볼로 하시겠습니까?」 웨이터가 물었다.

「좋은 레스토랑인데.」 울프심은 이렇게 말하고 천장에 그려진 천사 그림을 바라보았다. 「하지만 역시 맞은편 거리 쪽이 더 좋아!」

「응, 하이볼」 하고 개츠비는 대답하더니, 울프심을 향해 말했다. 「거긴 너무 더워서요.」

「방이 덥고 작다, 그 말이 맞긴 하지만 거기엔 추억이 많지.」 울프심이 말했다.

「어떤 곳이죠?」 나는 물었다.

「오래된 메트로폴.」

「오래된 메트로폴이야.」 울프심은 우울한 얼굴로 생각에 잠긴 듯했다. 「죽어버린 얼굴, 이미 세상에서 사라진 얼굴들이 여럿 있지. 영원히 안녕을 고한 친구들이 많이 있어. 거기에서 로지 로젠달이 총을 맞은 날 밤 일은 평생 잊을 수가 없네. 우리 여섯이서 테이블을 둘러싸고 앉아

  위대한 개츠비

있었지. 로지는 배 터지게 먹고 마시고 있었어. 아침이 가까워
오자 웨이터가 이상한 표정으로 그에게 다가가서, 누가 밖에
서 얘기 좀 하자고 한다고 전하더군. 〈좋아〉 하고 로지는 일어
서려고 했지. 그때 내가 의자에 다시 붙잡아 앉혔어. 〈로지, 일
이 있으면 그놈들을 이쪽으로 오라고 해. 이 방에서 한 발자국
도 나가면 안 돼.〉 그때가 새벽 4시였지. 아마 블라인드를 올
렸다면 햇빛이 들어왔을 거야.」

「로지는 나갔나요?」

니는 조금 이수룩하게 물었나.

「응, 나갔지.」

나를 향한 울프심의 코가 분노에 차서 빨개졌다.

「그런데 현관 쪽에서 다시 뒤돌아보고 말하더군. 〈저 웨이터
녀석이 내 커피 치우지 않게 하라고!〉 그러고 나서 길가로 나
갔지. 그랬더니 그놈들이 그의 빵빵한 배에다 총을 세 발이나
쏴대고는 자동차를 타고 도망치더군.」

「그중 네 명은 전기 사형에 처해졌다지요.」 나는 기억을 더
듬으면서 말했다.

「백커와 다섯 놈들.」 그는 코를 벌름거리며 호기심 어린 눈
초리로 내 쪽을 보았다. 「자네, 거래처를 찾고 있나 보지?」

연이어 나온 이 두 마디에 나는 좀 놀랐다. 개츠비가 내 대
신 대답했다.

「아아, 아니에요.」 그는 큰 소리로 말했다.

「이 사람은 아니에요.」

「아니라고?」 울프심은 실망하는 눈초리였다.

「이 사람은 그냥 친구예요. 그 일은 나중에 얘기하자고 했잖 아요.」

「어이구, 이거 실례했네」 하고 울프심은 말했다. 「내가 착각 했군.」

마침 군침을 돌게 하는 요리가 나왔다. 울프심은 옛 메트로 폴의 그 감상적인 분위기도 잊은 채, 허겁지겁 맛있게 먹기 시 작했다. 그리고 음식을 입에 넣으면서도 계속 방 주위를 천천 히 돌아보았다. 몸을 돌려 동그란 원을 그리며 바로 뒤에 있는 사람들까지 염탐하듯이 보았다. 아마 내가 없었다면 테이블 아래까지도 샅샅이 살펴봤을 것이다.

「저……, 이보게.」 개츠비가 내 쪽으로 몸을 기울이며 말했 다. 「오늘 아침 혹시 차 안에서 기분 나쁘게 한 건 아닌가 모르 겠네.」

그는 또 미소를 지었지만 나는 웃지 않고 말했다.

「나는 비밀 같은 건 싫어해. 왜 자네는 솔직하게 털어놓고 어떻게 하면 좋은지 묻지 않는 거야? 어째서 하나에서 열까지 미스 베이커를 통해야 되는 거지?」

「아아, 비밀 같은 건 없어.」 그는 장담하듯이 말했다. 「미스 베이커는 대단한 스포츠 선수잖아, 안 그래? 잘못된 일은 절 대로 할 사람이 아니잖아.」

그러더니 그는 갑자기 시계를 보고 불쑥 일어나서는 나와 울프심을 테이블에 남겨둔 채 서둘러 레스토랑을 빠져나갔다.

「전화를 하러 가는 거야.」 울프심은 이렇게 말하면서 그의 뒷모습을 쳐다보았다. 「좋은 녀석이지. 안 그런가? 얼굴도 잘

생겼고, 나무랄 데 없는 신사지.」

「그래요.」

「그는 옥스퍼드 출신이야.」

「아, 아!」

「영국의 옥스퍼드대학을 다녔다고.
옥스퍼드대학이라고 알지?」

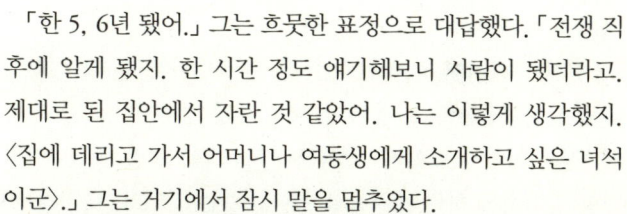

「들은 적이 있죠.」

「아주 유명한 대학 중 하나지.」

「게츠비를 안 지 오래 됐나요?」 나는 물었다.

「한 5, 6년 됐어.」 그는 흐뭇한 표정으로 대답했다. 「전쟁 직
후에 알게 됐지. 한 시간 정도 얘기해보니 사람이 됐더라고.
제대로 된 집안에서 자란 것 같았어. 나는 이렇게 생각했지.
〈집에 데리고 가서 어머니나 여동생에게 소개하고 싶은 녀석
이군〉.」 그는 거기에서 잠시 말을 멈추었다.

「자네, 내 커프스단추를 보고 있군 그래.」

사실 나는 단추를 보고 있지 않았지만 그 말을 듣고 쳐다보
았다. 커프스단추는 묘하게 생겼으면서도 어딘가 낯익은 상아
로 만든 것이었다.

「이거, 사람 어금니로 만든 거야. 제일 좋은 걸로 만들었지」
하고 가르쳐주었다.

「그렇군요!」

나는 자세히 살펴보았다. 「참 재미있는 생각이네요.」

「그렇지.」 그는 코트 아래로 나와 있는 소매를 번쩍 쳐들었다.
「그런데 개츠비는 여자들을 아주 조심하고 있어. 친구 마누

라 얼굴 정도는 봐도 괜찮을 텐데 절대로 그런 짓을 안 하지.」

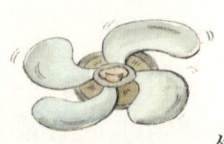

이렇게 본능적으로 신뢰하고 있는
상대가 테이블에 다시 돌아와 앉자,
울프심은 커피를 쭉 마시더니 자리에
서 일어섰다.

「잘 먹었네. 너무 오래 있으면 싫증 낼지 모르니, 이제 젊은
양반들한테서 도망쳐야겠어.」

「서둘지 마요, 메이어.」

개츠비는 이렇게 말했지만 붙잡지는 않았다. 울프심은 기도
라도 올리듯이 한쪽 손을 들었다.

「친절도 하시지. 하지만 나는 늙은 세대니까」 하고 점잖게
말했다. 「자네들은 여기 앉아 계속 얘길 나누게나. 스포츠나
뭐, 젊은 아가씨들 얘기, 그리고…….」 그는 손짓으로 나머지
말은 알아서들 하라는 시늉을 했다. 「나는 말이야, 나이가 50
이라고. 그러니 더 이상 자네들 얘기에 끼어들지 않겠어.」

개츠비와 악수를 하고 몸을 돌린 그를 옆에서 보니 코가 슬
픈 듯이 떨리고 있었다.

〈우리가 뭔가 신경에 거슬리는 말이라도 한 것일까.〉

「저 사람 가끔 감상적으로 빠질 때가 있지.」 개츠비가 설명
했다. 「오늘이 바로 그 감상적인 날인가 봐. 그는 뉴욕 일대에
서 보기 드문 괴짜야. 브로드웨이에 살고 있지.」

「도대체 뭐하는 사람인데, 배우?」

「아니.」

「치과 의사?」

「메이어 울프심이? 아니, 그는 도박꾼이야.」 개츠비는 좀 머뭇거렸지만 이내 태연하게 말을 덧붙였다. 「1919년에 월드 시리즈를 매수해서 승부를 조작한 장본인이지.」

「뭐, 월드 시리즈를 매수했다고?」 나는 놀라서 되물었다.

그 말에 놀라지 않을 수 없었다. 물론 월드 시리즈가 1919년에 매수된 것은 기억하고 있었다. 그러나 아무리 생각해도 그것은 여러 가지 일이 얽히고 얽혀, 그저 그 결과로 일어난 사건이라고밖에는 판단이 되지 않았다. 한 사람의 인간이 5천만 명의 믿음을 농락할 수 있다니, 폭약을 장치해서 금고를 터는 은행 강도와 같은 집요함으로 말이다. 도저히 믿어지지 않았다.

「어째서 그런 짓을 하게 됐지?」 내가 물었다.

「단지 기회를 잘 잡았을 뿐이지.」

「어떻게 감옥에 가지 않았지?」

「그는 절대 붙잡히지 않아. 영리한 사람이니까.」

점심 값은 내가 내겠다고 했다. 웨이터가 내게 잔돈을 가지고 왔을 때, 혼잡스런 방 건너편에 있는 톰이 눈에 띄었다.

「저쪽으로 같이 좀 갈까?」라며 개츠비에게 톰을 가리켰다.

「저 사람에게 인사해야겠어.」

톰은 우리를 보자 펄쩍 뛰며 내 쪽으로 대여섯 발자국 가까이 왔다.

「어디 갔었나? 이 친구.」 그는 흥분해서 물었다. 「자네가 전화하지 않아서 데이지가 얼마나 화가 났다고.」

「이쪽은 개츠비야. 그리고 이쪽은 톰.」

둘은 간단히 악수를 했는데 개츠비는 표정이 굳어지면서 좀 당황하는 듯했다.

「도대체 어떻게 된 거야?」 톰이 물었다. 「무슨 바람이 불어서 이렇게 멀리까지 밥을 먹으로 온 거지?」

「개츠비와 점심을 같이했어.」

내가 개츠비 쪽을 돌아봤을 때, 그는 이미 사라지고 없었다.

1917년 10월의 어느 날이었죠, 하며 그날 오후, 플라자 호텔의 커피숍에서 조던 베이커는 등받이가 곧은 의자에 똑바른 자세로 등을 펴고 앉아 말했다.

저는 그날 여기저기를 거닐고 있었어요. 보도 위와 잔디 위를 걸어 다녔는데 잔디 쪽이 더 재미있었어요. 왜냐하면 밑창에 볼록한 고무 혹이 붙어 있는 영국제 구두를 신고 있었는데 잔디를 밟을 때마다 폭신폭신해서 좋았거든요. 새로 산 격자무늬 치마를 입고 있었죠. 바람이 불면 치마가 펄럭펄럭 흔들렸어요. 그럴 때마다 집집마다 걸려 있는 빨간색, 하얀색, 파란색 깃발들이 뻣뻣하게 펴져서 바람 때문에 마지못해 움직이는 것처럼 「탓탓탓」 하고 소리를 냈죠.

제일 큰 깃발, 그리고 제일 큰 잔디밭은 역시 데이지 페이의 집이었어요. 데이지는 열여덟 살이었고, 저보다 꼭 두 살 위였죠. 루이빌의 아가씨들 중에서 제일 인기가 있었어요. 하얀 옷

  위대한 개츠비

을 입고 하얀 소형 무개차를 갖고 있었지요. 데이지의 집에서는 하루 종일 전화벨 소리가 울렸답니다. 테일러 기지의 젊은 장교들이 앞을 다투어 그날 밤 데이지를 독차지하기 위해 조르는 거죠.「단 1시간이라도 좋습니다!」라고요.

그날 아침, 데이지의 집 맞은편 쪽으로 와보니, 하얀 무개차가 길가 모퉁이 옆에 멈춰 있었어요. 데이지는 한 번도 본 적이 없는 어떤 중위와 같이 앉아 있었죠. 둘은 서로에게 너무 푹 빠져 있어서 제가 다가가는 것도 전혀 눈치 못 채고 있었어요.

그린데 조금 가까이 나가자가 나를 알아보고는「안녕, 조던」하고 갑자기 말을 걸더라고요.「이쪽으로 와요.」

저와 얘기하고 싶어 하는 것 같아 기뻤어요. 저보다 나이 많은 여자들 중에서 제일 흠모하던 사람이었으니까요. 적십자사에 붕대를 만들러 가는 길이냐고 물었어요. 그렇다고 했죠.「어머, 그러면 오늘 내가 못 간다고 얘기 좀 해주겠어요?」데이지가 말을 할 때, 그 장교는 데이지를 가만히 바라보고 있었어요. 젊은 아가씨라면 누구나 한 번쯤 그런 눈길로 봐주었으면 했을 거예요. 그때 그 분위기가 너무나 로맨틱해서 지금까지도 잊지 않고 기억하고 있답니다. 그 중위는 J. 개츠비라는 사람이었어요. 그런데 그 후, 4년이 넘게 그 남자를 볼 수 없었죠. 롱아일랜드에서 만났을 때도 처음엔 그 사람인 줄 몰랐어요.

그때가 1917년이었죠. 그 다음 해에는 이미 저도 사귀는 사람이 두세 명 있었고 시합에도 나가기 시작했죠. 그래서 그렇게 자주 데이지를 만나지는 못했어요. 데이지는 누구와 사귄다고 하면 늘 자기보다 약간 나이가 많은 남자들이었죠. 그런데 이상한 소문이 퍼지고 있었어요. 어느 겨울 밤, 데이지가 여행 가방을 챙기다가 어머니에게 들켰다고 해요. 뉴욕에 가서 해외로 출정하는 어느 병사에게 작별 인사를 할 생각이었다고 하더군요. 그런데 결국 못 가고 말았어요. 그리고 나서 집안 사람들과는 한 달 넘게 말을 안 했대요. 그 후엔 더 이상 병사들과 어울리지 않았죠. 만나는 사람이라곤 그저 평발이나 시력이 나빠 군대에 가지 못한 몇몇 마을 청년뿐이었어요.

그런데 그 다음 해 가을, 데이지는 다시 명랑해졌어요. 옛날처럼요. 휴전 후엔 사교계에 데뷔하고 2월에는 뉴올리언스 출신의 남자와 약혼까지 한 것 같은데, 6월에 시카고의 톰 뷰캐넌하고 결혼식을 올리더라고요. 루이빌에서 가장 성대한 결혼식이었어요. 신랑은 넉 대의 전세 차량으로 백 명의 사람들을 데려오고 뮐바흐 호텔을 통째로 빌렸어요. 결혼식 전날엔 35달러나 하는 진주 목걸이를 선물로 보냈고요.

저는 신부 들러리였답니다. 피로연이 시작되기 30분 전, 데이지의 방에 가보았어요. 신부는 침대 위에 누워 있었는데 꽃으로 장식한 드레스를 입은 모습이 마치 6월의 밤처럼 아름다웠죠. 그런데 데이지의 얼굴이 술에 취해 벌겋게 달아올라 있었어요. 한 손에는 소테른 백포도주 병을 들고, 다른 손에는 편지를 쥐고 있고요.

「축하해줘.」 이렇게 속삭였어요.

「이거 한 번도 마신 적이 없지만 정말 맛있는데.」

「어떻게 된 거야, 데이지?」

저는 무서웠어요. 정말이에요. 데이지의 그런 모습을 본 적

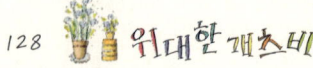

위대한 개츠비

이 없었거든요.

「이것 봐, 여기 있네.」 그녀는 침대 위에서 쓰레기통을 끌어 안고, 그 속을 손으로 들쑤시더니 진주 목걸이를 꺼냈어요.

「이거 아래층으로 가져가서 누구 건지 모르지만 돌려줘. 데 이지는 마음이 변해버렸다고 모두한테 말해줘. 말해달라고. 데이지는 마음이 변했다고!」

데이지는 엉엉 울어댔어요. 울고 또 울었죠. 나는 방에서 나 와 하녀를 급히 불렀어요. 둘이서 문을 걸어 잠그고 욕조에 찬 물을 채운 후 그 안에 데이지를 집어넣었죠. 그래도 편지 는 꼭 쥐고 절대로 놓지 않았어요. 둥글게 뭉 쳐진 편지가 물에 흠뻑 젖어버리고 결국은 솜뭉치 녹듯이 물에 녹아 갈 기갈기 찢어지는 것을 보고서야 겨우 포기하고 비눗갑에 버리게 하더군요.

하지만 그 다음에는 한마디도 하지 않았어요. 우리는 암모 니아수를 먹이고 이마에 얼음을 얹어 진정시킨 다음, 드레스 를 다시 입혔어요. 30분 정도 지나서 방을 나올 때는 진주 목 걸이가 목에 걸려 있었고, 그 사건은 그렇게 끝나버렸죠. 다음 날 톰과 결혼했는데, 손끝 하나 떨지 않고 태연하더라고요. 그 러고 나서 남태평양으로 3개월 동안 신혼여행을 떠났는데, 여 행에서 돌아온 후 산타 바바라에서 만났어요. 그런데 어쩜 저 렇게 남편에게 푹 빠져 있을까 하는 생각이 들 정도였어요. 잠 시라도 남편이 방에서 나가면 불안한 듯이 주위를 살펴보면서 말을 하죠, 「톰은 어디로 갔지?」 톰이 현관 쪽에 얼굴을 내밀

위대한 개츠비

때까지 아주 넋이 나간 표정으로 바라봤죠. 해변가에 앉아 톰의 머리를 무릎 위에 얹고 오랫동안 눈 위를 손가락으로 쓰다듬거나, 한없이 기쁜 얼굴로 가만히 톰을 바라보곤 했어요. 둘이 같이 있는 모습을 바라보면 가슴이 찡할 정도였죠. 뭐랄까, 너무나 매혹적이어서 그저 소리 없이 미소 짓게 만들었어요. 그것이 8월이었죠.

제가 산타 바바라를 떠난 지 일주일이 지난 어느 날 밤, 톰이 탄 자동차가 벤투라로路에서 짐마차와 충돌하는 사고가 있었어요. 자동차의 잎바퀴가 완전히 떨어져 나갔다고 하더군요. 같이 타고 있던 여자도 신문에 나왔어요. 그 여자 한쪽 팔이 부러졌거든요. 알고 보니 산타 바바라 호텔에서 침실 청소를 하는 종업원이지 뭐예요.

다음 해 4월, 데이지는 딸을 낳았어요. 그리고 1년 정도 프랑스에 가 있었죠. 저는 어느 봄날, 그들을 칸에서 만났고 그후 도빌에서도 만났어요. 그리고 그들은 시카고로 돌아와 정착했죠. 데이지는 시카고에서 인기가 많았어요. 물론 알고 있겠죠. 두 사람은 방탕한 무리와 어울려 다녔는데 그들은 모두 돈 많은 난폭한 젊은이들이었어요. 하지만 데이지는 절대로 평판을 떨어뜨리는 일은 하지 않았답니다. 아마 술을 입에 대지 않아서일 거예요. 술꾼들 속에 있으면서 술을 마시지 않는다는 건 커다란 장점이죠. 아무 말도 안 하고 있을 수 있잖아요. 뿐만 아니라 좀 행실이 좋지 않아도 완벽하게 숨길 수 있고. 다른 사람들은 모두 눈이 멀어 보지도 못하고 신경도 쓰지 않는 거죠. 데이지는 바람 피울 생각은 전혀 없었을 거예요.

하지만 역시 데이지의 마음속에도 뭔가가 숨겨져 있어요.

그래요. 한 6주 전에 데이지는 몇 년 만에 처음으로 개츠비의 이름을 들은 거예요. 그때 제가 닉에게 물었었죠. 생각나요? 웨스트 에그의 개츠비를 알고 있느냐고. 닉이 돌아간 후에 데이지는 내 방에 들어와서 나를 깨웠어요. 그리고 「개츠비라니, 누구지?」 하고 물었어요. 그래서 어떤 사람인지 설명해 줬죠. 나는 그때 반쯤 잠들어 있었어요. 데이지는 자기가 알고 있는 사람이 틀림없다고 아주 묘한 목소리로 말했어요. 그때 저는 처음으로 이 개츠비라는 사람과 옛날 그 하얀 차에 타고 있었던 장교를 연관 지을 수 있었죠.

조던 베이커가 얘기를 완전히 끝냈을 때, 우리는 이미 커피숍을 나온 지 30분이나 지났고, 센트럴파크에서 사륜 포장마차를 타고 달리고 있었다. 태양은 이미 웨스트 50번가에 우뚝 서 있는 영화배우들이 사는 고층 아파트 뒤편으로 저물고 있었다. 그리고 벌써 풀 위의 귀뚜라미처럼 모여든 아이들의 맑은 목소리가 무더운 어스름 속을 뚫고 높이 울렸다.

나는 아라비아의 추장
당신의 사랑은 나의 것
당신이 자는 밤이 되면
당신의 텐트 속에 몰래 숨어 들어간다…….

「묘한 우연의 일치군요.」 나는 말했다.

  위대한 개츠비

「아니, 전혀 우연의 일치가 아니에요.」

「왜 그렇죠?」

「개츠비와 데이지의 집은 만을 사이에
두고 서로 마주 보고 있어요. 개츠비는
일부러 그 집을 산 거예요.」

언젠가 6월의 어느 날 밤, 그가 애타게 바라보
고 있던 것은 별이 아니었던 것이다. 순간 그를 감싸고 있던
신비하고도 찬란했던 장막이 걷히고, 그의 실체가 생생하게
나에게로 다가왔다.

「그 사람은 알고 싶어 해요.」 조던은 얘기를 계속했다.

「언제 닉이 데이지를 집으로 초대하고 자기를 초대할 수 있
는지 말이죠.」

그의 이런 조심스런 태도가 나는 좀 놀라웠다. 고작 언제 오
후에라도 옆집 뜰에 발을 들여놓기 위해 5년 동안이나 기다리
고, 또 큰 저택을 사서 스쳐 가는 나방 같은 존재들에게 별빛
만찬을 베풀었단 말인가.

「모든 자초지종을 나에게 알리지 않고는 이런 간단한 부탁
도 할 수 없었던 걸까요?」

「그 사람은 두려워하고 있어요. 너무 오랫동안 기다렸거든
요. 그리고 당신의 감정을 해치면 어쩌나 하고 조심스러웠던
거죠. 하지만 알다시피 그 사람은 아주 의지가 강해요.」

나는 뭔가 마음에 걸렸다.

「왜 당신에게 데이지를 만나게 해달라고 부탁하지 않은 거
죠?」

「데이지에게 자기 집을 보여주고 싶은 거예요.」 그녀가 설명해주었다.

「당신 집이 바로 옆이잖아요.」

「아아, 그렇군!」

「언제든 우연히라도 파티에 들러주기를 마음 졸이며 기다리고 있었을 거예요」 하고 조던은 말을 이었다. 「하지만 한 번도 오지 않았잖아요. 그러자 이번에는 닥치는 대로 이 사람 저 사람에게 데이지를 알고 있는지 묻기 시작한 거예요. 바로 제가 그 첫 번째 사람이었던 거예요. 댄스를 보고 있던 나를 부르러 사람을 보낸 그날 밤이요. 그 말을 꺼내는데 얼마나 조심스럽던지, 정말 볼 만했다고요. 물론 저는 곧 〈뉴욕에서 점심을 같이 먹으면 어떨까〉 하고 제안을 했죠. 그랬더니 그 사람, 갑자기 미친 줄 알았어요. 〈이상한 짓은 하고 싶지 않아요!〉라는 말만 계속 되풀이하는 거예요. 〈바로 옆집에서 만나고 싶어요〉 하더군요. 당신이 톰의 각별한 친구라고 말했더니, 자신의 계획을 완전히 포기하려 했어요. 개츠비는 톰에 대해서는 잘 몰라요. 혹시 조금이나마 데이지의 이름이 나올까 해서 몇 년이나 〈시카고트리뷴〉을 살펴봤다고 하지만요.」

날이 완전히 어두워졌고 마차가 작은 다리 밑을 통과할 때, 나는 조던의 딱 벌어진 어깨를 팔로 감싸고 그녀를 끌어당기면서 저녁 식사를 같이 하자고 청했다. 내 머릿속에는 이미 데이지나 개츠비라는 이름은 사라지고 절대로 엉뚱한 행동은 하지 않는 이 깔끔하고 냉정한 사람만 생각하고 있었다. 그 사람이 바로 지금 내 팔 안에 가볍게 몸을 맡기고 있는 것이다.

  위대한 개츠비

흥분에 도취된 내 귓가에 한 구절이 맴돌았다. 「쫓기는 자와 쫓는 자, 바쁜 자와 지쳐버린 자만이 있다.」

「그리고 데이지의 인생에도 뭔가가 있어야 해요.」

조던이 나에게 속삭였다.

「그녀는 개츠비를 만나고 싶어 할까요?」

「이 사실을 알면 안 돼요. 개츠비는 알리고 싶어 하지 않는다고요. 닉은 그냥 데이지를 집에 초대하기만 하면 돼요.」

우리가 탄 마차가 장벽같이 서 있는 거뭇거뭇한 나무들 옆을 지나 이윽고 59번가에 나나르사, 싸리한 빛늘이 희미하게 공원을 비추었다. 개츠비나 톰과 달리, 어딜 가나 내 주위를 맴도는 꿈과 같은 여자가 나에게는 없었다. 그래서 나는 옆에 앉아 있는 이 여자를 팔에 힘을 주어 힘껏 끌어안았다. 그러자 그녀의 냉소적인 입술이 부드러운 미소로 바뀌었다. 그래서 이번에는 얼굴을 맞대고 다시 꼭 끌어안았다.

5

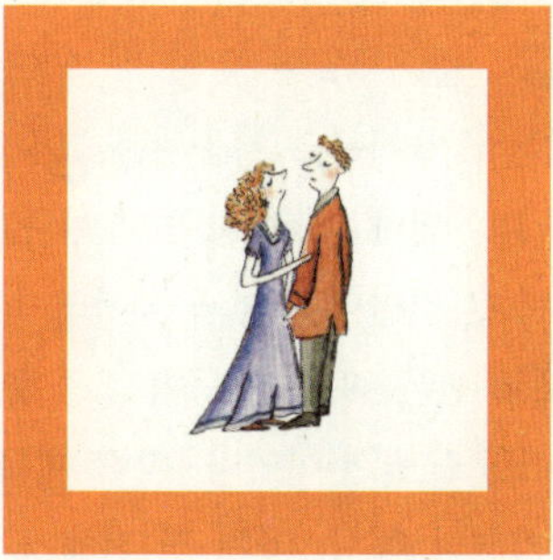

7날 밤 웨스트 에그로 돌아왔을 때, 순간 집에 불이 난 건 아닐까 가슴이 덜컥했다. 새벽 2시인데도 맞은편 집 일대가 휘황찬란하게 빛나고 있었고, 그 빛들이 관목 사이 사이를 비추고 있는 광경은 꿈속과도 같았다. 가늘고 길게 늘어서 있는 길가의 전선들이 반짝거리며 선명하게 모습을 드러내고 있었다. 길모퉁이를 돌아선 후에야 나는 그것이 꼭대기부터 지하 창고까지 전등을 켜놓은 개츠비의 저택이라는 것을 알게 되었다.

〈또 파티가 있는 모양이군.〉 처음에는 그렇게 생각했다. 시끌벅적한 파티가 마지막에는 〈숨바꼭질〉이나, 〈밀치기 놀이〉로 바뀌고, 그래서 온 집안이 그렇게 놀이터가 됐나 보다 하고 생각했다. 그런데 주변은 쥐 죽은 듯이 조용했다. 나무들 사이로 바람 부는 소리만 들릴 뿐이었다. 바람 때문에 전선이 흔들려 등이 꺼졌다 켜졌다 해서, 마치 집 전체가 어둠을 향해 눈을 깜박이고 있는 것 같았다. 내가 타고 온 택시가 요란한 소리를 내며 떠나자, 개츠비가 잔디를 가로질러 나한테로 걸어오는 모습이 보였다.

「자네 집은 축제라도 열린 것 같군.」 내가 말했다.

  위대한 개츠비

「그런가?」 그는 저택 쪽으로 눈을 돌렸다.

「방을 좀 두루두루 살펴봤어. 자네, 코니아일랜드에 같이 가지 않겠나? 내 차로 말이야.」

「너무 늦었는데.」

「그러면 수영장에 들어가는 건 어때? 여름이 되고, 아직 한 번도 사용한 적이 없거든.」

「난 잠 좀 자야겠네.」

「그럼 할 수 없지.」

그는 조바심 나는 표정으로 나를 보면서 내 말을 기다리고 있었다.

「미스 베이커와 얘기했어.」 잠시 후 내가 말했다. 「내일 데이지에게 전화해서 차를 마시러 오라고 할 생각인데.」

「그거 잘됐군.」 그는 무관심한 척 말했다. 「하지만 자네에게 폐를 끼치고 싶진 않아.」

「언제가 좋은가?」

「자네는 언제가 좋은가?」 그는 재빠르게 내가 한 말을 되받았다. 「자네에게 폐를 끼치고 싶지 않아, 정말.」

「모레는 어때?」

그는 잠시 생각을 하더니 마음이 내키지 않는다는 듯이 말했다.

「그날은 잔디를 깎았으면 하는데.」

우리는 둘 다 잔디밭을 내려다봤다. 거기에는 확실하게 선이 그어져 있었다. 손질

하지 않아 지저분한 잔디와, 잘 손질된 파릇파릇하고 널찍한 잔디. 그가 손보고 싶은 건 우리 집 잔디였다.

「또 하나. 저, 괜찮은 일이 있는데…….」 그는 애매모호하게 말을 얼버무리면서 머뭇거렸다.

「2, 3일 늦추는 게 좋겠나?」 나는 물었다.

「아니……, 그런 게 아니라, 저…….」 그는 좀처럼 시원스럽게 말을 꺼내지 못했다.「음, 좀 생각해봤는데……. 그……, 자네는 월급이 그렇게 많지 않지?」

「많은 건 아니지.」

이 대답에 용기를 얻었는지, 그는 자신감을 갖고 얘기하기 시작했다.

「내가 실례했다면 용서해주게. 그럴 거라고 생각했어……. 나는 부업으로 작은 사업을 하고 있네. 그래서 생각해봤는데, 자네의 돈벌이가 시원치 않다면…… 자네, 주식을 팔고 있지?」

「뭐, 그렇지. 팔고 있지.」

「그렇다면 이건 자네에게 좋은 건수가 될지도 몰라. 그렇게 많은 시간이 걸리는 것도 아니고, 이윤도 꽤 많이 남지. 가끔 기밀을 요하기는 하지만.」

이제 와서 깨달은 거지만, 만약 주변 사정이 달랐다면 그 얘기는 내 생애에 있어서 하나의 위기가 됐을지도 모른다. 하지만 그 제안은 아무 대가 없이 해주는 내 서비스에 대한 답례인 것을 알기에 나로서는 그 자리에서 거절할 수밖에 없었다.

「지금 하고 있는 일도 벅차네. 고맙기는 하지만 더 이상은

할 수 없어」라고 말했다.

「울프심과 거래 같은 건 할 필요 없어.」 아무래도 점심때 나온, 그 거래처라는 말에 내가 뒷걸음질치고 있다고 생각하는 모양이었다. 나는 그런 것이 아니라고 확실히 말했다. 그는 다시 내 쪽에서 먼저 얘기를 꺼내기 바라는지 잠자코 기다렸다. 그러나 내 마음은 이미 딴 곳에 있었기 때문에 그를 상대하고 있을 수 없었다. 그는 할 수 없다는 듯 집으로 돌아갔다.

그날 밤, 나는 마음이 가벼워졌고 왠지 모를 행복감에 젖어 있었다. 현관에 들어섰을 땐 이미 깊은 잠에 빠진 기분이었다. 그래서 개츠비가 코니아일랜드에 갔는지, 아니면 집 안에서 훤하게 불을 켜놓은 채 몇 시간이나 방들을 살펴봤는지 나는 모른다.

다음 날 회사에서 데이지에게 전화를 해서 차를 마시러 오라고 초대했다.

「톰은 데리고 오지 마」 하고 그녀에게 주의시켰다.

「뭐라고요?」

「톰은 데리고 오지 말라고.」

「아니, 톰이라니 그게 누구죠?」 그녀는 장난을 쳤다.

약속한 그날, 밖에는 장대비가 쏟아졌다. 11시가 되자, 레인코트를 입은 남자가 잔디 깎는 기계를 들고 와서 현관문을 두드렸다. 개츠비가 사람을 시켜 잔디를 깎으라고 한 것이다. 그때, 집에서 일을 해주던 핀란드인 가정부에게 다시 와달라고 하는 말을 깜박 잊고 안 했다는 것이 생각났다. 그래서 서둘러 웨스트 에그 시내로 차를 몰아 비에 흠뻑 젖은 시멘트 바닥의

  위대한 개츠비

골목 안에서 가정부를 찾아내고, 다음엔 컵 몇 개와 레몬, 그리고 꽃도 샀다.

하지만 꽃을 살 필요는 없었다. 오후 2시가 되자, 개츠비가 보내준 이동식 온실이 도착했고 각종 고급 식기들도 그것과 함께 실려 왔기 때문이다. 한 시간 후에, 현관문이 요란스럽게 열렸다. 그리고 흰 플란넬 양복에 은색 와이셔츠, 금색 넥타이로 잘 차려입은 개츠비가 서둘러 안으로 들어왔다. 얼굴빛은 파리했고, 밤새 한잠도 못 잤는지 눈언저리가 거무스레하게 움푹 패어 있었다.

「준비 완료인가?」 그는 오자마자 물었다.

「응, 풀이라면 이젠 아주 깨끗해.」

「무슨 풀?」 그는 영문을 모르겠다는 듯 물었다. 「아아, 앞뜰의 잔디를 말하는군.」 그는 창문 너머로 밖을 내다보았다. 그러나 그의 표정으로 봐선, 어떤 것도 보는 것 같지 않았다.

그는 「아주 훌륭해 보이는군」 하고 중얼거렸다. 「신문에서 보니 4시경에 비가 그친다고 하던데. 그 〈저널〉이라는 신문에 그렇게 나와 있었어. 필요한 것은 모두 준비됐나? 말하자면 차를 마시는데 필요한…….」

나는 그를 부엌으로 데리고 갔는데, 그는 거기에 있는 핀란드인 가정부를 좀 못마땅한 듯이 쳐다보았다. 우리는 델리카트슨에서 산 레몬 케이크를 같이 살펴보았다.

「이거면 됐나?」 하고 물었다.

「그래, 물론 됐어. 훌륭해!」 그리고 약간

기운 빠진 목소리로 덧붙였다.

「그래, 그렇군.」

3시 반쯤, 비는 그쳤고 축축한 안개가 깔렸다. 때때로 작은 빗방울이 이슬처럼 안개 속으로 똑 떨어졌다. 멍한 눈으로 클레이의 〈경제학〉을 읽고 있던 개츠비는 가정부가 걸음을 옮길 때마다 부엌 바닥이 삐걱거리는 소리에 놀라거나, 보이진 않지만 무슨 놀라운 일이 계속해서 일어나고 있는 것처럼 가끔 희뿌연 창문 쪽을 멍하니 바라보곤 했다. 그러다 갑자기 자리에서 일어나더니 잘 들리지 않는 목소리로 집으로 돌아가겠다고 했다.

「아무도 차를 마시러 오지 않아. 이미 늦었는걸.」 그는 시계를 보며 뭔가 다른 급한 용무가 있는 듯 초조한 표정을 지었다. 「하루 종일 기다릴 수는 없다고.」

「바보같이, 아직 4시 2분 전이잖아.」

내 말에 못 이긴다는 듯 다시 의자에 앉은 그의 모습은 처량하게 보였다. 그때, 때마침 길모퉁이를 돌아 오솔길로 들어서는 자동차 엔진 소리가 났다. 순간 둘 다 벌떡 일어났다. 그리고 약간 당황하면서 나는 바깥으로 나갔다.

큰 무개차가 빗방울이 떨어지는 라일락 나무 밑을 지나 집으로 연결된 차도를 달려왔다. 이윽고 차는 멈췄다. 연보라색 삼각 모자 밑으로, 고개를 갸우뚱 옆으로 기울인 데이지는 밝고 매혹적인 미소를 띠면서 나를 쳐다봤다.

「여기가 정말로 살고 있는 집인가요?」

잔물결 같은 그녀의 목소리는 빗속에서 울려 퍼지는 멜로디였다. 오로지 소리 나는 곳을 따라 위로 아래로, 순간순간 그 소리를 뒤좇지 않으면 안 되었다. 그 후에 의미가 도달하기 때문이다. 파란 물감으로 칠한 것처럼 젖은 머리카락 한 올이 그녀의 뺨에 붙어 있었다. 자동차에서 내려줄 때 잡은 손은 반짝이는 빗방울로 젖어 있었다.

「저를 사랑하세요?」 그녀는 내 귓가에 대고 속삭였다. 「그렇지 않으면 애 혼자 오라고 했죠?」

「그게 마음에 걸렸군. 운전사에게 어디 멀리 가서 한 시간 정도 있다가 오라고 해주겠어?」

「파디, 한 시간쯤 있다가 와요.」

데이지는 엄숙한 목소리로 말했다.

「저 사람 이름이 파디예요.」

「휘발유 냄새에 코가 어떻게 된 모양이지?」

「그런 일은 없었을 거예요.」 그녀는 천진난만하게 대답했다.

「왜요?」

우리는 집 안으로 들어갔다. 그런데 이게 웬일인가. 거실엔 아무도 없었다.

「아니, 이거 이상한데?」 나는 큰 소리로 외쳤다.

「뭐가 이상해요?」

그때, 점잖게 현관문을 두드리는 소리가 났다. 그녀가 고개를 돌리자, 나는 나가서 문을 열어주었다. 그러자 개츠비가 시체처럼 창백한 얼굴로, 양손을 무겁게 코트 주머니에 푹 찌른 채, 내 눈을 슬프게 노려보며 웅덩이 속에 서 있었다.

그리고 여전히 양손을 주머니에 푹 찌른 채 내 옆을 천천히 지나 현관에 들어온 뒤, 소리 없이 쓱 돌아서 거실로 사라졌다. 하지만 이상한 느낌은 없었다. 나는 심장이 크게 고동치고 있는 것을 의식하면서 점점 거세지는 빗줄기가 들이치지 않도록 문을 닫았다.

아주 잠깐, 아무 소리도 나지 않았다. 그러나 거실 쪽에서 작게 속삭이는 소리가 나더니, 이윽고 웃음소리가 들려왔다. 그리고 계속해서 점잖게 말하는 데이지의 목소리가 들렸다.

「이렇게 다시 만나게 돼서 정말 너무 기뻐요.」

침묵, 그것은 무서울 정도로 지속됐다. 나는 현관에서 아무 할 일이 없었기 때문에 방으로 들어갔다.

개츠비는 여전히 양손을 주머니에 찔러 넣고 벽난로에 기댄 채 편안한 자세로 억지로 태연한 척하고 있었다. 머리는 뒤로 젖혀 벽난로 위에 놓인 멈춰버린 시계의 숫자판에 기대어 있었다. 이러한 자세를 하고 광기 어린 눈으로 데이지를 내려다 보고 있는 것이다. 그녀는 놀라고 있었지만 딱딱한 의자 끝에 정숙하게 앉아 있었다.

「우린 전에 만난 적이 있지」 하고 개츠비가 중얼거렸다. 그는 힐끔힐끔 나를 쳐다보았다. 억지로라도 웃으려고 했지만 잘 되지 않는 모양이었다. 때마침 이런 순간에 시계가 그의 머리에 눌려 기우뚱했다. 그는 뒤를 돌아보더니 떨리는 손으로 시계를 바로잡아 놓았다. 이윽고 굳은 표정으로 앉아 소파의 팔걸이에 팔꿈치를 놓고 턱을 손으로 받쳤다.

 146 위대한 개츠비

「시계 때문에 미안하네.」 그는 말했다.

내 얼굴은 이미 활활 타오르고 있었다. 머릿속에는 하고 싶은 말이 많이 있었는데 그중에서 평범한 문구 하나조차 마음대로 꺼낼 수가 없었다.

「낡아빠진 시계야.」 나는 바보처럼 두 사람에게 이렇게 말했다. 순간, 세 사람 모두 시계가 바닥에 떨어져 산산조각이라도 난 듯한 표정을 지었다.

「우린 몇 년 동안이나 만나지 못했어요.」

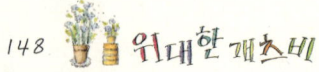

이렇게 말하는 데이지의 목소리는 사실상 평소와 다름이 없었다.

「이번 11월이면 5년째가 되지.」

개츠비가 이렇게 무뚝뚝하게 대답하는 바람에 우리는 모두 그대로 있었다.

겨우 머리를 짜내, 부엌에서 차 준비하는 걸 좀 도와주겠느냐고 제안을 해서 두 사람을 일어나게 했는데, 그때 눈치 없이 가정부가 쟁반에 차를 들고 왔다.

차와 케이크를 받느라 어수선하게 움직일 때, 분위기는 자연스럽게 가라앉았다. 데이지와 내가 얘기하고 있는 사이, 개츠비는 그늘진 곳에서 긴장되고 불행해 보이는 눈길로 심각하게 우리를 번갈아 보고 있었다. 하지만 조용한 분위기가 그들의 목적이 아니었으므로, 나는 한순간을 틈타서 양해를 구하고 일어섰다.

「어디 가는 거지?」 개츠비가 놀라서 물었다.

위대한 개츠비

「바로 돌아올게.」

「자네가 있을 때 말해야 되는데.」

그는 서둘러 내 뒤를 따라 부엌에 들어와서는 문을 닫고, 처량한 모습으로 속삭였다.

「아, 맙소사!」

「왜 그래?」

「이건 큰 실수야.」

머리를 좌우로 흔들면서 그는 말했다.

「큰 실수야.」

「자네는 당황하고 있는 거야, 단지 그뿐이야.」 그리고 때를 맞춰 나는 덧붙였다. 「데이지도 당황하고 있어.」

「그녀가 당황하고 있다고?」

그는 믿을 수 없다는 듯이 되풀이했다.

「자네와 똑같아.」

「그렇게 큰 소리로 말하지 말게.」

「자네 행동이 꼭 어린아이 같군.」 나는 갑자기 큰 소리로 말했다. 「뿐만 아니라, 이건 실례야. 데이지가 혼자서 저기에 있잖아.」

그는 한 손을 들어 내 말을 저지하고는 나를 원망스러운 듯이 가만히 쳐다보았는데, 그 표정은 지금도 잊을 수가 없다. 그는 살며시 문을 열고, 거실로 돌아갔다.

나는 뒷문을 통해 밖으로 걸어 나왔다. 30분 전, 개츠비가 신경질적으로 집을 한 바퀴 돌았을 때도 뒷문을 통해 나왔었다. 그리고 크게 옹이 진 검은 나무를 향해 달렸다. 무성하게 자란 두꺼운 잎들은 비를 피하기에는 충분했다. 비는 다시 세차게 내렸다. 들쭉날쭉한 잔디는 개츠비의 정원사가 잘 깎아 놓았지만 작은 도랑이나 선사시대에나 있을 법한 늪이 많이 있었다. 그 나무 밑에서 보이는 것은 개츠비의 거대한 집뿐이었기에 교회의 첨탑을 바라보는 칸트처럼 나는 30분이나 그의 집을 쳐다보고 있었다.

10년 전, 고풍스러운 것이 큰 인기를 끌기에 앞서 어떤 양조업자가 이것을 세웠다. 이웃의 작은 집들의 지붕을 짚으로 이으면 앞으로 5년간의 집세는 자신이 내도 좋다고 말했다는 얘기가 전해지고 있다. 그런데 집주인들이 거절해서 일가를 일으키려는 그의 계획은 수포로 돌아가 버린 모양이다. 그는 곧 가세가 기울어졌다. 자식들이 집을 팔아버렸지만 아직도 검은 화환 조각이 문에 붙어 있었다. 미국인들은 기꺼이 농노의 길을 택했으면서 아니, 그렇게 되기를 무척이나 바라고 있으면서도 항상 그것보다 신분이 높은 소작인이 되려고 고집을 부리는 것이다.

30분쯤 지나자, 다시 햇빛이 나기 시작했다. 식료품점의 자동차가 하인들의 식사거리를 싣고 개츠비의 집으로 연결된 찻길을 돌았다. 그는 그런 음식을 단 한 숟가락도 먹은 일이 없을 것이다. 하녀가 위층 창을 열기 시작했다. 이쪽 창에 모습을 나타내더니 곧 다시 저쪽 창에 쓱 나타났다. 그러고는 커다란 기둥 사이로 몸을 내밀더니, 깊은 생각에 잠긴 얼굴로 바깥으로 침을 뱉었다. 〈이제 슬슬 돌아가도 되겠지.〉 비가 내리치고 있는 동안에는 그 빗소리 때문에 두 사람의 목소리까지 감

정이 격해져서 크고 높게 느껴졌는데 비가 그치고 다시 침묵이 깔리자, 집 안까지 조용해지는 느낌이었다.

나는 안으로 들어갔다. 부엌에서는 조리 스토브가 뒤집어지지 않았다 뿐이지, 그야말로 갖가지 소리가 요란하게 나고 있었다. 하지만 그 두 사람에게는 전혀 아무 소리도 들리는 것 같지 않았다. 둘은 따로따로 소파 양 끝에 앉아 서로 물끄러미 쳐다만 보고 있었다. 뭔가 질문이 던져졌거나 아니면 그 질문이 공중에 붕 떠서 서로 그렇게 쳐다보고 있어요, 하는 모양으로 조금 전의 몹시 낭황했던 흔적은 씻은 듯이 사라지고 없었다. 데이지의 얼굴은 눈물로 범벅이 되어 있었는데 내가 들어가자 벌떡 일어나 거울 앞에서 손수건으로 눈물을 닦기 시작했다. 그런데 개츠비에겐 놀랄 만한 변화가 있었다. 그의 몸에서는 온통 빛이 나고 있었다. 몸짓으로나 말로 기쁨을 드러내지는 않았지만, 그의 몸에서 발산되는 새로운 환희가 작은 방을 가득 채우고 있었다.

「아, 자네」 하고 개츠비는 마치 몇 년 만에 만난 것처럼 나를 반겼다. 악수라도 할 자세였다.

「비가 그쳤어.」

「그래?」 그는 내 말을 알아들었다는 듯 눈빛을 반짝였다. 잠시 후 또 반짝반짝 빛나는 방울처럼 방 안에 햇빛이 비쳐 들었고, 그는 긴 장마의 끝을 알리는 기상통보관이나 햇빛만 보면 열광하는 사람처럼 연방 싱글벙글했다. 그리고 그 뉴스를 데이지에게 다시 말했다. 「어떻게 생각해? 비가 그쳤어.」

「기뻐요, 제이.」

애절하고 비애에 젖은 아름다움을 가득 띤 그녀의 목소리는 오로지 기대하지 않은 기쁨만을 얘기하고 있었다.

「자네와 데이지에게 집을 구경시켜주고 싶은데……」 그는 말했다. 「데이지에게 집을 보여주고 싶어.」

「정말인가, 나에게도 보여주고 싶다고?」

「그렇고말고.」

데이지는 세수를 한다며 2층으로 올라갔다. 나는 깨끗하지 않은 욕실의 수건을 떠올리고 부끄러운 생각이 들었지만 때는 이미 늦었다. 그사이 개츠비와 나는 잔디밭에서 그녀를 기다리고 있었다.

「집 멋있지, 안 그래?」 대답을 재촉하듯이 그가 물었다. 「집 정면으로 햇빛을 받고 있는 모습이 어때?」

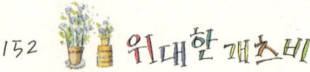

나는 훌륭하다고 말했다.

「그래.」 그의 시선이 아치형 문, 네모난 탑 하나하나에 머물렀다. 「이걸 사는 데 꼭 3년이 걸렸지.」

「거액의 유산을 상속받은 걸로 알았는데.」

「상속받았지.」 그는 기계적으로 말했다. 「그런데 전쟁 때, 공황으로 대부분 잃어버렸어.」

그는 자신이 무슨 말을 하고 있는지 잘 모르는 것 같았다. 내가 어떤 일을 하고 있느냐고 묻자 이렇게 대답하는 것이다.

위대한 개츠비

「자네가 알 바 아닐세.」

하지만 곧 적당한 답변이 아니라는 것을 깨달은 모양이었다.

「아아, 나는 지금까지 수많은 일을 해왔어.」 그는 고쳐 말했다. 「약을 팔기도 하고, 석유 사업에 손을 대기도 했지. 하지만 지금은 둘 다 그만둔 상태야.」 그는 더 주의 깊게 나를 보며 「지난밤 꺼낸 얘기를 한번 생각해봤다는 뜻인가?」 하고 물었다.

내가 대답을 머뭇거리고 있는데, 마침 데이지가 집에서 나왔다. 그녀의 옷에 나란히 달린 두 개의 황동 단추가 햇빛을 받아 만싹거렸다.

「저 아주 커다란 집, 저 집이 맞아요?」

그녀는 손가락으로 가리키면서 외쳤다.

「어때?」

「너무 멋져요. 하지만 저렇게 큰 집에서 어떻게 혼자 살죠?」

「낮이나 밤이나 재미있는 사람들로 북적거려. 여러 가지 흥미 있는 일을 하는 사람들이지. 유명한 사람들이야.」

우리는 바닷가를 따라 연결된 지름길로 가지 않고 길가로 나온 후, 커다란 문으로 들어갔다. 데이지는 하늘 위로 우뚝 솟아 있는 봉건시대의 그림자와 같은 저택을 황홀하게 쳐다보며 감탄했다. 또 정원의 아름다움에 감탄하며 빛나는 모습만큼이나 향기로운 노란 수선화와 방울방울 아롱진 산사나무, 서양 자두꽃, 금빛이 도는 삼색 제비꽃 등을 유심히 살폈다.

대리석 층계에 이르러도 여느 때와는 달리 문을 들락거리는 화려한 드레스의 물결치는 그림자도 보이지 않고, 나무에서 작은 새들이 지저귀는 소리 외에는 아무 소리도 들리지 않는

다는 게 이상했다. 안으로 들어가 마리 앙투아네트 음악실이
나 왕정복고시대풍의 응접실을 천천히 지나가는 동안, 우리가
지나갈 때까지 숨을 죽이고 조용히 있도록 명령을 받은 손님
들이 소파나 테이블 등 방 안 곳곳에 숨어 있는 느낌이었다.
머튼대학 도서실의 문을 닫았을 땐, 올빼미 눈을 한 남자가 갑
자기 웃음을 터뜨리는 소리를 어렴풋이 들은 것 같았다.

　2층으로 올라가 붉은색이나 연보라색 실크에 싸인 싱싱한
꽃들로 장식된 화사하고 고풍스러운 침실을 몇 개나 통과하
고, 화장실, 당구장, 고급 욕조가 설치된 욕실을 여러 개 지났
다. 어떤 방에 발을 들여놓자, 잠옷 차림의 머리가 헝클어진
남자가 마루 위에서 간장 강화 운동을 하고 있었다. 하숙생이
라 불리는 미스터 클립스프링거였는데, 오늘 아침에 굶주린
모습으로 해변을 방황하고 있는 것을 봤다.

　마지막으로 침실과 욕실, 애덤(영국의 건축 및 가구 설계자)
식 인테리어로 꾸며진 서재가 있는 개츠비의 방에 도달하여,
거기에 앉아 붙박이 찬장에서 꺼낸 샤르트뢰즈를 마셨다. 그
러는 동안에 그는 한 번도 데이지에게서 눈을 떼지 않았다. 데
이지의 사랑스러운 눈동자가 반응을 나타내는
정도 여하에 따라서 집 안의 모든 물건이 다
시 평가되는 것 같았다. 또 가끔 자신의 재산
인 갖가지 물건을 멍한 눈으로 쳐다보곤 했는
데, 그녀가 실제로 여기에 나타났다는 놀라움
에 그러한 물건들은 모두 필요 없다는 눈빛이었
다. 아닌 게 아니라, 한 번은 계단에서 삐끗해

아래로 굴러 떨어질 뻔하기도 했다. 그의 침실은 여느 방과는 달리 간소했다. 다만 화장대 위에 순금으로 된 화장 세트가 놓여 있을 뿐이었다. 데이지는 기쁜 듯이 브러시를 들고 머리를 빗었다. 그러자 개츠비는 앉아서 눈을 가리고 웃기 시작했다.

「아주 이상해. 그렇지, 데이지?」 그는 밝은 표정으로 말했다.

「나는 할 수 없어. 내가 하려고 하면……」 그는 확실히 두 번째 상태를 지나, 세 번째 상태에 들어가 있었다. 처음에는 당황하고, 그 다음에는 날아갈 듯이 기뻐하고, 이제는 그녀가 거기에 있다는 놀라움에 가슴을 태우고 있었다. 그렇게도 긴 세월 동안 그것만을 생각하고 있었던 것이다. 처음부터 끝까지 꿈속에서 그려보고 있었던 것이다. 상상도 못 할 이 강한 감정에 이를 악물고 기다리고 있었던 것이다. 지금은 그 반동으로 지나치게 감긴 시계의 태엽이 풀려버리는 것 같았다.

그는 다시 정신을 차리고는 커다랗고 고급스런 옷장을 열어 보였다. 거기에는 수십 개의 벽돌을 쌓아 올린 것처럼 양복과 넥타이, 와이셔츠가 산더미처럼 쌓여 있었다.

「영국에 있는 사람을 시켜 매년 옷을 사서 보내도록 하고 있어. 봄, 가을로 계절이 바뀔 때마다 제일 고급으로 골라 보내온다고.」

그는 차곡차곡 쌓인 와이셔츠를 한 장 한 장 꺼내서 우리 앞에 던지기 시작했다. 얇고 투명한 리넨 와이셔츠, 두꺼운 비단 천으로 된 와이셔츠, 최고급 플란넬 와이셔츠. 그것들이 떨어질 때마다 헝클어진 옷들은 형형색색의 다채로운 빛깔을 만들어내며 테이블을 덮었다. 우리가 감탄을 하며 바라보자, 그는 더 많은 것을 가져왔고 부드러운 무지갯빛 산은 점점 더 높아졌다. 줄무늬, 소용돌이 무늬, 산호색, 선명한 연두색, 연보라색, 옅은 오렌지색 와이셔츠, 격자무늬, 남색의 조합 문자가 그려진 와이셔츠 등등. 그런데 갑자기 데이지가 비명을 지르며 와이셔츠 무더기에 머리를 파묻고 엉엉 울기 시작했다.

「어쩜, 이렇게 아름다울 수가……」 그녀는 흐느껴 울었지만, 울음소리는 두꺼운 셔츠 더미 속에 묻혀버렸다. 「슬퍼져요. 지금까지 이런, 이렇게 아름다운 와이셔츠는 본 적이 없어요.」

집을 구경한 뒤, 저택 주변과 수영장 그리고 수상비행기와 여름철의 꽃들을 볼 생각이었다. 그런데 창밖을 보니, 다시 비가 내리고 있어서 우리는 나란히 서서 파도치는 바다를 바라보았다.

「안개가 걷히면 바다 저편에 당신 집이 보이지」 하고 개츠비는 말했다. 「당신 집 앞의 선창가엔 초록빛 등불이 밤새 켜져 있더군.」

데이지가 슬며시 개츠비의 팔에 팔짱을 끼었지만 그는 지금 자기가 한 말에 몰두하고 있는 것 같았다. 등불이 지니고 있던 커다란 의미가 지금 이 순간 영원히 사라져버렸다는 생각이 들었던 것이다. 자신과 데이지가 떨어져 있던 그 먼 거리를 생각하면 등불이야말로 그녀에게 가까이 다가갈 수 있는, 잘하면 그녀에게 닿을 수 있는 연결 고리라고 생각한 것이다. 다시 말해 달에서 가장 가까운 별처럼 한없이 부러운 대상인 것이

다. 그런데 지금은 단지, 선창 위에 세워진 평범한 녹색 등에 지나지 않았다. 마력을 지니고 있었던 것들이 하나둘 그 수가 줄어들고 있었다.

나는 방 안을 왔다 갔다 하며 어스름 속에서 잘 보이지 않는 것들을 이것저것 살펴보았다. 그중 책상 위, 벽에 걸린 한 노인의 커다란 사진이 내 시선을 끌었다. 요트를 타고 있는 모습이었다.

「이 사람은 누구지?」

「아, 그거? 댄 코디 씨야.」

처음 들어보는 이름이었다.

「벌써 죽었어. 수년 전에. 내 가장 친한 친구였지.」

사무용 큰 책상 위에는 요트를 타고 있는 개츠비의 작은 사진이 놓여 있었다. 반항적으로 머리를 뒤로 젖힌 모습으로 열여덟 살쯤 돼 보였다.

「어머, 이 머리 멋있네요.」 데이지가 큰 소리로 말했다. 「퐁파두르(머리카락을 뒤로 다 넘긴 모양)군요! 퐁파두르였다니, 나한테 한 번도 말한 적이 없잖아요. 요트 얘기도 그렇고.」

「이것 좀 봐.」 개츠비는 서둘러 화제를 돌렸다. 「이렇게 많이 당신 기사를 스크랩했다고. 모두 당신 얘기가 나와 있는 거야.」

그들은 나란히 그것을 보았다. 나는 루비를 보고 싶다고 말하려 했는데, 전화벨이 울려서 개츠비가 수화기를 들었다.

「그래요. ……그렇군. 지금은 형편이 좋지 않아. 지금은 형편이 좋지 않다고. 작은 마을이라고 했잖아. 작은 마을이 어떤

건지 그가 모르면 곤란한데. ……그래, 디트로이
트가 작은 마을이라고 생각한다면 그 남자도
별로 쓸모가 없군…….」

그는 전화를 끊었다.

「이쪽으로 와봐요, 빨리!」

데이지가 창가에서 외쳤다.

비는 계속 내리고 있었지만 검게 흐린 하늘은 서쪽에
서 끝나고, 바다 위에는 거품과 같은 구름들이 노랗고 발그스
레하게 소용돌이를 만들고 있었다.

「저걸 좀 봐요.」 그녀는 속삭였다. 그리고 잠시 후, 말을 이
었다. 「저 발그스레한 구름을 하나 따서 그 속에 당신을 넣어
빙글빙글 돌렸으면…….」

그때 나도 그곳으로 다가가려고 했는데, 둘은 그런 나를 조
금도 신경 쓰지 않는 듯했다. 오히려 내가 떨어져 있는 것이
단둘이 있다는 느낌을 더욱 주는 모양이었다.

「이렇게 하면 좋겠군.」 개츠비가 말했다. 「클립스프링거에
게 피아노를 쳐달라고 하지.」 그는 「유잉!」 하고 부르며 방을
나갔다. 얼마 후, 운동을 해서 피곤해 보이는 청년을 데리고
왔는데 청년은 좀 당황하는 모습이었다. 반투명 노란 테의 안
경을 쓰고, 숱이 별로 없는 금발이었다. 앞이 터진 운동복을
차려입고 고무창 구두에 흐릿한 색의 면바지를 입고 있었다.

「운동을 하고 있었나요? 방해한 게 아닌지 모르겠네?」

데이지가 상냥하게 물었다.

「자고 있었어요.」

당황했는지 클립스프링거는 큰 소리로 외쳤다.

「그러니까 그……, 조금 전까지 자고 있었어요. 그리고 지금 일어났어요.」

「클립스프링거는 피아노를 칠 줄 안다고.」

개츠비가 말을 가로막았다.

「그렇지, 유잉?」

「잘은 못 쳐요. 아니, 못 쳐요. 전혀 못 친다고 할 수 있죠. 연습을 하나도 하지 않았어요.」

「아래로 내려가지.」

개츠비가 말을 잘랐다. 그는 휙 하고 스위치를 돌렸다. 순간 집 안 구석구석까지 등불이 비쳐 환해지면서 잿빛 창들이 사라졌다.

음악실에서는 개츠비가 피아노 옆의 단 하나뿐인 등을 켰다. 그리고 떨리는 손으로 성냥을 켜 데이지의 담배에 불을 붙여주더니, 방의 한쪽 구석에 있는 소파에 그녀와 나란히 앉았다. 그곳은 윤이 나는 바닥으로 홀에서 비쳐드는 불빛이 살짝 드리워져 있을 뿐이었다.

클립스프링거는 〈사랑의 보금자리〉 연주를 마치자, 의자에 앉은 채로 몸을 돌렸다.

「전혀 연습하지 않았어요. 아시다시피 치지 못한다고 말했죠? 한 번도 하지 않았어요, 연습을…….」

「자네, 너무 말이 많군.」 개츠비는 명령했다. 「어서 쳐보라고!」

아침에
저녁에
즐거운…….

　밖에는 바람이 세게 불고 있었고, 바닷가를 따라서 희미한
번개가 쳤다. 이제 웨스트 에그의 등이란 등은 다 켜져 있었
다. 사람들을 실은 전철은 뉴욕을 떠나 그들의 집을 향해 빗속
으로 돌진해갔다. 인간의 내면에 깊은 변화가 일어나는
시가인지라 주위에는 흥분이 점차 고조되고
있었다.

　하나만은 확실해요. 그것보다 확실한 것
은 없어.
　부자에게는 돈이 생기고, 가난한 자에
겐 아이들만 생기네.
　이러는 동안,
　그러는 사이에…….

　내가 작별 인사를 하러 그쪽으로 가보니, 개츠비는 다시 당
혹스런 표정을 짓고 있었다. 현재의 행복에 대해 어렴풋이 의
심이 들기 시작한 것일까. 거의 5년이란 세월! 그리고 이날 오
후도 데이지가 그의 꿈을 허물어뜨린 순간이 몇 번인가 있었
을 것이다. 그것은 그녀의 잘못이 아니라, 그가 품은 강한 환
상이 그녀를 초월하고 모든 것을, 아니 그 어떤 것을 뛰어넘고

있는 것이다. 그는 창조해가는 정열을 품고, 그 속에 몸을 던지고 있었다. 끊임없이 새로운 것을 덧붙이고 앞길에 떠올라 있는 아름다운 솜틀을 남김없이 다 써서 그 꿈을 장식한 것이다. 아무리 센 불길이라 해도 아무리 참신한 것이라 해도, 한 인간의 영혼 깊숙이 품고 있는 것에 도전할 수는 없다.

내가 지켜보고 있으려니까 그가 자세를 단정하게 고쳐 앉는 것이 보였다. 한 손으로 그녀를 잡고 그녀가 그에게 무언가 나지막이 귓가에 속삭이자, 끓어오르는 뜨거운 시선이 그녀를 향한다. 지금 그를 가장 사로잡는 것은 파도처럼 흔들리는 따스한 그녀의 목소리이리라. 왜냐하면 그 목소리야말로 꿈에 의해 깨지지 않는, 불멸의 노래이기 때문이다.

둘 다 내 존재는 잊은 듯했는데, 데이지가 힐끗 올려다보고 손을 내밀었다. 개츠비는 지금 내가 자신 곁에 있다는 것조차 깨닫지 못하는 것 같았다. 다시 한번 보니 둘은 강렬한 생의 숨결에 매료된 채 멀리서 나를 쳐다보고 있었다. 나는 두 남녀를 그곳에 남겨두고 방을 나와 대리석 계단을 밟으며 빗속으로 걸어 들어갔다.

위대한 개츠비

ㄱ 무렵, 어느 날 아침 뉴욕에서 온 야심에 찬
기자 한 명이 개츠비의 집 문 앞에 얼굴을 내밀고, 혹시 무슨
발표할 일이 없느냐고 물었다.

「발표라니, 무얼 말입니까?」 개츠비는 정중하게 되물었다.

「아니, 뭐든지 발표할 것이 없느냐는 거지요.」

5분 동안 횡설수설 대화가 오간 끝에, 이 남자가 말하고 싶
지 않은 것인지, 아니면 정말로 잘 모르는 것인지는 모르겠으
나 어쨌든 그의 사무실에서 어떤 사건과 관련해서 개츠비의
이름이 언급됐고, 그래서 휴일임에도 불구하고 서둘러서 그
사실을 확인하러 왔다는 목적이 밝혀졌다.

그것은 장님이 문고리 잡는 격이었지만 그래도 기자의 본능
은 정확했다. 개츠비로부터 환대를 받은 적이 있는, 그래서 이
미 그의 과거에 대해 잘 알고 있는 수백 명의 힘 있는 자들이
퍼뜨린 그에 대한 평판은 여름 내내 높아지기만 해서 더 이상
뉴스거리조차도 되지 않았다. 〈캐나다와 관련이 있는 지하 정
보 루트〉라는 당대의 전설도 그에게 붙여졌다. 그리고 한 가지
소문이 언제까지나 끈질기게 뒤를 따라다녔는데, 그것은 그가
집이 아닌 집처럼 보이는 배에서 살며 롱아일랜드 해안을 오

르락내리락한다는 것이었다. 도대체 왜 이런 터무니없는 이야기에 노스다코타 주 출신인 제임스 개츠가 만족했을까, 그것을 설명하기란 쉽지 않다.

제임스 개츠. 이것은 그의 본명, 아니 적어도 법률상의 이름이다. 자기 스스로 이름을 바꾼 것은 열일곱 살 때였다. 그것은 처음 출세의 징조를 발견한 특별한 순간으로 댄 코디의 요트가 슈피리어 호에서도 하필이면 가장 위험한 지점에 닻을 내린 것을 목격했을 때부터였다. 그는 그날 오후, 몸에 딱 맞는 찢어진 초록색 웃옷에 삭업목 바지를 입고 빈둥빈둥 해변을 걷고 있었다. 그러나 예인선을 빌려 투올로미호를 끌어낸다음, 바람이 닥치면 30분도 채 못 가서 배가 다 찢겨 나갈 것이라고 코디에게 가르쳐주었을 때에는 이미 제이 개츠비의 면모가 역력했다.

그때, 이미 오래전부터 그 이름을 준비해두었던 것이 아닌가 싶다. 그의 부모는 무능한 농사꾼이었다. 그는 상상의 세계에서 자신의 부모를 전혀 인정하지 않았다. 롱아일랜드 웨스트 에그에 사는 제이 개츠비는 자기 스스로 플라토닉한 사고를 통해 만들어낸 것이었다. 그는 신의 아들이었다. 만약 이런 말에 어떤 의미가 담겨 있다면, 그야말로 그 뜻 그대로 신의 아들이었다. 따라서 아버지인 신이 하는 일, 즉 천박하고 속된 미에 종사하면서 이리저리 움직여야만 하는 것이다. 거기에서 열일곱 살

소년다운 발상으로 제이 개츠비를 만들어낸 것이었다. 이 상상에 그는 마지막까지 충실했다.

그는 대합을 캐거나 송어 낚시를 하면서, 그 밖에 음식과 잠자리가 제공되는 일이라면 어떤 것도 마다하지 않고 1년 이상 슈피리어 호의 남쪽 해안에서 일을 했다. 힘든 일, 편한 일을 가리지 않고 한 덕분에 구릿빛으로 그을린 몸은 단련되어 어떠한 일에도 힘겨워하지 않고 자연스럽게 살아갈 수 있었다.

여자에 대해선 좀 일찍 안 편이었는데 때론 여자들이 아주 바보스럽게 여겨졌다. 젊은 처녀들은 대부분 무지했고 그렇지 않은 여자들은 자기도취에 빠져서 그에게 있어서는 아주 당연한 일임에도 곧잘 신경질을 부리곤 했기 때문이다.

그러나 그의 마음은 끊임없이 격렬하게 소용돌이치고 있었다. 가장 기괴하고 환상적인 생각은 밤에 잠자리에 들었을 때다. 세면대 위에 놓인 시계가 째깍째깍 소리를 내고, 바닥에 엉망으로 벗어 던진 옷 위로 달빛이 젖어들면 말로 표현할 수 없을 정도로 현란한 우주가 머릿속에 펼쳐진다. 밤마다 환상의 세계는 커져만 가고 결국은 쏟아지는 졸음이 멍하니 그를 감싸면서 생생한 광경은 사라져간다. 이러한 몽상은 한때 그의 상상력의 분출구가 되었다. 〈현실이야말로 현실이 아닌 것이다〉라고 속삭이며 그를 만족시켜준 것도 몽상이었다. 또 세상이란 마치 요정의 날개처럼 덧없는 것이라고 약속하는 것도 몽상이었다.

몇 개월 후 그는 장래의 영광을 예견하는 육감에 이끌려 미네소타 남부에 있는 루터파 재단의 규모가 작은 세인트올라프 대학에 들어갔다. 그곳에서 2주일을 보내자 대학이란 것이 그의 운명을 울리는 북소리, 아니 운명 그 자체와 너무나 동떨어져 있는 것에 실망하여, 학비를 벌기 위해 시작한 하인 일이 그만 바보스러워졌다. 그래서 슈피리어 호로 다시 돌아왔다. 댄 코디의 요트가 호숫가 얕은 곳에 닻을 내린 그날도 일거리를 찾아 돌아다니던 참이었다.

댄 코디는 딩시 쉰 실로 네바나 은광과 유콘 광산 등 75년 이후의 각종 광산 산업을 통해 거물이 된 남자였다. 또 몬타나에서 구리 장사를 해서 백만장자가 되었다. 그는 몸은 건강했지만 마음이 나약했다. 이를 눈치챈 많은 여자가 그로부터 어떻게든 돈을 긁어내려고 덤벼들었다. 그중 여기자인 엘라 케이는 그와 가까워진 후 그의 약점을 파고들더니 교활한 멘토난 백작 부인(루이 14세의 두 번째 부인)처럼 그를 요트에 태워 바다로 내쫓아 버렸다. 별로 평판 좋지 못한 이 이야기는 1902년, 신문에서 그 사건을 도마 위에 올려놓고 크게 떠들어댔다. 한편, 코디는 그가 가는 해안마다 환대를 받으며 5년 동안이나 항해를 계속하다가 드디어 제임스 개츠비의 운명을 좌우하는 신으로서 리틀록 만에 나타난 것이었다.

노에 기대어 잠시 쉬면서 난간이 둘러쳐진 갑판을 올려다보는 젊은 개츠비에게 있어서 그 요트는 이 세상의 아름다움과 마력의 전부였다. 아마도 그는 분명 코디를 향해 미소 지었을 것이다. 그는 자신이 미소를 지으면 누구나 다 호감을 가진다는 사실을 깨닫고 있었으리라. 하여튼 코디는 그에게 두세 가지 질문을 던졌는데 그중 하나는 그의 새로운 이름에 관한 것이었다. 코디는 그가 꽤 똑똑하고 큰 야망을 품고 있는 소년이라는 것을 알게 되자 2, 3일 후, 덜루스로 데리고 가서 파란색 상의와 흰 면바지 여섯 벌, 그리고 요트 모자를 사주었다. 코디의 투올로미호가 서인도제도와 버버리 해안을 향해 출발했을 때, 개츠비도 함께 타고 있었다.

개츠비는 어느새 코디의 개인 비서로 고용되었다. 코디와 함께 있을 때면 집사가 되기도 하고, 동생이 되기도 하고, 선장이 되었다가 때로는 간수가 되기도 했다. 그것은 코디 자신이 술에 취하면 자신도 모르게 엄청난 낭비를 할지도 모른다는 것을 잘 알고 있었고, 점점 개츠비를 신뢰하게 되면서 그런 우연의 사태에 대비한 것이었다. 이러한 생활은 5년 동안이나 계속되었고, 그동안 배는 세 번이나 대륙을 순회했다. 그러던 어느 날 밤, 보스턴에서 엘라 케이가 배에 올라탔다. 그런데 일주일 후 코디는 제대로 된 치료도 받지 못한 채 죽어버렸다. 코디가 그렇게 죽지 않았다면 개츠비는 평생토록 그 일을 했을지도 모른다.

개츠비의 침실에 걸린 코디의 사진을 기억한다. 체격은 다부져 보였지만 왠지 멍청해 보이고 머리가 하얗게 센 털북숭이 남자. 그는 미국인의 생활이 일정 수준에 이르렀을 때 변두리의 매음굴이나 술집에서 배어 나오는 야만스럽고 거친 느낌을 동부 해안으로 가지고 돌아온 개척자이자 탕아였다. 개츠비가 술을 잘 안 마시는 것도 간접적으로는 코디 때문이었다.

위대한 개츠비

때때로 파티가 무르익으면 여자들은 그의 수염에 샴페인을 들이붓기도 했지만 남이 술을 마시든 말든 상관하지 않는 습관은 그때부터 생긴 것이었다.

그리고 개츠비는 코디에게 재산을 상속받았다. 2만 5천 달러의 유산이었으나 그는 한 푼도 받지 못했다. 이해하기 어려운 일이지만 법률적인 조작으로 그렇게 된 것이다. 수백만 달러의 재산은 고스란히 엘라 케이의 수중으로 들어갔다. 그에게 남겨진 것이라곤 놀라우리만큼 적절한 교육을 받은 것뿐이었다. 제이 개츠비라는 어렴풋한 윤곽에 살이 붙어 한 인간으로서의 면모가 갖춰진 것이다.

개츠비에게 이러한 자초지종을 한참 후에야 들었지만 초기에 그의 배경에 대해 나돌았던 황당무계한 소문을 해명하고자 여기에 적은 것이다. 소문은 모두 새빨간 거짓말이었다. 그뿐 아니라 여러 소문이 나돌 무렵, 내가 그에 관한 일이라면 무엇이든 신뢰했고 어떤 소문도 믿지 않게 되었을 때 들려준 이야기다. 따라서 잠시 동안의 휴식기, 즉 개츠비가 숨을 죽이고 있는 사이를 이용해서 이러한 일련의 오해가 풀렸으면 한다. 그것은 또 내가 그의 일에서 멀어져 있었다는 의미에서도 하나의 휴식기였다. 최근 몇 주일 동안 그와 만나지도 못했고 전화 통화도 하지 못했다. 나는 대개 뉴욕에 머물면서 조던과 여기저기를 돌아다니거나 나이 든 조던의 큰어머니에게 잘 보이려고 애쓰면서 지냈다.

그러던 어느 일요일 오후, 그의 집에 가게 되었다. 간 지 2분도 채 안 돼 누군가 톰을 데리고 술 한잔을 청하러 왔다. 나는 당혹해서 놀랐지만 오히려 지금까지 그런 일이 없었다는 것에 또 한번 놀랐다. 그들은 모두 세 명으로 말을 타고 있었는데 톰과 슬로언 씨, 그리고 전에도 온 적이 있는 갈색 승마복을 입은 매력적인 여자였다.

「아니, 이게 누구십니까?」 개츠비가 현관 앞에 서서 말했다.

「어서 오세요.」

마치 기다리고 있기라도 한 말투였다.

「자, 앉으세요. 담배라도 한 대 피우시죠.」

그는 서둘러 방 안을 가로질러 가더니 벨을 눌러 하인을 불렀다.

「곧 마실 것을 가져올게요.」

톰이 그곳에 있다는 사실에 그의 마음은 동요하고 있었다. 그들에게 무언가 대접하는 척이라도 하지 않고서는 마음을 가라앉힐 수 없었을 것이다. 그도 그들 일행이 온 것이 바로 그 때문이라는 것을 어렴풋이 알고 있었을 것이다. 슬로언 씨는 아무것도 마시지 않겠다고 했다.

「레모네이드는?」

「아니, 괜찮습니다.」

「샴페인이라도?」

「고맙습니다만, 아무것도 필요 없습니다.」

「아, 그러십니까……. 승마는 어땠나요?」

「이 주변은 길이 매우 좋군요.」

 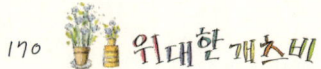

「아마 자동차 때문에…….」

「그래요.」

억누를 수 없는 충동에 이끌린 듯 개츠비는 톰을 쳐다보았다. 그들은 개츠비에게 톰을 소개했다.

「전에 어디선가 한번 뵈었지요? 뷰캐넌 씨.」

「예, 그렇습니다.」

톰은 정중하게 대답했지만 기억을 못 하는 게 분명했다.

「그래요. 기억이 나는군요.」

「2주일 정도 전에.」

「맞아요. 닉과 함께였지요.」

「부인을 잘 알고 있습니다.」

자칫 싸움이라도 걸 듯한 기세로 개츠비는 말했다.

「그래요?」

톰의 눈빛이 내 쪽을 향했다.

「이 근처에 사나, 닉?」

「바로 옆집에.」

「그래?」

슬로언 씨는 대화에 끼지 않고 의자에 몸을 묻은 채 거만하게 앉아 있었고, 여자 역시 아무 말도 하지 않았다. 그러다가 하이볼 두 잔을 비우더니 그녀는 상냥하게 말했다.

「다음 파티를 열 땐 우리도 다 같이 참석하겠어요. 개츠비 씨.」 그녀가 말했다.

「어때요?」

「물론 괜찮고말고요. 오시겠다면 대환영이죠.」

  위대한 개츠비

「그것 참 잘됐군.」

슬로언 씨는 그다지 고맙다는 기색도 없이 말했다.

「이제 슬슬 가봐야지.」

「벌써 가시게요?」 개츠비가 만류했다. 그는 이제 침착을 되찾았고 톰에 대해 좀 더 알고 싶어진 것이다. 「자, 그러지 마시고 함께 저녁이나 먹죠.」

「그럼, 같이 저녁 먹으러 가요.」 여자가 말했다. 「두 분, 모두.」

나까지 포함시킨 것이다. 그때 슬로언 씨가 일어섰다.

「자, 가지.」 그가 말했으나 그것은 그녀에게만 하는 소리였다.

「정말이에요.」 그녀가 우겼다. 「두 분이 오시면 좋겠어요. 자리도 넉넉한데.」

개츠비가 나를 쳐다보았다. 그는 가고 싶어 했으나 그가 가는 것을 슬로언 씨가 탐탁지 않게 여긴다는 사실을 깨닫지 못하고 있었다.

「미안하지만, 저는 안 됩니다.」

내가 말했다.

「그럼, 당신만이라도 오세요.」

그녀가 개츠비를 보며 졸랐다.

그러자 슬로언 씨가 그녀의 귀에 대고 뭐라고 속삭였다.

「아직 늦지 않았어요.」 그녀는 고집을 꺾지 않았다.

「전, 타고 갈 말이 없습니다.」 개츠비가 말했다. 「군대에서 말을 타긴 했지만 말을 사본 적은 없어요. 차를 타고 뒤따라가야겠군요. 잠깐만 기다리세요.」

우리가 현관으로 걸어나오자 슬로언 씨와 여자는 서로 격한 감정이 섞인 대화를 주고받고 있었다.

「세상에, 저 사람 정말 같이 가려는 건가?」 톰이 어이없다는 듯이 말했다. 「별로 달가워하지 않는다는 것도 모르나?」

「여자 분이 오라고 하지 않았나?」

「큰 만찬회를 열 생각인데 그곳에 가봤자 아는 사람도 없을걸.」 톰은 눈살을 찌푸렸다. 「대체 어디서 데이지를 만났다는 거지? 내가 고리타분해서 그런지 모르겠지만 요즘 여자들은 여기저기 돌아다니면서 별의별 미치광이를 다 만난단 말야.」

슬로언 씨와 여자가 돌계단을 내려와 말에 올라탔다.

「어서 이리 오게.」 슬로언 씨는 톰에게 말했다. 「늦었어. 그만 가지.」 그러고는 나를 향해 말했다. 「기다릴 수 없어서 먼저 갔다고 전해주시겠소?」

톰과 나는 악수를 했다. 다른 두 명과는 쌀쌀맞게 고개만 숙였을 뿐이다. 일행이 빠른 걸음으로 서둘러 길을 건넜고 개츠비가 모자와 코트를 한 손에 걸친 채 현관에서 나왔을 때는 이미 8월의 태양이 녹음이 우거진 나무들 사이로 사라진 뒤였다.

톰은 데이지가 혼자 여기저기 기웃거리고 다닌다는 사실에 당황하고 있는 게 분명했다. 그래서인지 다음 일요일 저녁, 데이지를 따라 개츠비의 파티에 참석했다. 톰이 나타났기 때문인지 그날 밤에는 유난히 무거운 분위기가 감돌았다. 그해 여름 개츠비가 열었던 다른 파티와는 확연하게 달랐던 것으로

  위대한 개츠비

기억된다.

　그날의 파티도 여느 때처럼 낯익은 얼굴들
이 많았다. 그렇지 않다면, 적어도 비슷
한 사람들이 있었다고 할 수 있으리라.
샴페인은 충분했고 여기저기서 법석을
떠는 것도 평소와 마찬가지였다. 그런데
도 왠지 즐겁지가 않았고, 못 올 자리에 온
것만 같았다. 어쩌면 내가 익숙해져 버린 탓인지도 모른다. 내
스스로 기준을 세우고 자신의 위대한 인물상을 갖고 있어 남
보다 뒤처지는 것 따위는 의식하지 않았으므로, 아무것도 꿀
릴 것 없는 완전한 세계로서 웨스트 에그를 받아들이는 것이
이미 습관이 되어버린 때문인지도 모른다. 그러나 지금 생각
해보면 나는 데이지의 눈을 통해 다시 한번 보고 있었던 것이
아닐까? 스스로 조정할 수 있는 능력을 다 써버렸다는 사실을
깨닫게 되는 것은 서글픈 일이다.

　그들이 도착한 것은 해 질 녘이었다. 이쪽저쪽을 거닐며 수백
명의 인파 속에 묻히자, 데이지의 목소리는 들뜨기 시작했다.

　「난 이런 걸 보면 아주 흥분돼요.」 그녀는 속삭였다. 「오늘
밤, 언제라도 내게 키스하고 싶다면 알려줘요, 닉. 기꺼이 그
렇게 해줄 테니. 내 이름을 부르거나, 아님 초록색 카드를 내
밀어요. 지금 초록색 카드를 나눠주고 있거든요.」

　「둘러보시죠.」 개츠비가 말을 걸었다.

　「둘러보고 있어요. 정말 훌륭하군요.」

　「소문으로만 듣던 많은 사람의 얼굴이 보일 텐데요.」

톰의 거만한 시선은 군중 위를 정처 없이 떠돌았다.

「우린 잘 돌아다니지 않거든요.」 톰이 말했다.

「정말이지 여기는 아는 사람이 한 명도 없구나, 하고 생각하던 참이었죠.」

「아마, 저기 저 여자 분은 아시겠죠?」 개츠비는 흰 서양 자두나무 아래에서 점잖고 화사하게, 마치 천사처럼 앉아 있는 옅은 보라색 옷을 입은 여자를 손가락으로 가리켰다. 톰과 데이지는 눈이 휘둥그레졌다. 지금까지 환상 같은 존재로만 여기던 영화배우가 눈앞에 있다니 꿈을 꾸는 것 같았다.

「정말 아름다운 분이에요.」 데이지가 말했다.

「그 여자에게 몸을 구부리고 있는 사람이 그녀의 감독입니다.」

그는 예의를 갖추며 두 사람을 여러 사람에게 소개시켰다.

「뷰캐넌 부인……. 그리고 뷰캐넌 씨…….」 잠시 머뭇거리다가 톰을 가리키며 덧붙였다. 「이분은 폴로 선수입니다.」

「아, 아닙니다.」 톰은 강하게 부정했다. 「절대 아닙니다.」

그런데 그의 변명에 개츠비는 아주 유쾌해했다. 그 때문인지 그날 밤 톰은 계속해서 폴로 선수로 통하고 말았다.

「이렇게 많은 명사분을 만난 건 처음이에요.」

데이지는 들떠서 큰 소리로 말했다.

「저기 저분, 이름이 뭐였더라? 청교도 신자 같은 분.」

개츠비는 그의 이름을 가르쳐주며 유명한 프로듀서라고 덧붙였다.

「그렇군요. 아무튼 내 맘에 들었어요, 저분.」

「내가 폴로 선수라는 것은 마음에 들지 않는걸.」

톰이 퉁명스럽게 말했다.

「이렇게 유명한 사람들은 금세 잊어버리고 말겠지. 빨리 그랬으면 좋겠군.」

데이지와 개츠비는 춤을 추었다. 개츠비의 폭스트로트 춤이 너무 우아하고 멋져서 깜짝 놀랐던 것으로 기억된다. 전엔 그가 춤을 추는 모습을 본 적이 없었다. 이윽고 두 사람은 우리 집 쪽으로 천천히 걸어가 돌계단에 한 30분쯤 앉아 있었다. 그동안 나는 그녀의 부탁으로 계속 정원에서 망을 보아야 했다.

「갑자기 불이 나거나 홍수라도 나면 안 되잖아요? 신의 조화가 있을 경우에 대비해서 말이에요. 그러니까, 닉. 부탁해요.」

우리가 다 같이 저녁 식사를 하기 위해 테이블에 앉았을 때 잠시 잊고 있던 톰이 갑자기 나타났다.

「여기 계신 분들과 함께 식사를 해도 되겠습니까?」

그는 말했다.

「물론이죠.」

「자, 앉아요.」 데이지가 상냥하게 말했다. 「주소라도 적고 싶으면 나한테 금색 연필이 있어요.」 그녀는 잠시 주위를 한 번 둘러보고는 「저기 저 여자는 평범하지만 예뻐요」라고 말했다. 그 말을 듣는 순간 그녀가 개츠비와 단둘이 있었던 30분을 제외하곤 별 재미를 못 느낀다는 사실을 알 수 있었다.

우리는 술에 취해 비틀거리는 사람들과 한 테이블에 앉았다. 그것은 내 탓이었다. 개츠비는 전화를 받으러 가버렸고, 나는 불과 2주일 전만 해도 평소와 다름없이 이들과 즐겼다.

  위대한 개츠비

그런데 그 당시는 나에게 재미있었던 일들
이, 지금은 불쾌한 것으로 변해버렸다.

「괜찮으세요, 미스 베데커?」

나는 내 어깨에 거의 기댈 듯이 다가오는
아가씨에게 물었다. 이 말을 들은 그녀는 눈을
동그랗게 떴다.

「뭐라고요?」

체격은 크지만 멍청해 보이는 여자가 데이지에게 다음 날
골프를 치자고 끈질기게 권하다가, 미스 베데커를 변호하며
말했다.

「아, 이 사람, 이제 괜찮아요. 칵테일 몇 잔만 마시면 항상
이런 식으로 시끄럽게 떠들거든요. 내가 술을 빨리 끊어야 한
다고 말했는데도.」

「끊었단 말이야.」 정작 본인은 강하게 부정했다.

「네가 떠들어대는 소리가 들려서 여기 계신 시비트 선생님
께 말했어. 선생님께서 봐주셔야 할 환자가 있다고.」

「얘, 무척 고마워하고 있어요.」 다른 친구가 별로 고맙지 않
다는 투로 말했다. 「머리를 수영장에 처박아서 옷이 흠뻑 젖어
버렸거든요.」

「정말, 싫어. 수영장에 머리를 처박다니.」 미스 베데커가 중
얼거렸다. 「언젠가 뉴저지에선 하마터면 익사할 뻔했어요.」

「저런, 큰일 날 뻔했군요.」 시비트 선생이 대꾸했다.

「남의 일이라고 함부로 말하기예요!」 미스 베데커가 화난 목
소리로 말했다. 「선생님은 손을 부들부들 떨잖아요. 그런데 누

가 수술을 받고 싶어 하겠어요!」

매사가 이런 식이었다. 내가 마지막으로 기억하는 것은 데이지와 나란히 서서 영화감독과 여배우를 보고 있을 때의 일이다. 그 두 사람은 아직도 흰 서양 자두나무 아래에 서 있었는데, 푸르스름한 달빛이나 간신히 끼어들 수 있을 만큼 가까이 얼굴을 맞대고 있었다. 〈그는 밤새도록 조금씩 천천히 몸을 숙여서 입맞춤을 할 것이다.〉 갑자기 그런 생각이 들었다. 내가 보고 있는 사이에 그가 마지막으로 고개를 조금 더 숙여 그녀의 뺨에 입 맞추는 것이 보였다.

「저분, 마음에 들어요.」 데이지가 말했다. 「아름다운 분이라고 생각해요.」

그러나 데이지는 그 외의 것에 대해서는 인정하기 싫어했다. 그것은 쉽게 형용할 수 없는 것이었다. 왜냐하면 그것은 몸짓이 아니라 감정이었기 때문이다. 웨스트 에그, 즉 브로드웨이가 롱아일랜드의 어촌에 만들어놓은 이 둘도 없는 장소에 그녀는 크게 놀라고 있었다. 빙빙 에두르는 것이 지겹고 초조하게 느껴지는 것이 아니라 거리낌없는 활기에 깜짝 놀란 것이다. 지름길을 따라 이 세계에 사는 군중을 끝에서 끝으로 이끌어가는 너무나도 강인한 힘에 압도당한 것이다. 그녀가 이해하지 못하는 아주 단순한 것이 두렵게만 여겨졌다.

그들이 차를 기다리고 있는 동안 나도 함께 정면에 있는 돌계단에 걸터앉았다. 바로

앞은 캄캄했다. 밝은 현관의 전등불은, 아직은 어둡지만 곧 다가올 상쾌한 아침을 향해 뿜고 있을 뿐이었다. 가끔 계단 위의 화장실 창문에 그림자가 어른거리며 차례로 흐려지는 다른 그림자들과 엇갈렸는데, 그것은 이곳에서는 보이지 않는 거울을 향해 여자들이 분을 두드리고 루주를 바르는 모습이었다.

「대체 개츠비는 뭐 하는 자지?」톰이 갑자기 물었다. 「주류 밀매라도 하나?」

「어디서 그런 말을 들었어?」내가 되물었다.

「듣다니, 그런 생각이 들었을 뿐이야. 갑자기 벼락부자가 된 신흥 갑부라면, 주류 밀매를 하는 거물 정도는 될 거 아닌가. 그렇지 않나?」

「개츠비는 아냐.」나는 딱 잘라 말했다.

그는 잠시 동안 입을 다물고 있었다. 찻길의 자갈이 발밑에서 부서졌다.

「아무튼 순회 서커스단을 데려다 놓느라 무리 좀 했겠군.」

산들바람이 데이지의 모피 깃털을 휘저었다.

「적어도 그분들은 우리가 알고 지내는 사람보다는 재미있는 걸요.」그녀는 이렇게 말했다.

「그다지 즐거워 보이지는 않던데?」

「그래도 즐거웠어요.」

톰은 크게 웃으며 나를 쳐다보았다.

「그 여자가 데이지에게 물을 부어달라고 했을 때, 데이지의 얼굴을 봤나?」

데이지는 때마침 들려오는 음악에 맞춰 리드미컬하고 나지막이 속삭이는 듯한 목소리로 노래를 시작했다. 한 소절 한 소절, 전에 들어보지 못한 그리고 앞으로도 들을 일이 없을 것 같은 내용을 담아 하는 노래였다. 음이 높아지면 그녀의 목소리도 덩달아 고성이 되어 달콤하게 울려 퍼졌고, 멜로디가 바뀔 때마다 그녀의 매력이 조금씩 대기 중으로 흘러나오는 게 느껴졌다.

「초대받지 않은 사람도 많이 와요.」 갑자기 그녀가 말했다.

「그 여자도 초대받지 않았어요. 그들이 마구 몰려드는데도 그는 너무 착해서 막지를 못하는 게 분명해요.」

「난 그자가 누군지, 뭐 하는 작자인지 꼭 알아내고 말겠어.」 톰이 말했다.

「기어이, 알아내고 말 거야.」

「지금 당장 말씀드리죠. 그는 드러그스토어를 갖고 있어요. 아주 많은 드러그스토어를요. 그걸 혼자 힘으로 키웠다고 하더군요.」

그 순간 톰의 리무진이 천천히 찻길 위로 미끄러지듯 다가왔다.

「잘 자요. 닉.」 데이지가 말했다.

그녀의 시선은 나를 떠나 계단 위 불빛이 밝은 곳으로 향했는데, 그곳에서는 그해 유행한 슬픈 왈츠곡인 〈새벽 3시〉가 문틈으로 새어 나오고 있었다. 뭐든지 제멋대로인 개츠비의 파티에는 그녀의 세계에서는 완전히 결핍된 낭만이 있었다. 〈그녀의 마음을 내면으로 불러들이는 저 노래 속에 대체 무엇이 있다는 걸까? 저 어슴푸레하고 끝없는 시간 속에서 무슨 일이 일어나는 것일까?〉 어쩌면 굉장한 손님이 도착할지도 모른다. 고귀하고 모두의 탄성을 자아낼 만한 어떤 사람이. 정말로 눈부시게 아름다운 젊은 여성, 개츠비에게 눈길 한 번만 던지면 마치 마술처럼 지난 5년 동안의 변함없었던 그의 헌신을 눈 녹듯 사라지게 할 여성이.

나는 그날 밤늦게까지 남아 있었다. 정원을 어슬렁거리고 있는 사이, 예의 수영 파티에서 추워 떨기도 하고 팔팔거리며 뛰어놀기도 하던 사람들이 금세 어두운 바닷가를 떠났다. 마침내 머리 위에 빛나던 객실의 등불도 꺼졌다. 그가 계단을 내려왔는데, 볕에 그을린 얼굴은 평소와는 달리 굳은 표정이었고 피로 때문인지 눈이 퀭했다.

「그녀는 기분이 좋질 않았어.」 그는 말했다.

「아니야, 마음에 들었을 거야.」

「아니, 마음에 안 들었어.」 그는 우겼다.

「전혀 즐거워하는 기색이 없었잖나.」

그가 입을 다물어버렸기 때문에 몹시 우울하다는 것을 알 수 있었다.

「그녀로부터 멀리 떨어져 있는 것만 같아.」 그가 말했다.

「그녀에게 이해를 시키기가 어려워.」

「춤 말인가?」

「춤이라고?」 그는 손가락을 퉁기며 자신이 췄던 춤 따윈 염두에도 두지 않는다는 표정을 지었다. 「이봐, 춤 따위는 문제가 안 돼.」

개츠비는 무엇보다도 데이지가 톰에게로 가서 그를 사랑한 적이 없다고 말해주길 원했다. 그녀가 그렇게 말해주기만 하면 지난 4년을 깨끗하게 지워버리고 둘이서 좀 더 현실적으로 어떻게 할지 결정할 수가 있는 것이다. 그중 하나는 그녀가 자유로워진 다음 둘이서 루이빌로 돌아가 개츠비가 데이지를 아내로 맞아들이는 것이다. 마치 모든 것이 5년 전으로 돌아간 것처럼.

「게다가 그녀는 어떤 것도 이해하지 못해.」 개츠비는 말했다. 「전에는 모든 걸 이해해주었는데 말이야. 몇 시간이나 같이 앉아 있곤 했지…….」

그는 갑자기 말을 멈추고 과일 껍질이 흩어져 있는 호젓한 오솔길을 서성거리기 시작했다. 그리고 자질구레한 파티 용품들을 버리고 꽃을 짓뭉갰다.

「나라면 그녀에게 그런 요구는 안 하겠네.」 나는 과감하게 말했다. 「과거는 되풀이할 수 없는 것일세.」

「과거는 되풀이할 수 없다고?」 그는 다그치듯 외쳤다. 「아니, 할 수 있어! 할 수 있고말고!」

그는 미친 듯이 주위를 둘러보았다. 마치 과거가 그의 집 그림자 속 어디에, 그것도 손에 닿지 않는 곳에 숨어 있기라도 한 듯이.

「전과 똑같이 모든 걸 잘해내겠어.」 그는 단호하게 말하면서 고개를 끄덕였다. 「그녀도 곧 알게 될 거야.」

그는 자신의 과거에 대해 많은 이야기를 해주었다. 그리고 모든 걸 되돌려놓고 싶어 했다. 자신이 무엇 때문에 데이지를 사랑하게 되었는지, 그 시점으로 되돌아가고 싶었던 것이리

  위대한

라. 그때 이후로 그의 인생은 혼란에 빠지고 뒤틀렸다. 그러나 만약 어떤 출발점으로 다시 한번 되돌아가서 천천히 처음부터 끝까지 다시 시작할 수 있다면 그것이 무엇이었는가를 알아낼 수 있으리라…….

 5년 전 어느 가을 날 저녁, 두 사람은 낙엽이 떨어지는 거리를 걷고 있었다. 그러다가 나무도 없고 달빛이 하얗게 부서지는 산책로에 이르렀다. 두 사람은 그곳에 선 채 서로 얼굴을 마주보았다. 신비스런 흥분이 감도는 선선한 밤이었다. 1년에 두 번 찾아오는 계절의 변화를 느낄 수 있었다. 집들의 불빛이 어둠 속에서 희미하게 빛나고 별빛이 흔들리며 속삭였다. 개츠비는 눈을 가늘게 뜨고 보도블록이 사다리가 되어 나무 위의 비밀스러운 장소로 이어지는 것을 쳐다보았다. 그리고 마음속으로 생각했다. 〈만약 혼자서 올라간다면 그곳까지 올라갈 수 있으리라. 그리고 한번 그곳으로 올라가면 인생의 달콤하고 형언할 수 없는 경이를 맛볼 수 있으리라.〉

데이지의 하얀 얼굴이 그의 얼굴에 다가오자, 그의 심장박동은 더욱 빨라졌다. 그는 알고 있었다. 이 아가씨에게 키스를 하고 그가 지닌 말로 표현할 수 없는 환영이, 그녀의 부서져 버릴 것만 같은 숨소리에 영원히 맞닿을 수 있다면, 그의 심장은 신의 뜻처럼 두 번 다시 뛰는 일이 없을 것이라고. 그는 잠시 기다렸다가 별에 부딪혀서 울리는 소리굽쇠 소리에 다시

한번 귀를 기울였다. 그리고 그녀에게 키스를 했다. 그의 입술이 닿자 그녀의 입술은 그를 위해 꽃잎처럼 벌어졌고, 그의 꿈은 완벽한 현실이 되었다.

　그가 나에게 들려준 이야기, 온몸이 쭈뼛할 정도의 센티멘털리즘 속에서 나는 무엇인가를 기억해냈다. 아주 옛날에, 어디선가 들어본 적이 있는 포착하기 힘든 리듬, 잊힌 말의 단편을. 순간, 한마디의 문구가 내 입에서 튀어나와 입을 열었으나, 평소와는 달리 입술만 달싹거리면서 결국 소리가 되지 못하고 영원히 목구멍 속으로 불발되고 말았다.

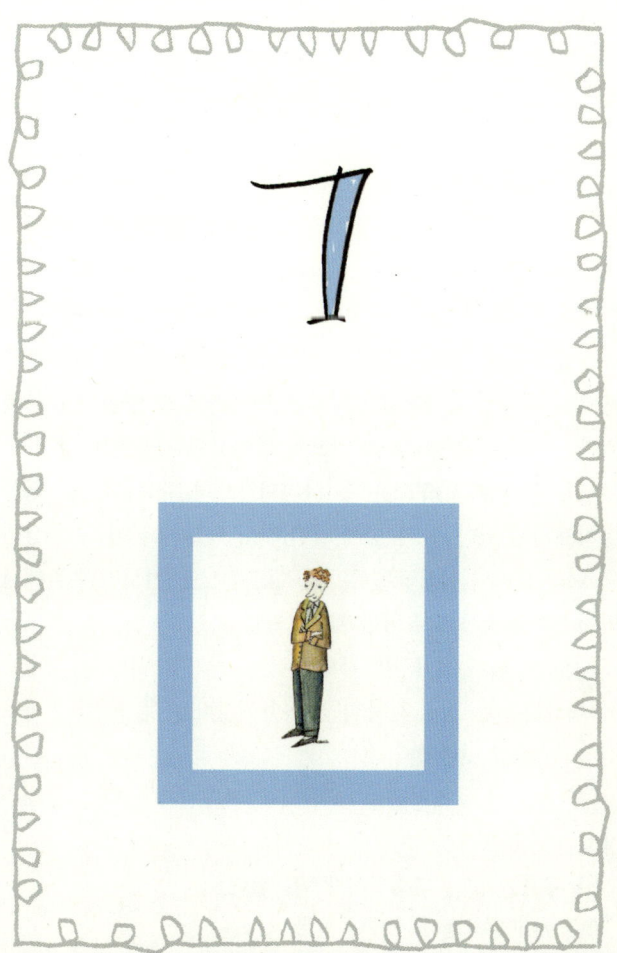

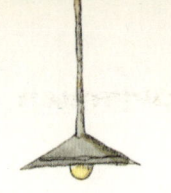

개츠비를 둘러싼 호기심이 최고조에 달했을 무렵, 어느 토요일 저녁부터 그의 집에는 더 이상 화려한 불이 켜지지 않았다. 그리고 트리말키오(고대 로마의 작가 페트로니우스의 작품에 나오는 인물. 손님 대접 잘하는 단순한 벼락부자)로서의 생애는 시작되었을 때와 마찬가지로 소리 없이 끝나버렸다. 기대에 부풀어 저택 안으로 들어갔던 자동차도 잠시 머문 뒤, 곧 기분 나쁘다는 듯 사라져갔으나 나는 그것을 전혀 눈치채지 못했다. 그가 병에 걸린 것이 아닐까 싶어 그의 상태를 보러 갔더니 험상궂은 얼굴을 한, 웬 낯선 집사가 현관에서 의심스러운 눈초리로 나를 쳐다보았다.

「개츠비 씨가 어디 아픈가요?」

「아뇨.」 그는 잠시 묵묵히 있다가 귀찮다는 듯 천천히 「어르신……」 하고 덧붙였다.

「안 보이기에 걱정했습니다. 닉 캐러웨이가 왔다고 전해주세요.」

「누구요?」 그는 무뚝뚝하게 되물었다.

「닉 캐러웨이요.」

「닉 캐러웨이라고요? 알겠습니다. 전해드리죠.」

갑자기 문이 쾅 하고 닫혔다.

우리 집 가정부의 말에 의하면 개츠비는 전에 있던 하인들을 일주일 전에 모두 해고하고 대신 여섯 명쯤 되는 다른 하인들을 고용했으며, 장사꾼들에게 매수당하지 않도록 웨스트 에그 시내로 나가는 일이 없이 전화로 물품을 조금씩 주문한다고 했다. 식료품 가게 점원은 부엌이 돼지우리처럼 지저분하다고 일러주었다. 또 새로 온 사람들은 전혀 하인답지 않다는 것이 마을 사람 모두의 공론이었다.

다음 날, 개츠비에게서 전화가 왔다.

「여길 떠날 셈인가?」 내가 물었다.

「아니.」

「하인들을 모두 해고했다더군.」

「누가 소문이라도 내면 골치 아프니까 말이야. 오후에 데이지가 자주 온다네.」

데이지가 못마땅한 기색을 내비쳤기 때문에 커다란 호텔 같던 이 저택이 카드로 만든 집처럼 힘없이 무너져 버린 것이었다.

「이번에 고용한 사람들은 울프심이 아끼는 자들이야. 모두 한가족이지. 전에 작은 호텔을 경영했다더군.」

「그래?」

개츠비는 데이지의 부탁으로 내게 전화를 건 것이었다. 내일 그녀의 집에 와서 점심을 먹지 않겠느냐고, 미스 베이커도 온다고 했다. 그 후 30분쯤 지나 데이지가 직접 전화를 걸어왔는데, 내가 간다는 것을 알고 안심이 되었던 모양이다. 무엇인가가 시작된 것이다. 그러나 두 사람 다 이것이 큰 전환점이 되리라고는 꿈에도 생각하지 못했을 것이다. 특히 후에 개츠비가 정원에서 얘기해준 그 가슴 아픈 일이 일어나리라고는 상상도 못했을 것이다.

다음 날은 찌는 듯이 더운 날씨였다. 아마도 그해 여름, 마지막이자 제일 더운 날이었을 것이다. 내가 탄 열차가 터널 밖 햇빛 아래로 나오자, 한낮의 찜통 같은 더위 속에서 들리는  것이라곤 내셔널 비스킷사의 답답한 호루라기 소리뿐이었다. 차 안에 있는 밀짚 시트는 금방이라도 불타오를 듯, 대기 중에서 흔들렸다. 내 옆에 있던 여자는 한동안 하얀 블라우스 속으로 땀을 흘리면서도 우아하게 앉아 있었으나, 잠시 후 손에 쥔 신문까지도 땀으로 젖어들자 외마디 비명을 지르며 이 끔찍한 무더위에 손을 들고 말았다. 순간 그녀의 지갑이 바닥에 떨어졌다.

「어머나!」 그녀는 당황해하며 말했다.

나는 할 수 없이 몸을 굽혀 천천히 지갑을 집어 올린 다음 최대한 멀리, 마치 나쁜 속셈이 없다는 것을 증명이라도 하듯 지갑 끝을 잡아 그녀에게 건네주었다. 그러나 주위에 있던 사람들은 모두, 그 여자도 포함해서 나를 의심쩍게 쳐다보았다.

「덥죠!」 차장이 낯익은 사람들에게 말을 걸었다. 「지독한 날씨로군요! 아, 덥다 더워! 덥지 않으세요? 덥죠? 그렇죠?」

차장은 내 정기승차권에 검은 때를 묻힌 채 돌려주었다. 누가 누구의 빨간 입술에 키스를 하든, 또 어느 머리가 어느 가

위대한 개츠비

습 위를 적시든 이 숨 막히는 더위에 상관할 사람이 누가 있겠는가!

개츠비와 내가 톰의 현관에서 집사를 기다리는 동안 부는 듯 마는 듯 한 바람이 스쳐 지나갔고 전화 통화하는 목소리는 이곳까지 들려왔다.

「주인님의 시체라고요!」 집사가 수화기에 대고 외쳤다. 「죄송합니다, 사모님. 아무것도 마련할 수가 없습니다. 이렇게 더워서야 손을 낼 수도 없군요. 오늘 오후에는 말이죠!」

하지만 실제 그가 말한 내용은 이런 것이었다.

「예……. 예……. 한번 해보죠.」

그는 수화기를 내려놓고는 땀으로 번질번질해진 얼굴로 우리에게로 와서 모자를 받아 들었다.

「사모님이 객실에서 기다리고 계십니다!」 하며 쓸데없이 그 쪽을 가리켰다. 이렇게 더울 때 쓸데없는 몸짓을 하다니, 보는 것조차도 짜증이 났다.

실내는 커튼으로 햇빛을 잘 가려 어둡고 서늘했다. 데이지와 조던이 멍하니 긴 의자에 누워 있었는데 선풍기의 노래하는 듯한 미풍에 흰 드레스가 날리지 않도록 손으로 누르고 있는 모습이 꼭 은으로 된 동상을 보는 것 같았다.

「우린 꼼짝도 못 하겠어요.」 두 사람이 동시에 말했다.

볕에 그을린 피부 위에 흰 분을 바른 조던의 손가락이 잠시 동안 내 손가락을 붙잡았다가 놓았다.

「그런데 스포츠맨 톰 뷰캐넌 씨는?」 내가 물었다.

그때, 현관에서 전화를 걸고 있던 한 남자의 목소리가 들렸다. 무뚝뚝하고 갈라진 목소리였는데, 입을 가리고 있어서 통화 내용은 잘 안 들렸다.

개츠비는 카펫 한가운데에 서서 마치 꿈꾸는 듯한 시선으로 주위를 둘러보았다. 데이지는 그런 그를 지켜보며 웃었다. 예의 달콤하고 자극을 주는 웃음이었다. 그녀의 가슴에서 하얀 분 향기가 은은하게 퍼졌다.

「소문에 듣자니.」 조던이 속삭였다. 「지금 전화를 건 사람이 톰의 정부래요.」

아무도 입을 열지 않았다. 현관 쪽에서 들려오는 소리는 시끄럽게 높아졌다. 「좋아, 그럼 자네에게는 절대 차를 팔지 않겠네. 나는 자네에게 아무 빚도 없으니까……. 게다가 점심때 그런 말을 하다니 괘씸하군. 도저히 참을 수가 없어!」

「수화기를 막고 얘기하고 있을 텐데.」 데이지가 빈정거렸다.

「아니, 그렇지 않아.」 내가 대꾸했다. 「진짜 상담이야. 나도 우연히 알게 됐지.」

잠시 후 톰이 거칠게 문을 열더니, 잠깐 거대한 몸으로 현관문을 막고 서 있다가 빠른 걸음으로 방 안으로 들어왔다.

「이런, 개츠비 씨!」 그는 싫은 기색을 교묘하게 감추며 넓고 반반한 손을 내밀었다. 「잘 오셨습니다……. 어서 오게, 닉…….」

「차가운 음료라도 만들어주세요.」

데이지가 톰을 향해 큰 소리로 말했다.

톰이 다시 방을 나가자 그녀는 일어서서 개츠비에게로 다가

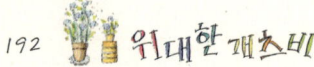

가, 아래쪽에 얼굴을 가까이 대고 살짝 키스를 했다.

「아시죠, 내가 당신을 사랑한다는 것.」 그녀가 속삭였다.

「이곳에 숙녀가 있다는 걸 잊고 있었군.」

조던이 못 볼 걸 봤다는 듯이 말했다.

데이지는 불쾌하다는 듯 뒤돌아보았다.

「너도 닉에게 키스하렴.」

「이런, 천하고 경망스럽게!」

「나는 상관없어!」

데이지는 소리를 지르며 벽돌로 된 난로 앞에서 춤을 주기 시작했다. 그러다가 덥다는 것을 생각해냈는지 마치 나쁜 짓이라도 한 사람처럼 긴 의자에 털썩 주저앉았다. 마침 그때, 깔끔한 차림의 유모가 작은 여자 아이를 데리고 방으로 들어왔다.

「어서 와라, 나의 천사!」 그녀는 작은 목소리로 노래하듯 말하면서 양팔을 벌렸다. 「너를 너무나도 사랑하는 이 엄마에게 오렴.」

아이는 유모의 손을 놓고 방 안을 가로질러 오더니, 부끄러운 듯 엄마의 옷자락에 싸여 꼼짝도 하지 않았다.

「우리 소중한 천사, 엄마가 우리 애기 금발 머리를 만져줬던가? 자, 일어나서 인사하렴. 안녕하세요, 해야지.」

개츠비와 내가 번갈아가며 아이 앞에 몸을 숙여 머뭇거리고 있는 작은 손을 잡았다. 개츠비는 놀란 표정으로 그 아이를 계속 쳐다보았다. 그는 지금까지 아이의 존재를 단 한 번도 믿은 적이 없었으리라.

「점심 먹기 전에 꼬까옷 입었어.」

아이는 데이지를 쳐다보며 말했다.

「엄마가 우리 공주, 예쁘게 꾸며주고 싶어서 그랬어.」 조그맣고 하얀 목덜미에 난 한 줄기 주름 위로 그녀는 얼굴을 묻었다. 「너는 나의 꿈이란다. 넌 정말, 나의 작은 꿈이야.」

「응.」 아이는 조용히 그 말을 듣고 있었다. 「조던 아줌마도 흰 꼬까옷 입었네.」

「엄마 친구, 좋아?」 데이지는 아이를 일으켜 세워 개츠비를 향하게 했다. 「예쁜 손님이지?」

「아빠는 어딨어?」

「얘는 아빠를 닮지 않았어요.」 데이지가 설명했다. 「날 닮았어요. 머리나 얼굴 모양은 나와 똑같아요.」

데이지는 긴 의자에 기댔다. 유모가 한 걸음 앞으로 나와 여자 아이에게 손을 내밀었다.

「이리 온, 패미.」

「안녕, 귀염둥이!」

아이는 아쉬운 듯 흘끔흘끔 뒤를 돌아보며 예의 바르게 유모의 손에 이끌려 문밖으로 사라졌고, 대신 톰이 돌아왔다. 그는 얼음을 가득 채워 달그락달그락 소리가 나는 진 리키(진과 탄산수 속에 라임 과즙을 넣은 음료)를 네 잔 가져왔다.

개츠비가 음료를 받았다.

「이건, 정말 시원해 보이는군요.」

그의 목소리는 긴장된 기색이 역력했다.

  위대한 개츠비

다들 잔에서 입을 떼지 않은 채, 단숨에 음료를 들이켰다.

「어디선가 읽었는데, 태양이 매년 조금씩 뜨거워진다더군요. 아니, 잠깐만. 반대로 점점 차가워진다고 했던가?」

「밖으로 나가지 않겠어요?」 개츠비가 제안했다. 「집을 둘러보고 싶군요.」

나도 그들과 함께 베란다로 나갔다. 더위에 흐물거리는 듯한 초록색 바다에는 작은 돛단배가 한 척, 차가운 바다를 향해서 천천히 미끄러지듯 나아가고 있었다. 개츠비는 그 모습을 눈으로 좇으며 한 손을 들어 해협 저편을 가리켰다.

「우리 집은 바로 저기입니다.」

「그렇군요.」

바위를 따라 핀 장미 화단, 무성한 잔디, 잡초 더미 저편으로 우리는 눈길을 옮겼다. 파란 하늘과 경계선을 배경으로 배의 흰 돛이 천천히 움직였다. 앞쪽에는 부채꼴 모양의 바다와 넘실거리는 많은 섬이 펼쳐져 있었다.

「해볼 만한 스포츠죠.」 톰의 말에 개츠비는 고개를 끄덕였다. 「30분쯤 저 바다에 나가 있고 싶어요.」

우리는 더위를 피하기 위해 어둡게 가려놓은 식당에서 점심 식사를 한 뒤, 차가운 맥주를 마시며 더위를 달랬다.

「오후엔 뭘 하지?」 데이지가 큰 소리로 물었다. 「그리고 내일은? 그리고 앞으로 30년 동안은?」

「너무 병적으로 집착하면 안 돼.」 조던이 말했다. 「인생이란, 가을이 되어 낙엽이 떨어질 때 다시 시작하는 거야……」

「하지만 너무 더워.」 데이지는 금방이라도 울음을 터뜨릴 것 같았다. 「게다가 하나도 제대로 되어 있는 게 없어. 우리 다 같이 시내로 나가요!」

그녀의 목소리는 더위를 이기기 위해 안간힘을 썼고, 감각이 무뎌질 정도인 더위를 여러 형태로 나타내고 있었다.

「마구간을 차고로 만든다는 얘기는 들은 적이 있지만.」 톰은 개츠비에게 말했다. 「차고를 마구간으로 만드는 것은 제가 처음이랍니다.」

「누구, 시내로 나갈 사람 없어요?」 데이지가 끈질기게 다시 물었다. 개츠비의 시선이 그녀를 향해 못 박혀 있었다. 「어머!」 그녀는 소리쳤다. 「당신, 너무 냉정하군요.」

두 사람은 눈길이 마주치자, 주위의 모든 것은 안중에도 없다는 듯 서로 지긋이 바라보기만 할 뿐이었다. 이윽고 그녀는 테이블 쪽으로 눈길을 돌렸다.

「당신은 언제나 냉정해요.」 그녀는 다시 한번 말했다.

그녀는 그를 사랑한다고 말한 것인데 그것을 톰도 눈치챈 모양이었다. 톰은 아연실색했다. 입을 다물지 못하고 개츠비를 쳐다보다가 다시 데이지에게로 시선을 돌렸다. 그러고는 마치 오래전부터 알고 지내던 사이라는 사실을 이제야 깨달았다는 듯 그녀를 쳐다보았다.

「당신은 광고에 나오는 사람과 닮았어요.」 그녀는 개츠비를 보며 별 뜻 없이 말했다. 「아시죠? 광고에 나오는 사람.」

「좋아.」 톰이 재빨리 끼어들었다. 「기꺼이 시내로 나가도록 하지. 자, 갑시다. 다 같이 시내로 가는 거야.」

톰은 일어섰지만, 아직도 개츠비와 데이지를 향해 눈을 번득이고 있었다. 하지만 아무도 움직이지 않았다.

「자, 가지!」 그는 인내가 한계에 이른 듯했다. 「왜 그래, 도대체? 시내에 가자면서. 어서 가자고.」

톰은 화를 억누르려는 듯 떨리는 손으로 컵에 남은 음료를 마저 들이켰다. 데이지의 목소리에 다들 쫓기듯 일어나서 자갈로 포장된 작열하는 차도로 걸어나갔다.

「당장 가는 건가요?」 그녀는 불평을 했다. 「이 꼴로? 우선 담배라도 피우지 않고서.」

「다들 점심 먹고 나서 실컷 피웠잖아.」

「어머나, 기분 풀어요.」 그녀는 톰을 달래기라도 하는 듯 말했다. 「짜증을 내니까 더 덥잖아요.」

톰은 대꾸하지 않았다.

「가자, 조던.」

두 사람이 외출 준비를 하러 2층으로 간 사이, 세 남자는 그곳에 선 채 다리를 움직이며 발끝으로 돌멩이를 이리저리 굴렸다. 가느다란 눈썹 모양의 달이 서쪽 하늘에 몸을 드러내고 있었다. 개츠비는 다시 이야기를 계속할 생각이 들었는지 톰을 향했다.

「마구간은 어디에 만들었나요?」 개츠비는 말했다.

「저 길 너머 4백 미터 가량 떨어진 곳입니다.」

「아, 그래요?」

잠시 말이 끊겼다.

  위대한 개츠비

「시내에 나가겠다니, 도대체 무슨 생각을 하는 거야.」

톰이 갑자기 울화통을 터트렸다.

「여자들이란, 생각하는 것 하고는.」

「뭐, 마실 것 좀 가져갈까요?」

데이지가 2층 창문에서 고개를 내밀고 소리쳤다.

「위스키 좀 가져와.」

톰은 대답을 하고는 다시 집으로 들어갔다.

개츠비는 어색한 듯 내 쪽을 쳐다보았다.

「이 집에서는 도대체 아무 말도 할 수가 없군.
그렇지?」

「데이지가 너무 경솔했어.」 나는 내 생각을 말
했다. 「저 목소리는 뭔가로 가득 차 있군. 뭐랄
까, 그…….」 순간 말이 막혔다.

「돈이 가득 차 있겠지.」 개츠비가 갑자기 말했다.

그렇다. 전에는 미처 깨닫지 못했다. 그녀의 목소
리는 돈으로 가득 담겨 있었다. 높은 목소리의 그칠 줄 모르는
매력, 짤랑거리는 소리, 그것을 상징하는 노래가 바로 그것이
었다. 하얀 궁전에 사는 공주님, 황금의 아가씨.

톰이 1쿼터들이 병을 수건에 감싸 들고 집에서 나오자, 바
로 데이지와 조던이 금속 장식이 달린 모자를 쓰고 얇은 숄을
손에 들고 나왔다.

「내 차에 다 같이 타고 갈까요?」 개츠비가 말을 꺼내며 햇빛
에 뜨겁게 달아오른 녹색 가죽 시트를 만졌다. 「그늘에 세워둘
걸 그랬군.」

199

「표준형 변속기인가요?」

「네.」

「그럼, 제 쿠페를 타시죠. 제가 당신의 차
를 시내까지 몰고 가죠.」

톰의 제안을 개츠비는 달가워하
지 않았다.

「기름이 얼마 없을 텐데요.」

그는 반대하고 나섰다.

「기름은 충분합니다.」 톰은 말하면서 계기판을 들여다보았
다. 「만약에 기름이 떨어지면 드러그스토어에 세우면 되잖아
요. 요즘은 뭐든지 드러그스토어에서 살 수 있거든요.」

이런 무의미한 말이 오가다가 갑자기 대화가 중단됐다. 데
이지는 눈썹을 찡그리며 톰을 쳐다보았다. 그리고 형언할 수
없는 표정이 개츠비의 얼굴을 스쳐 지나갔다. 그것은 처음 보
는 것이었지만 누군가에게 들은 적이 있어서 어딘가 낯익은,
그러나 실제로는 한 번도 본 적이 없는 그런 표정이었다.

「자, 이리 와, 데이지.」 톰은 이렇게 말하면서 그녀를 개츠
비의 차 쪽으로 밀어붙였다. 「이 서커스단 마차로 모시도록
하지.」

톰은 차 문을 열었지만 데이지는 톰의 손을 뿌리쳤다.

「그럼, 닉과 조던을 태워주세요. 우리는 쿠페를 타고 뒤쫓아
갈 테니.」

데이지는 개츠비 옆으로 다가가 그의 어깨에 한 손을 올렸
다. 조던과 톰, 그리고 나는 개츠비의 차 앞 좌석에 탔고 톰은

200 위대한 개츠비

익숙지 않은 손놀림으로 기어를 시험적으로 조작했다. 그러자 차는 무더위 속에서 개츠비와 데이지를 뒤로하고 앞으로 튀어나갔다.

「알고 있었나?」 톰은 대답을 재촉했다.

「알다니, 뭘?」

그는 나를 뚫어져라 쳐다보며, 조던도 나도 처음부터 알고 있었다는 것을 꿰뚫어 보고 있었다.

「내가 바보 같은 놈이라고 생각했겠지?」 톰이 말했다.

「차긴 바보는 비보지. 하지만 나노 보는 눈이 있어. 가끔씩 천리안과도 같은 것이. 그게 무엇인지 가르쳐주지. 믿지 못할지도 모르지만, 그러나 과학은…….」

순간 톰은 말을 멈추었다. 자기와 직접 관련 있는 사실에 압도당해 심원한 이론의 심연에서 현실 세계로 돌아온 것이다.

「그자를 조사해보았어.」 톰은 계속했다. 「좀 더 깊숙이 파고들 수도 있었을 텐데. 이런 줄 알았더라면.」

「점쟁이한테라도 다녀왔다는 건가요?」

조던이 농담조로 물었다.

「뭐라고?」 우리가 웃자, 그는 화가 나서 우리를 노려보았다.

「점쟁이라니?」

「개츠비 말이에요.」

「개츠비라고? 아니, 과거를 조사해보았지.」

「그럼, 그가 옥스퍼드 출신이라는 것을 알았나요?」

조던이 개츠비 편을 들었다.

「옥스퍼드 출신이라고?」 그가 믿을 리 없었다. 「어림도 없지! 분홍색 양복을 입은 저자가?」

「그래도 그 사람, 옥스퍼드 출신이래요.」

「뉴멕시코의 옥스퍼드 말인가?」 톰은 비웃듯 코웃음을 쳤다. 「아니면, 아마 그 근처겠지.」

「이봐요, 톰. 그렇게 트집을 잡을 거라면 왜 초대를 한 거죠?」 조던이 화를 내며 물었다.

「그거야, 데이지가 초대를 했지. 결혼 전에도 알고 있었을 걸. 어디서 어떻게 만났는지 알게 뭐야!」 술기운이 사라져 다들 신경이 날카로워 있었다. 우리는 그것을 알고 있었기에 잠시 동안 입을 다문 채 차를 달렸다. 이윽고 T. J. 에클버그 박사의 빛바랜 눈이 길 저편에 나타나자, 나는 개츠비가 기름을 넣으라고 주의를 주었던 사실을 떠올렸다.

「시내에 도착할 때까지 충분해.」 톰은 말했다.

「그렇지만, 바로 저기에 주유소가 있잖아요.」 조던이 반대하고 나섰다. 「이렇게 찌는 듯한 더위 속에서 엔진이라도 멈추면 어떡해요?」

톰은 짜증 난다는 태도로 브레이크를 밟았고, 윌슨의 간판 아래로 차가 미끄러져 들어가며 흙먼지를 일으켰다. 잠시 후, 주인이 가게 안쪽에서 모습을 나타내더니 움푹 팬 눈으로 차를 뚫어져라 쳐다보았다.

「기름 좀 넣게!」 톰이 거칠게 말했다. 「뭣 때문에 차를 멈췄다고 생각하나? 경치 구경이라도 하러 온 것 같은가?」

「몸이 안 좋아서요.」 윌슨은 그대로 서서 말했다. 「하루 종일 몸이 안 좋았어요.」

「무슨 일이지?」

「너무 늙어서 그렇죠.」

「그럼, 내가 직접 하란 말인가?」 톰이 되물었다. 「전화할 때는 멀쩡하더구먼..」

윌슨은 겨우 문에서 나와 괴로운 듯 숨을 내쉬며 주유구 뚜껑을 열었다. 밝은 곳에서 보니 얼굴이 창백했다.

「점심 식사를 방해할 생각은 없었어요.」 그가 말했다. 「하지만 돈이 너무 급해서. 그리고 그 낡은 차는 어떻게 할 생각인가 해서요.」

「이건 어떤가?」 톰이 물었다. 「지난주에 샀다네.」

「참 근사하네요」라고 말하며 윌슨은 핸들을 잡았다.

「사고 싶나?」

「사고야 싶지만.」 윌슨은 희미하게 미소를 지었다. 「하지만 다른 차를 판다면 내가 돈을 좀 만지겠죠.」

「대체 뜬금없이 돈이 왜 필요하다는 건가?」

「여기서는 너무 오래 살았으니까 도망치고 싶어서요. 나나 마누라나 모두 서부로 가고 싶어 해요.」

「자네 부인이 말인가?」 톰은 깜짝 놀라 큰 소리로 물었다.

「10년 동안 의논해온 일이죠.」 그는 잠시 펌프에 기대고 눈을 감았다. 「가고 싶어 하든, 가고 싶어 하지 않든 이번엔 무슨 일이 있더라도 데리고 떠날 생각이에요.」

쿠페가 흙먼지를 일으키며 쏜살같이 옆을 지나갔다. 데이지가 손을 흔드는 모습이 보였다.

「얼만가?」 톰이 거친 말투로 물었다.

「요 이틀 동안 좀 이상한 낌새를 느꼈어요.」 윌슨은 속에 있는 말을 털어놓았다. 「그래서 벗어나고 싶은 거예요. 또 차 때문에 귀찮게 한 것도 있고.」

「얼마냐고?」

「1달러 20센트요.」

가차 없이 달려드는 더위에 내 머리는 멍해졌고 그곳에 있기가 괴로웠다. 하지만 아직까진 그의 의처증이 톰에게까지 뻗치고 있지 않다는 사실을 깨닫게 되었다. 그는 머틀이 자기와 달리 어떤 딴 세계에서 생활을 하고 있다는 사실을 깨달은 모양이었다. 윌슨은 너무 충격을 받아 육체의 병까지 얻게 되었다. 나는 그를 쳐다보다가 힐끔 톰을 쳐다보았다. 톰도 한 시간쯤 전에 아내에게서 비슷한 발견을 했다. 건강한 자와 병자가 이토록 차이가 날까 싶었다. 학식의 차이, 인종의 차이도 그것에는 못 미칠 것이다. 윌슨은 몸 상태가 너무 안 좋았기 때문에 마치 죄라도 지은 것처럼 보였다. 용서할 수 없는 죄를 지은 사람처럼. 마치 가엾은 소녀에게 임신이라도 시킨 것 같은 정도였다.

「그 차는 자네에게 넘기겠네.」 톰이 말했다. 「내일 오후에 가져와서 넘겨주도록 하지.」

이곳은 한낮이 되어 구름 한 점 없이 밝은 햇빛이 내리쬘 때조차도 왠지 불안한 곳이었다. 그때 등 뒤에서 조심하라는 소리가 들리는 것 같아 뒤돌아보았다. 쓰레기 언덕 너머로 T. J. 에클버그 박사의 거대한 눈이 변함없이 노려보고 있었는데,

바로 그 뒤에 또 다른 눈이 20피트도 채 떨어지지 않은 곳에서 이쪽을 노려보고 있는 듯한 기분이 들었다.

주유소 위에 하나 나 있는 창문의 커튼이 옆으로 살짝 걷히고 그 사이로 머틀이 자동차를 내려다보고 있었다. 그녀는 내가 자신을 보고 있다는 것을 전혀 눈치채지 못하고 있었다. 현상 중인 사진에 여러 가지 사물이 하나씩 떠오르듯, 하나둘 여러 가지 복잡한 감정이 그녀의 얼굴에 떠오르고 있는 듯했다. 그 표정은 신기하게도 많이 보던 것이었다. 때때로 여자들 얼굴에서 나타나는 표정이었다. 그런데 그것이 머틀의 얼굴에선 별 의미가 없고 설명할 수 없는 것처럼 보였으나, 이내 질투와 공포감으로 크게 뜬 눈이 톰이 아닌 조던 베이커에게 못 박혀 있다는 것을 알 수 있었다. 그녀를 톰의 아내로 착각했던 것이다.

단순한 사람의 혼란만큼 걷잡을 수 없는 것은 없다. 톰은 운전을 하는 내내 극심한 낭패감에 사로잡혀 있었다. 한 시간 전까지만 해도 아무런 걱정 없이 신성하고 범할 수 없었던 아내와 정부가 순식간에 자신의 지배하에서 멀어져 간 것이다. 데이지를 따라잡고 머틀로부터 멀어지려는 두 가지 목적으로 그는 본능적으로 가속페달을 밟았다. 그리고 시속 50마일의 속도로 아스토리아를 향해 달렸는데, 잠시 후 고가철도의 거미줄과도 같은 울타리 안쪽을 천천히 달려가는 청색 쿠페가 보였다.

「50번가 근처에 있는 큰 영화관이 시원해요.」 조던이 말을 꺼냈다. 「아무도 없는 여름날 오후의 뉴욕이라니 멋져요. 거기

  위대한 개츠비

엔 뭐랄까, 아주 관능적인 것이 숨겨져 있거든요. 마치 잘 익은 귀한 과일들을 직접 따지 않아도 손에 떨어질 것만 같은.」

관능적이라는 말은 톰을 더욱 불안으로 몰고 가는 효과가 있었으나, 항의할 새도 없이 쿠페가 멈췄고 차를 나란히 세우라고 데이지가 손짓을 했다.

「어디로 갈까요?」 데이지가 소리쳤다.

「영화는 어때?」

「너무 더워요.」 그녀가 불평했다. 「다녀들 오세요. 우린 이 근처에서 드라이브나 할 테니까. 그러고 나서 나중에 만나죠.」 드디어 그녀도 잔꾀를 부리고 있었다. 「어딘가에서 만나요. 알아볼 수 있게 담배 두 개피를 물고 있을 테니.」

「지금 의논할 시간 없어.」 뒤에서 트럭이 요란하게 경적을 울려댔다. 「센트럴파크 남쪽 플라자 호텔 앞까지 따라와.」

톰은 대여섯 번이나 고개를 돌려 데이지가 탄 차가 뒤따라오는지 확인했다. 그리고 신호 때문에 그들이 탄 차가 늦어지면 다시 나타날 때까지 속도를 늦췄다. 어디 옆길로 빠져나가 영원히 그의 인생에서 모습을 감추진 않을까 두려워하는 것 같았다. 그러나 그들은 그렇게 하지 않았다. 그리고 좀 엉뚱한 행동이었지만 우리 모두 플라자 호텔에 방을 하나 잡기로 했다.

한참 시끄럽게 입씨름을 계속하다가 결국 다 같이 방으로 들어가는 것으로 의견 일치를 보았던 것 같은데, 그 상황은 잘 기억이 나지 않는다. 다만 언쟁이 계속되고 있는 동안에 내 속옷은 축축한 뱀이 몸을 감으며 올라오는 것처럼 위로 말렸고, 구슬 같은 땀방울이 등 뒤를 따라 앞 다퉈 흐르는 것이 오히려 시원하게 느껴질 정도였다는 것이 머릿속에 남아 있을 뿐이다.

그 제안은 다섯 개의 욕실을 빌려 냉수욕을 하자는 데이지의 말에서 비롯된 것이었고, 곧 〈민트 줄렙(위스키나 브랜드에 박하 향을 섞은 양주의 일종)을 마실 수 있는 곳〉으로 구체화되었다. 우리는 모두 미친 짓이라고 떠들어대며, 당황하는 호텔 직원에게 동시에 말을 걸었다. 우리 모두 즐겁게 논다고 생각했고 또 즐거운 척했다.

방은 컸지만 숨이 막힐 것 같았다. 창문을 열었더니 4시가 지났는데도 공원의 울창한 수풀에서 불어오는 약한 바람밖에는 들어오지 않았다. 데이지는 거울 앞에 서서 우리에게 등을 돌리고 머리를 만졌다.

「꽤 멋진 방이네요.」

조던이 생기 있게 속삭였기에 다들 웃었다.

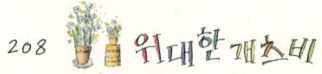

「다른 창문도 열어요.」 데이지는 뒤돌아보지도 않은 채 명령이라도 하는 듯 말했다.

「이것 말고는 없어.」

「그럼, 전화를 걸어 도끼를 가져오라고 하는 게 어때요?」

「지금 할 수 있는 일은 더위를 잊는 게 최고야.」 톰이 신경질적으로 말했다. 「덥다 덥다 불평을 해대니까 열 배나 더 덥게 느껴지는 거야.」

그는 위스키 병을 감싼 수건을 풀고 위스키를 테이블 위에 올려놓았다.

「왜 사사건건 그냥 내버려 두질 않소? 형씨.」 개츠비가 드디어 마음속에 담아두었던 말을 꺼냈다. 「시내에 오자고 한 것도 당신 아니오?」

한동안 침묵이 흘렀다. 못이 빠지면서 전화번호부가 바닥 위로 둔탁한 소리를 내며 떨어졌다. 조던이 「실례!」라고 작은 목소리로 말했지만, 이번엔 아무도 웃지 않았다.

「내가 줍지」 하고 내가 나섰다.

「이미 주웠네.」

개츠비는 끊어진 끈을 조사해보며 흥미롭다는 듯이 「흐음!」 하고 중얼거렸다. 그러고는 전화번호부를 의자 위에 팽개쳤다.

「표현 한번 멋지군요?」 톰이 날카롭게 파고들었다.

「뭘요?」

「형씨라니, 어디서 주워들었지?」

「글쎄, 이봐요, 톰.」 데이지가 거울을 보다가 몸을 뒤로 돌리면서 말했다. 「개인적인 일로 다투고 싶다면, 난 여기 1분도 더 있지 않겠어요. 전화를 걸어서 민트 줄렙에 넣을 얼음이나 가져오라고 해요.」

톰이 수화기를 들었기 때문에 아무도 입을 열지 않았다. 짓누르는 듯한 공기가 흐르고 이어서 갑자기 무슨 소리가 들리는가 싶더니 계단 아래 댄스홀 쪽에서 결혼행진곡이 울려 퍼졌고 우리는 그 장중한 합주에 귀를 기울였다.

「이 더위에 결혼을 하다니.」 조던이 어두운 표정으로 말했다.

「그래도 난 6월 중순에 결혼했어요.」데이지가 기억을 떠올리며 말했다. 「6월의 루이빌도 어찌나 더웠는지! 누군가 졸도까지 했지 뭐예요. 그게 누구였죠, 톰?」

「빌록시지.」톰은 무뚝뚝하게 대답했다.

「빌록시라는 사람이었어요. 블록스 빌록시. 상자를 만드는 사람이었죠. 정말이에요. 테네시 주의 빌록시 출신이었어요.」

「그 사람 우리 집에 실려 왔더랬어요.」조던이 말을 꺼냈다. 「우리 집은 교회에서 두 번째 집이었거든요. 3주나 머물러서 결국은 아버지가 나가달라고 했죠. 그런데 다음날 우리 아버지가 돌아가셨어요.」잠시 후, 그녀는 덧붙였다. 「물론 아무런 관계도 없지만요.」

「멤피스 출신 빌 빌록시라면 나도 잘 알고 있지.」

나는 기억해냈다.

「그의 사촌이에요. 우리 집에서 나가기 전에 가족들에 대해 하도 많이 들어서 완전히 외워버렸지요. 그에게서 알루미늄 골프채를 받았는데, 지금도 쓰고 있어요.」

결혼식이 시작되었는지 음악 소리는 가라앉았고 이번엔 끝도 없이 이어지는 환호성이 창문을 통해 방 안으로 흘러 들어왔다. 이어서 「그래, 그래!」라고 외치는 소리가 간간이 들려오고 마지막에 재즈 연주가 울려 퍼지면서 댄스가 시작되었다.

「우리도 나이를 먹었어.」데이지가 말했다. 「좀 더 젊었다면 일어나서 춤을 추었을 텐데.」

「빌록시를 생각해봐.」조던이 그녀에게 주의를 주었다. 「그 사람을 어디서 알았어요. 톰?」

 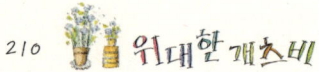 위대한 개츠비

「빌록시 말인가?」 그는 기억해내려고 애썼다. 「나는 그 사람을 몰랐어. 데이지의 친구였지, 아마.」

「그렇지 않아요.」 데이지는 부정했다. 「한 번도 만난 적이 없는걸. 누군가의 자가용을 타고 왔었어요.」

「그런데 당신을 알고 있다고 했어. 루이빌에서 자랐다고. 에이저 버드가 겨우 제정신을 차리게 했는데, 이  남자가 머물 만한 방이 있느냐고 물었지.」

조던은 생긋 웃었다.

「아마 여기저기 떠돌면서 신세를 지고 다녔겠죠. 예일대학에서 당신들 반의 반장이었다죠.」

톰과 나는 얼떨떨한 얼굴로 서로를 쳐다보았다.

「빌록시가 말인가?」

「반장 같은 건 없었는걸.」

개츠비는 한쪽 다리로 탁자를 치며 쉴 새 없이 탁탁 소리를 냈다. 그러자 톰은 갑자기 그를 빤히 쳐다보았다.

「그런데 개츠비 씨, 옥스퍼드를 나오셨다고요?」

「글쎄요, 정확히 말하자면 그렇지만도 않습니다.」

「하지만 옥스퍼드에 다녔다면서요.」

「예, 다녔습니다.」

잠시 이야기가 끊겼다. 그러자 톰이 수상쩍다는 듯이 경멸에 찬 목소리로 말했다.

「빌록시가 예일대학에 다닐 무렵, 당신은 옥스퍼드에 있었겠군요.」

위대한 개츠비

또다시 대화가 중단되었다. 노크 소리에 이어 호텔 종업원이 잘게 깬 민트와 얼음을 가져왔다. 종업원이 「고맙습니다」하고 조용히 문을 닫고 나간 뒤에도 침묵은 깨지지 않았다. 이두려운 사실의 전모가 드디어 밝혀질 찰나였다.

「옥스퍼드에 다녔다고 말했잖아요.」 개츠비는 말했다.

「들었어요. 그런데 그게 도대체 언제였는지 그게 알고 싶다는 거요.」

「1919년이었소. 5개월 동안 다녔죠. 그래서 옥스퍼드를 나왔다고는 할 수 없는 셈이죠.」

톰은 우리를 힐끗 둘러보면서 자신의 불신에 우리도 동조를 하는지 어떤지를 확인하려고 했다. 그러나 우리는 일제히 개츠비에게서 눈을 떼지 못하고 있었다.

「휴전 후 그런 기회가 장교에게 주어졌죠.」

개츠비는 계속 말을 이었다.

「영국이든 프랑스든 어느 대학이나 갈 수 있었죠.」

나는 일어서서 그의 등을 툭 쳐주고 싶었다. 전에도 경험한 적이 있지만 그에 대한 신뢰가 또다시 부활한 것이다.

데이지는 일어서서 희미한 미소를 띠며 테이블 쪽으로 걸어갔다.

「톰, 위스키를 따줘요.」 그녀가 말했다. 「민트 줄렙을 만들어드릴게요. 그러면 자기 자신이 그다지 바보스러워 보이진 않겠죠. 이 민트를 좀 봐요!」

「잠깐, 기다려.」 톰은 심술궂게 입을 열었다.

「한 가지 더, 개츠비 씨에게 묻고 싶은 게 있어요.」

「어서 말씀하시죠.」개츠비는 정중하게 말했다.

「도대체 우리 가정에 어떤 분란을 일으킬 셈인가요?」

드디어 그들의 관계가 드러난 것이다. 개츠비가 바라던 바였다.

「아무런 분란도 일으키지 않았어요.」데이지는 절망에 빠진 표정으로 두 사람을 번갈아 쳐다보았다. 「분란을 일으키고 있는 건 당신이잖아요? 제발 부탁이니 좀 자제하세요.」

「자제라고!」톰은 믿을 수 없다는 듯이 거듭 말했다. 「새로운 거라면 사족을 못 쓰는, 어디서 굴러온지도 모르는 놈에게 마누라를 뺏기란 말인가? 좋지, 그런 것이 최신 유행이라면 나를 따돌려도 좋아. 요즘은 가정생활이니 가족제도니 하는 것쯤은 코웃음을 치는 세상이니까. 이 다음엔 뭐든 내던져 버리고 백인과 흑인이 결혼하는 세상이 올걸.」

톰은 잔뜩 열이 올라 얼굴이 시뻘개져서는 횡설수설했다.

「여기 있는 사람은 모두 백인이에요.」조던이 중얼거렸다.

「그야, 나 따원 그리 인기가 없어서 성대한 파티도 열지 못하는 거 알아. 친구를 사귀려면 집을 돼지우리처럼 만들어야 하나 보지?」

그 자리에 있는 사람은 다 그랬겠지만 나도 점점 화가 나서 그가 입을 열기만 하면 비웃어주고 싶었다. 방탕한 자가 고고한 학자라도 된 척 구는 것은 차마 눈 뜨고 못 봐줄 일이었다.

「당신에게 말해둘 것이 있소. 이봐, 당신!」

개츠비가 입을 열었다.

그러자 데이지는 그의 의향을 알아채고 「부탁이니, 그만해

214 위대한 개츠비

요」라며 당황한 나머지 말허리를 끊었다. 「제발, 집에 돌아가
자고요. 왜 다들 집에 돌아가지 않죠?」

「그게 좋겠군.」 내가 먼저 일어섰다. 「자, 갑시다. 톰, 아무
도 한잔하고 싶지 않다는군.」

「개츠비 씨가 할 말이 있다고 하는데, 듣고 싶군.」

「당신 부인은 당신을 사랑하지 않아.」 개츠비는 단호한 목
소리로 말했다. 「한순간도 그런 적이 없을걸. 왜냐하면 그녀는
나를 사랑하니까!」

「미쳤군!」 톰은 흥분해서 소리쳤다.

개츠비는 벌떡 일어났고, 흥분했는지 생기가 넘쳤다.

「데이지는 당신을 결코 사랑한 적이 없어. 알겠소?」 그는 외
쳤다. 「당신과 결혼한 것은 내가 가난했기 때문이야. 그리고
나를 기다리다 지쳤기 때문이지. 큰 실수를 저지른 거지. 마음
속으로는 나 이외의 그 누구도 결코 사랑한 적이 없어!」

이쯤에서 조던과 나는 자리를 뜨려고 했으나, 톰도 개츠비
도 그대로 있으라며 서로 앞다퉈 강력하게 만류했다. 두 사람
모두 숨길 것이라곤 아무것도 없고 오히려 자신들의 감정싸움
을 보는 것은 일종의 특권이 아닌가 하는 태도였다.

「데이지, 앉아.」 톰은 마치 아버지
처럼 관대한 목소리를 내려고 했지
만 잘 안 되는 듯했다.

「어떤 일이 있었는지 내가 얘기
했잖소?」 개츠비는 말했다. 「5년 동
안 계속되었소. 당신은 몰랐겠지만.」

톰은 날카롭게 데이지를 노려보았다.

「5년 동안이나 이 남자를 만났나?」

「만나진 않았소.」 개츠비가 말했다. 「아니, 만나고 싶어도 만날 수가 없었지. 그래도 항상 서로를 사랑하고 있었소. 그런 데 당신만 몰랐던 거지. 웃기는 일이지만.」

그러나 개츠비의 눈에는 톰을 비웃는 기색 따윈 없었다.

「당신만 이 사실을 모른다는 걸 생각하면서 말이야.」

「아, 겨우 그건가?」 톰은 목사처럼 손가락을 탁탁 치며 의자에 기댔다.

「당신은 미쳤어!」 톰은 격렬한 어조로 말했다. 「5년 전 일 따위 그리 중요하지 않아. 그때는 데이지를 몰랐으니까. 게다가 식료품을 뒷문으로 배달했다면 모를까, 그렇지 않고서야 당신이 어떻게 데이지한테 가까이 갈 수 있었겠어. 어쨌든 상관없어. 하지만 그 외의 일은 전부 터무니없는 거짓말이야. 데이지는 결혼할 당시 나를 사랑했고, 지금도 날 사랑하고 있어.」

「아니!」 개츠비는 고개를 저었다. 「분명, 날 사랑하고 있소. 가끔 머릿속으로 엉뚱한 생각을 하고, 자기 자신도 뭘 하는지 몰라 난처할 때가 있기는 하지만.」

톰은 사려 깊은 척하며 고개를 끄덕였다.

「나도 역시 그녀를 사랑하고 있어. 가끔 술에 취해 법석을 떨다가 바보 같은 짓을 해서 비웃음을 사기도 하지만 언제나 제자리로 돌아오지. 그리고 마음속으로는 항상 사랑하고 있어.」

「당신이란 사람, 구역질 나요!」 데이지가 소리

위대한 개츠비

쳤다. 그러고는 나에게로 시선을 돌렸다. 한 옥타브 낮은 그녀의 목소리가 오싹할 정도로 차갑게 방 안에 울려퍼졌다. 「우리가 왜 시카고를 떠났는지 알아요? 당신이 말한 대로 술에 취해 벌인 소동이 시카고 사람들의 비웃음거리가 안 된 게 신기할 정도예요.」

개츠비가 그녀 옆으로 다가갔다.

「데이지, 다 끝난 일이오.」 개츠비는 차분하게 말했다. 「그런 일은 더 이상 문제 되지 않아요. 진실을 말해주면 돼. 그를 사랑한 석은 결코 없었다고, 그렇게 말하면 그것으로 모든 게 말끔해지지.」

데이지는 개츠비를 빤히 쳐다보았다.

「어떻게, 내가 어떻게 이 사람을 사랑할 수 있겠어요?」

「당신은 결코 톰을 사랑한 적이 없지요?」

데이지는 망설였다. 그녀의 눈은 자신의 심정을 호소하듯 조던과 나를 향했다. 마치 자신이 무슨 일을 저질렀는지 이제야 겨우 알게 되었다는 듯, 하지만 처음부터 아무 짓도 할 생각이 없었다는 듯. 그러나 이제 그것은 뚜렷한 현실이 되었다. 이미 늦은 것이다.

「그를 단 한 번도 사랑한 적이 없어요.」

그녀는 이렇게 말했지만, 주저하는 표정이었다.

「그럼, 카피올라니(하와이에 있는 호텔)에서도 그랬나?」

톰이 놀라서 다그쳐 물었다.

「그래요.」

숨 막힐 듯한 합주가 무더운 공기를 타고 아래층 댄스홀에서 들려왔다.

「구두가 젖지 않도록 펀치볼 계곡에서 안고 내려왔을 때, 그날도 그랬단 말이야?」 그의 목소리는 약간 쉰 듯하면서도 상냥함이 배어 나왔다. 「웅? 데이지?」

「제발 부탁이니까 아무 말도 하지 말아요.」 그녀의 목소리는 차가웠지만 깊은 원한은 이미 사라져 있었다. 그녀는 개츠비를 바라보았다.

「이것 봐요, 제이.」 그녀는 말했다. 그리고 담배에 불을 붙이고 성냥개비를 카펫 위에 던져버렸다.

「너무 많은 것을 원하는군요!」 그녀는 개츠비를 향해 소리를 질렀다. 「지금 사랑하고 있어요. 그것만으로는 부족한가요? 지나간 일은 어쩔 수 없는 거잖아요?」

그녀는 어쩔 줄 몰라 하며 흐느꼈다. 「한때는 저 사람을 사랑했어요. 하지만 당신을 사랑한 것도 사실이에요.」

개츠비는 눈을 감았다가 다시 떴다.

「나도 사랑했다고?」 그는 되물었다.

「그것도 거짓말이야.」 톰이 거칠게 말했다. 「자네가 살아 있다는 것을 데이지는 몰랐어. 그렇지, 당신 같은 게 알 리가 없지. 데이지와 나 사이에는 여러 가지 추억이 있어. 둘 다 결코 잊을 수 없는 여러 가지 추억이.」

그 말이 개츠비의 몸속을 파고드는 것 같았다.

「데이지하고 둘이서만 이야기하고 싶소.」 그는 고집을 부렸다. 「데이지는 지금 너무 흥분해 있어.」

「당신하고만 있어도 톰을 사랑한 사실이 전혀 없었다고는

말할 수 없어요.」처량한 목소리로 그녀는 시인했다.「그렇게 말하면 거짓말을 하게 되는걸요.」

「물론 그렇지.」톰은 그녀의 말에 동의했다.

그녀는 남편 쪽으로 고개를 돌렸다.「마치 관심이라도 가지고 있는 것 같군요.」그녀는 차갑게 말했다.

「물론이지. 앞으로는 더욱 소중하게 대할 테니까.」

「모르는 소릴 하는군.」개츠비가 황급히 말했다.「당신은 이제 그녀를 돌보지 않아도 된단 말이오.」

「돌보지 않아도 된나고?」톰은 눈을 커다랗게 뜨고 웃었다. 이제는 자제할 만한 여유가 생긴 것이다.「왜 그렇게 생각하지?」

「데이지는 당신과 헤어질 거니까.」

「말도 안 돼.」

「사실이 그런걸요.」그녀는 애써 말했다.

「그녀는 나를 떠나지 않아!」톰은 갑자기 개츠비에게 소리를 질렀다.「훔쳐서 도망가 보지 그래. 여자에게 반지도 끼워줄 수 없는 사기꾼과 함께 살기 위해 헤어지진 않을 거야.」

「도저히 못 참겠어!」데이지가 외쳤다.「제발 부탁이니까 밖으로 나가요!」

「도대체 당신은 뭐 하는 작자지?」톰이 갑자기 큰 소리로 외쳤다.「메이어 울프심이 당신 뒤를 봐주고 있지 않은가? 우연히 그걸 알게 됐지. 당신이 하는 일을 조사해봤거든. 내일 좀더 알아볼 생각이야.」

「마음대로 하시오.」

개츠비는 차분하게 말했다.

「당신의 드러그스토어가 어떤 것인지 훤히 꿰뚫어 보고 있지.」

톰은 나를 돌아보고 재빠르게 말했다.

「이자와 울프심은 시카고 뒷골목의 드러그스토어를 잔뜩 사들여 가게에서 술을 팔았어. 그게 심심찮게 재미를 봤지. 처음 만났을 때 주류 밀매업자일 거라고 악담을 했는데, 역시 비슷하게 짚었군.」

「그게 어쨌다는 거요?」 개츠비는 물었다. 「당신 친구 월터 체이스는 자존심도 없는지, 나와 손잡지 않았소?」

「당신은 곤경에 처한 그를 버렸어, 그렇지? 멀리 뉴저지 형무소에 한 달 동안이나 있었는데도 모르는 척했지. 용서할 수 없어! 당신에 대해서 월터가 어떻게 말했는지 한번 들어 보시지.」

「그가 우리에게 왔을 때 그는 빈털터리였소. 돈을 조금이라도 손에 쥐게 되자 아주 기뻐했지, 형씨.」

「날 형씨라고 부르지 마!」 톰은 소리쳤다. 개츠비는 아무 말도 하지 않았다. 「월터는 도박법으로 당신에게 보복할 수도 있었어. 그런데 울프심에게 협박을 당해서 입을 다문 거지.」

낯설지만 어디선가 본 적이 있는 듯한 표정이 또다시 개츠비의 얼굴에 떠올랐다.

「드러그스토어 따윈 푼돈에 지나지 않아.」 톰은 천천히 이야기를 계속했다. 「지금 월터도 말하길 두려워하는 일을 자네는

220 위대한 개츠비

뭔가 하고 있는 거야.」

옆눈으로 데이지를 쳐다보았더니, 그녀는 개츠비와 남편을 두려운 눈빛으로 응시하고 있다가 이윽고 조던을 쳐다보았다. 조던은 눈에 보이지는 않지만 턱 끝에 무언가를 올려놓고 균형을 잡고 있었다. 나는 다시 개츠비 쪽으로 시선을 돌렸다가 그의 표정을 보고는 깜짝 놀랐다. 그것은 지난번 정원에서 열린 파티 때 들었던 그 험담처럼 정말 〈사람을 죽였다〉고 말하는 듯했다. 한순간 그의 표정은 그야말로 기괴함 그 자체였다. 잠시 후 얼굴 표정이 바뀌더니, 개츠비는 흥분해서 데이지를 향해 이야기하기 시작했다. 모든 것을 부인하고 어떤 누구도 비난하지 않는 일에 대해서까지도 자신을 변호했다. 그러나 그 행동 하나하나에 데이지는 더욱 멀리 자기 껍질 속으로 숨어버리고 말았다.

결국 개츠비는 체념했다. 오후 햇살이 사그라지는 동안 사라져버린 꿈만이 싸움을 계속하며 손댈 수 없는 것에 손을 대려고 노력하면서 방 저편의 잊힌 목소리를 향해 절망을 거부하며 꿈틀거리고 있었다. 또 그 목소리는 그만 가자고 애원하고 있었다.

「부탁이에요, 톰. 이젠 더 이상 참을 수가 없어요.」

어떤 의향이 있었든 혹은 어떤 용기가 있었든 이제는 그것이 완전히 사라져버렸다는 것을 그녀의 겁에 질린 눈이 분명히 말해주고 있었다.

「당신네들 둘이서 먼저 떠나지, 데이지.」 톰이 말했다. 「개츠비 씨 차로 말이야.」

그녀는 톰의 말에 새삼 놀랐다. 톰은 인심 쓰는 척하면서 비웃는 투로 말했다.

「어서 가라고. 당신을 곤란하게 하지는 않을 테니까. 잘난 체하고 나섰지만 이미 끝났다는 것을 그도 알았을 테니까.」

두 사람은 말 한마디 하지 않고, 묵묵히 무대에서 퇴장해서 유령처럼 우리의 동정도 받지 못한 채 밖으로 나갔다.

잠시 후 톰이 일어서서 마개를 따지 않은 위스키를 수건으로 감싸 들었다.

「이걸 좀 마시겠나? 조던은 어때? ……닉?」

나는 대답하지 않았다.

「닉?」 그는 다시 한번 물었다.

「뭘?」

「한잔하겠나?」

「아니, 됐어…… 오늘이 내 생일이라는 게 방금 생각났네.」

나는 서른 살이었다. 앞으로 10년 동안 험난하고도 위험한 길이 내 앞에 펼쳐지고 있었다.

다 같이 쿠페를 타고 롱아일랜드로 출발한 것은 7시가 다 되어서였다. 톰은 끊임없이 떠들어대며 크게 기뻐하거나 웃곤 했지만 조던이나 내게는 귀를 막고 듣는 시끄러운 소음에 지나지 않았다. 인간의 동정심에도 한계가 있는 법. 그래서 그의 비극적인 언쟁이 등 뒤로 사라져가는 거리의 등불과 함께 완전히 사라지기를 기다릴 뿐이었다. 그렇다고 우리가 불만을 말한 것은 아니었다. 서른 살. 그것은 고독한 10년을 약속하는 것이었다. 독신자로서 새로 알게 되는 사실을 적어넣는 목록

  위대한 개츠비

도 점차 줄어들고, 열정의 가방도 얄팍해지며 머리카락도 점
점 빠져서 숱이 적어져 갔다. 그러나 내 곁에는 조던이 있었
다. 데이지와는 달리 지나치리만큼 똑똑하기 때문에 깨끗이
잊어버린 꿈을 이듬해, 또 그 이듬해에도 끌어안고 사는 일 따
위는 하지 않을 것이다. 어두운 철교를 지날 때 그녀의 창백한
얼굴이 내 어깨에 부드럽게 기대 왔다. 그리고 안심하라는 듯
한 손을 갖다 대자 서른을 맞은 두려운 충격도 깨끗이 사려져
버렸다. 서늘해지는 석양을 등지고 그렇게 우리는 죽음의 현
장으로 차를 몰았다.

　그리스 출신인 미카엘리스는 쓰레기 언
덕 근처에서 커피를 팔고 있었는데, 부검
을 할 때 첫 번째 증인이 되었다. 그는 한
창 더울 때 계속 낮잠을 자다가, 5시가 지나
서 주유소까지 어슬렁어슬렁 걸어갔다. 그러다 사
무실에 있는 조지 윌슨의 몸 상태가 안 좋은 것을 알게 되었
다. 얼마나 안 좋았던지, 옅은 머리색과 구별이 안 될 정도로
얼굴이 창백했고, 온몸을 떨고 있었다. 눈 좀 붙이라고 권했지
만, 윌슨은 잠을 잤다가는 장사를 못 한다며 거절했다. 미카엘
리스가 윌슨을 설득하고 있는데 갑자기 머리 위에서 울부짖는
소리가 들려왔다.
　「집사람을 저기 가둬놨지.」 윌슨은 침착하게 설명했다. 「모
레까지는 저곳에 있을 거야. 그런 다음 둘이서 이곳을 떠날 생
각이네.」

미카엘리스는 깜짝 놀랐다. 4년 내내 이웃에서 친하게 지냈지만 이렇게 분명하게 말할 줄 아는 사람이라고는 생각지도 못했던 것이다. 원래 그는 항상 어딘지 모르게 지쳐 있는 사람 같았다. 일이 없을 때면 현관 앞 의자에 앉아서 지나가는 사람이나 자동차를 뚫어져라 바라보곤 했다. 누가 말이라도 걸면 항상 이것도 저것도 아닌 애매모호한 웃음을 보였다. 아내에게 꽉 잡혀서 혼자서는 어떤 것도 마음대로 못 하는 남자였다. 그렇기 때문에 왜 그런 일이 일어났는지, 미카엘리스가 깜짝 놀라 눈이 휘둥그레진 것도 당연했다. 그런데 윌슨은 한마디도 하려고 하지 않았다. 대신 미카엘리스에게 의심스러운 눈길을 흘끔흘끔 던지며 이러이러한 날 이러이러한 시간에 무엇을 하고 있었는지 묻기 시작했다. 미카엘리스는 불안감을 느꼈으나 그때 몇 명의 외국인 노동자들이 입구를 지나 그의 레스토랑 쪽으로 가고 있었기 때문에, 잠시 자리를 떴다가 나중에 다시 돌아올 생각이었다. 그런데 그는 돌아오지 않았다. 그만 잊어버린 것이다. 7시가 조금 지나서 다시 밖으로 나왔을 때 주유소 계단 아래쪽에서 큰 소리로 욕을 퍼붓고 있는 윌슨 부인의 목소리가 들려왔고 그는 아까 나눈 대화를 떠올렸다.

「때려요, 때려!」 그녀가 윌슨에게 대드는 소리가 들렸다.

「아예 엎어놓고 치지 그래요? 이 더럽고 못난 겁쟁이 같으니라고.」

잠시 후 그녀가 양손을 흔들며 어둠 속으로 뛰쳐나왔다. 사건은 그가 집 앞 현관에서 움직일 틈도 없이 끝나버렸다.

신문에 대서특필된 〈죽음의 자동차〉는 멈추지 않았다. 그것

 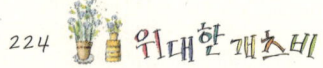

은 깊어가는 저녁의 어둠 속에서 나타나서는 모퉁이를 돌아 사라져버렸다. 미카엘리스는 차의 색조차 정확히 기억하지 못했다. 그는 처음에 경찰관에게 연두색이라고 말했다. 뉴욕을 향해 달리던 또 다른 차가 100야드 가량 가다가 급정차를 하고 윌슨이 있는 곳으로 차를 되돌렸다.

길에는 끈적끈적한 검은 피가 끔찍하게 저녁노을과 뒤섞여 있었고, 그녀는 무참하게 숨을 거둔 상태였다. 미카엘리스와 그 운전자가 그녀에게 다가가 땀에 젖은 블라우스를 열어보니, 왼쪽 유방이 가슴에서 떨어져 헝겊 쪼가리처럼 흔들리고 있었기 때문에 심장 소리는 들어볼 필요도 없었다. 입은 크게 벌어져 있었고 양쪽 입가가 좀 찢어져 있었다. 오랫동안 축적해두었던 그 놀라운 생명력을 포기할 때, 순식간에 분출구가 막히면서 질식이라고도 한 것 같았다.

우리가 서너 대의 자동차와 군중을 본 것은 현장에서 좀 떨어진 곳이었다.

「사고로군!」톰이 말했다. 「잘됐군. 윌슨도 조금은 장사가 되겠는걸.」그는 속력을 늦추긴 했으나 차를 멈출 생각은 없었다. 그러나 점점 다가가서 주유소 입구에 몰려든 사람들이 입을 꼭 다문 채 눈을 떼지 못하는 모습을 보자, 그는 자동적으로 브레이크를 밟았다.

「잠깐만 보고 가도록 하지.」

그는 궁금한 모양이었다.

주유소에서는 우는 소리가 끊임없이 흘러나왔다. 차에서 내려

입구 쪽으로 걸어가자 그 소리는 「하느님, 맙소사!」 하는 소리라는 것을 알게 되었고, 목 쉰 울음소리가 계속 되풀이되었다.

「뭔가 안 좋은 일이 있었나 보군.」 톰은 흥분해서 말했다.

그는 발꿈치를 들고 겨우 보일락 말락 한 위치에 서서, 사람들 머리 사이로 주유소 안을 들여다보았다. 위쪽에 흔들리는 철제 바구니에 노란 등불이 달랑 하나 켜져 있을 뿐이었다. 순간, 톰은 거친 외마디 소리를 지르더니 우람한 팔을 휘두르며 사람들을 헤집고 앞으로 나갔다. 「이봐, 밀지 마!」 사람들로부터 조심하라는 소리가 들려왔지만, 아직도 사람들의 두꺼운 울타리는 뚫릴 줄 몰랐다. 나는 얼마 동안은 아무것도 볼 수 없었다. 그러다가 새로 몰려온 구경꾼들이 그 선을 흐트려놓아, 조던과 나는 갑자기 안으로 밀려 들어갔다.

머틀 윌슨의 시체는 더운 여름인데도 한기로 고통받는 사람처럼 담요에 싸이고 또 싸여서, 벽 쪽에 있는 작업대 위에 누워 있었다. 톰은 우리에게서 등을 돌리고 꼼짝도 하지 않고 그 위에서 들여다보고 있었다. 그의 옆에서는 오토바이를 타고 달려온 경찰관이 땀을 삐질삐질 흘리며 선 채로 작은 수첩에 이름을 적고 있었다. 휑한 주유소에 시끄럽게 울리는 높은 울음소리가 어디에서 나오는 것인지 처음에는 알 수 없었지만 나중에 보니 윌슨이 한 단 높은 사무실 문지방에 서서, 문설주를 붙들고 앞뒤로 몸을 흔들고 있었다. 누군가 낮은 목소리로 말을 걸고 때때로 어깨에 손을 올려놓으려 했으나 윌슨은 본체만체 했다. 그의 시선은 흔들리는 등불에서 시체를 올려놓은 작업대 위로 서서히 움직이다가 이윽고 다시 등불 쪽으로

위대한 개츠비

돌아갔다. 그러고는 끊임없이 높고 무서운 소리로 외치는 것이었다.

「오, 하느님 맙소사! 오, 하느님 맙소사! 오, 하느님! 오오, 하느님 맙소사!」

잠시 후, 톰은 얼굴을 쳐들고 멍한 눈으로 주유소 안을 이리저리 둘러보다가 경찰관에게 두서없이 중얼거리며 말을 걸었다.

「M-A-V.」 경찰관은 말했다. 「O.」

「아니 R입니다.」 남자가 정정했다. 「M-A-V-R-O.」

「이봐요!」 톰은 거칠게 말을 던졌다.

「R.」 경찰관이 말했다. 「O.」

「G.」

「G.」 톰의 넓적한 손이 경찰관의 어깨를 쥐자, 그는 놀란 듯 눈을 둥그렇게 떴다.

「뭡니까?」

「무슨 일이 있었나요?」

「차에 치었습니다. 즉사했지요.」

「즉사?」 톰은 되물으며 눈을 부릅떴다.

「길에서 튀어나왔어요. 그놈이 차를 멈추려고도 하지 않았죠.」

「차가 두 대 있었어요.」 미카엘리스가 말했다. 「한 대는 오고 있었고, 또 한 대는 반대편으로 가는 차였지요.」

「어느 쪽으로 갔다고요?」 경찰관이 날카롭게 물었다.

「한 대가 그 길을 달려오고 있었는데 저 여자가……」

 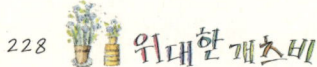

그는 한 손을 들어 담요 쪽을 가리키려고 했으나 멈추고 다시 손을 내렸다.

「저쪽에서 튀어나왔죠. 뉴욕에서 오는 차가 그녀를 깔아뭉개 버렸어요. 시속 30이나 40마일 정도는 됐던 것 같아요.」

「이곳을 뭐라고 부르죠?」 경찰관이 물었다.

「이름 같은 건 없어요.」

그때 얼굴이 허연 백인에 가까운, 차림새가 근사한 흑인이 다가왔다.

「노란색 차였습니다.」 그가 말했다.

「크고 노란 새 차였지요.」

「사고를 목격했습니까?」 경찰관이 물었다.

「아니, 그렇지는 않지만 그냥 나를 스쳐 지나갔어요. 40 이상 속도를 내며 달리고 있었지요. 아니, 5~60은 됐을 거예요.」

「이쪽으로 오시죠. 이름이 뭐죠? 자, 비켜요 비켜. 이 사람 이름을 적어야 하니까.」

이 대화 중 몇 마디가 사무실 입구에서 흔들흔들하고 있던 월슨에게까지 들린 모양이었다. 그가 울부짖는 내용 속에 새로운 사실 하나가 더 추가됐다.

「어떤 차였는지, 말할 필요 없어! 어떤 차였는지, 난 알고 있어!」

톰을 보고 있자니 그의 등 어깨 근육이 옷 속에서 꿈틀거리는 것이 보였다. 그는 월슨에게 재빨리 걸어가서 얼굴을 마주 대고 서서 두 팔을 꽉 잡았다.

「힘을 내게.」 그는 윌슨을 위로했다.

윌슨의 시선이 톰에게로 향했다. 그는 놀라서 벌떡 일어섰는데 톰이 바로 잡아주지 않았더라면 무릎이 꺾여서 넘어졌을 것이다.

「잘 듣게.」 톰은 그를 가볍게 흔들었다. 「나는 조금 전에 뉴욕에서 막 여기에 왔어. 지난번에 말한 쿠페를 자네에게 가져오는 참이었어. 오늘 낮에 운전한 노란색 차는 내 차가 아니야. 알겠나? 그 차는 오후 내내 보지 못했다고.」

조금 전의 그 흑인과 나만이 톰이 하는 말을 알아들을 수 있었는데, 경찰관도 그 말투에서 뭔가를 감지했는지 날카로운 시선으로 톰을 쏘아보았다.

「도대체 무슨 말이죠?」 경찰관이 톰에게 물었다.

「난 이 사람 친굽니다.」 톰은 양손으로 윌슨을 잡은 채, 고개를 돌렸다. 「사고를 낸 차를 알고 있다는 겁니다. 노란색 차래요.」

가벼운 충동에 휩싸여 경찰은 의심스러운 눈초리로 말했다.

「그럼 당신 차는 무슨 색이죠?」

「파란색 쿠페입니다.」

「우리는 뉴욕에서 곧장 달려왔지요.」 내가 말했다.

우리와 조금 떨어져서 달리던 차에 탔던 사람이 확인을 해주었으므로 경찰은 다른 쪽으로 향했다.

「자, 아까 그 이름을 다시 한번 말해보세요.」

톰은 인형을 안듯 윌슨을 일으켜 세우고 사무실 안으로 들어가 의자에 앉히고서 나왔다.

 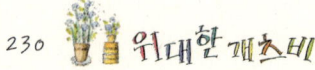

「누군가 이곳에 와서 함께 있어주지 않겠나.」

그는 마치 큰 권위라도 있는 사람처럼 크게 소리쳤다.

가까이에 서 있던 두 남자가 서로 얼굴을 쳐다보다가 어쩔 수 없다는 듯이 방 안으로 들어갈 때까지, 톰은 윌슨을 지켜보고 있었다. 그런 다음 문을 닫고, 한 단짜리 계단을 내려왔는데 작업대 쪽을 쳐다보는 것은 피했다. 그는 내 옆을 지나며 「나가지」 하고 작은 소리로 말했다.

많은 사람 앞에서 좀 쑥스러웠지만, 그가 경찰이라도 된 양 길을 터줘서 우리는 계속 밀려드는 군중 속을 헤치고 나올 수 있었다. 30분쯤 전에, 그나마 희망을 품고 불렀던 의사가 그때서야 한 손에 가방을 들고 황급히 달려오고 있었다.

톰은 그 길모퉁이를 지날 때까지 천천히 차를 몰았다. 이윽고 그의 발이 강하게 가속페달을 밟아, 쿠페는 밤을 등지고 전속력으로 달리기 시작했다. 잠시 후, 낮게 흐느끼는 소리가 들리기에 쳐다보니, 그의 얼굴에 눈물이 흐르고 있었다.

「에잇, 괘씸한 자식 같으니라고!」 그는 울면서 말했다. 「멈추지 않고 차를 달리다니.」

어둠 속에서 살랑거리는 나무들 사이로 톰의 저택이 우리 앞에 모습을 드러냈다. 톰은 현관 옆에 차를 세우고 2층을 올려다보았다. 창문 두 개에 불이 켜져 있어, 덩굴 속에 꽃이 핀 것처럼 아름다웠다.

「데이지가 돌아왔군.」 그는 말했다. 내가 차에서 내리자 그는 나를 힐끗 쳐다보더니 눈살을 찌푸렸다.

「웨스트 에그에서 내렸으면 좋았을 것을. 닉, 오늘 밤엔 아무것도 할 수 없겠네.」

그는 여느 때와 달리 엄숙하면서도 단호하게 말했다. 달빛이 어린 자갈길을 지나 현관을 향해 걸어가면서, 그는 몇 마디 엄숙한 목소리로 말했다.

「전화로 택시를 불러 집까지 데려다 주지. 기다리는 동안 자네와 조던은 부엌에 가서 뭔가 요기가 될 만한 것을 달라고 하게. 원한다면 말일세.」그는 현관문을 열었다.「자, 들어오게.」

「아니, 괜찮아. 아, 택시를 좀 불러주겠나. 난 밖에서 기다리지.」

조던이 내 팔에 손을 올려놓았다.

「들어오지 않겠어요, 닉?」

「아니, 괜찮습니다.」

나는 기분이 썩 좋지 않았기 때문에 혼자 있고 싶었다. 그런데 조던은 잠시 동안 그 자리를 떠나지 않고 머뭇거렸다.

「아직 9시밖에 안됐어요.」그녀는 말했다.

〈내가 안에 들어가나 봐라.〉오늘 하루 동안 있었던 일만으로도 그들이라면 이제 지겨웠다. 그러다 갑자기 정신을 차리고 보니 조던도 그 속에 포함되어 있음을 깨닫게 되었다. 그녀는 내 표정 속에서 그것을 조금은 알아챘을 것이다. 그녀는 나를 쳐다보더니 현관 계단을 뛰어올라 집 안으로 들어가 버렸다. 나는 그 자리에 주저앉아 양손으로 머리를 감싸 쥔 채 잠시 그대로 있었다. 안에서 수화기를 들고 집사가 택시를 부르는 소리가 들렸다. 나는 천천히 저택 안의 차도를 따라 내려갔다. 문 옆에서 기다릴 작정이었다.

20야드도 채 못 갔는데 누가 내 이름을 불렀다. 개츠비가 덤불 사이에서 오솔길로 모습을 드러냈다. 그때까지만 해도 나는 상당히 불쾌한 감정에 휩싸여 있었던 것 같다. 이름을 부르는데도 달빛 아래서 분명하게 보이는 그의 핑크색 양복만 보았을 뿐, 아무런 생각도 할 수 없었기 때문이다.

「뭘 하고 있는 거지?」 나는 물었다.

「그냥 여기에 서 있었어.」

웬지 그가 비열해 보였나. 아마 소금 있다가 이 집을 약탈하려고 했는지도 모른다. 그의 등 뒤 검은 덤불 속에서 험악한 인상의 울프심의 부하가 얼굴을 드러냈다고 해도 전혀 놀라지 않았을 것이다.

「오는 도중에 무슨 일 없었나?」 잠시 후 그가 말했다.

「응, 있었지.」

그는 망설였다.

「그 여자, 죽었나?」

「응.」

「그럴 거라고 생각했네. 그럴 거라고 데이지에게 말했지. 쇼크는 한꺼번에 오는 편이 낫지. 그녀는 훌륭하게 견뎌냈어.」

그의 얘기를 듣자하니 그는 데이지의 반응만이 중요한 것 같았다.

「지름길을 지나 웨스트 에그로 가서」 그는 말을 계속했다. 「차를 우리 집 차고에 놓고 왔네.

아무도 안 봤으리라 생각되지만, 물론 확실하진 않아.」

나는 이때, 그가 너무나 혐오스러워져서 그의 행동이 옳지 않다는 것을 말해줄 필요도 느끼지 못했다.

「누구였지? 그 여자는?」 그가 물었다.

「머틀이라는 여자야. 남편이 주유소를 하고 있지. 도대체 어떻게 된 건가?」

「핸들을 돌리려고 했어.」

그가 말을 멈췄기에, 진상을 짐작할 수 있었다.

「데이지가 운전을 했나?」

「그렇네.」 잠시 후 그는 말했다. 「그래도 내가 했다고 말해야겠지. 뉴욕을 나섰을 때 그녀는 무척 신경이 날카로워져 있어서 운전이라도 하면 좀 나아질지 모른다고 생각했어. 그런데 맞은편에서 달려오는 차와 스쳐 지나가자마자, 그 여자가 우리 쪽으로 달려왔어. 모든 것이 순식간에 일어난 일이라……. 우리에게 무슨 말인가를 하고 싶어 하는 것 같았어. 아는 사람이라고 생각했던가 보지. 처음에 데이지는 그 여자를 피해 맞은편에서 달려오는 차선으로 방향을 돌렸는데, 무서웠는지 그만 원래 방향으로 돌린 거야. 내가 한 손으로 핸들을 잡은 순간 부딪치는 것을 느꼈어. 틀림없이 즉사했을 거야.」

「갈갈이 찢어졌지.」

「그만, 됐어.」 그는 움찔했다. 「어쨌든…… 데이지가 가속페달을 밟아버렸어. 나도 차를 세우려고 했지만 세울 수가 없었네. 그래서 비상브레이크를 썼지. 그러자 그녀가 내 무릎 위로

  위대한 개츠비

쓰러져서, 내가 계속 운전을 한 걸세.」

「그녀도 내일이면 진정이 되겠지.」 그는 말했다. 「여기서 기다렸다가 톰이 오늘 오후의 이 사건으로 또다시 그녀를 괴롭히지나 않는지, 지켜보려고 하는 것뿐이야. 데이지는 지금 방안에서 문을 잠그고 있어. 만약 그가 난폭한 짓이라도 하면 등불을 껐다가 다시 켜기로 했네.」

「손을 대거나 하진 않을 걸세.」 나는 말했다. 「자기 마누라따윈 지금 안중에도 없으니까.」

「믿어도 되겠나, 응?」

「언제까지 기다릴 셈인가?」

「필요하다면 밤을 새워서라도. 어쨌든 다들 잠들 때까지.」

문득 이런 생각이 내 머릿속에 떠올랐다. 〈운전을 한 사람은 데이지였다고, 톰이 눈치챈다면 어떻게 될까?〉 그는 묘한 인과관계라는 생각이 들 것이다. 어쨌든 무슨 생각이든 할 것이다. 집 쪽을 보니 아래층 창문 두어 개에 불이 밝혀져 있었다. 2층 데이지의 방에서는 분홍빛의 환한 불빛이 새어 나오고 있었다.

「여기서 기다리게나.」 나는 말했다. 「소동이 일 만한 조짐이 있는지 보고 올 테니.」

나는 잔디를 따라 되돌아가서 자갈길을 지나 베란다 계단을 살금살금 걸어 올라갔다. 거실 커튼이 열려 있기에 들여다보았더니 방에는 아무도 없었다. 석 달 전 6월의 어느 날 저녁, 우리가 식사를 하던 현관을 지나 작은 불빛이 비치는 곳까지 갔는데 그곳은 식기실 창문인 것 같았다. 커튼이 쳐져 있었지만 창문틀 아래쪽에 약간 깨진 곳이 보였다.

데이지와 톰이 마주 보고 식탁에 앉아 있었다. 두 사람 사이에는 차가운 닭튀김 접시와 맥주 두 병이 놓여 있었다. 그는 식탁 너머로 열심히 말을 하고 있었고 한쪽 손을 그녀의 손 위에 올려놓고 감싸 쥐고 있는 모습이 아주 진지해 보였다. 때때로 그녀가 그를 올려다보며 알았다는 듯이 고개를 끄덕였다.

둘 다 좋은 표정이 아니었고 어느 쪽도 닭고기나 맥주에는 손을 대지 않았다. 그렇다고 불행해 보이지도 않았다. 그 한 폭의 그림에는 자연스러운 친밀감이 감돌고 있었다. 모르는 사람이 봤으면 두 사람이 한통속이 되어 뭔가 음모를 꾸미고 있다고 여겼을지도 모른다.

살금살금 현관에서 멀어지자 내가 탈 택시가 어두운 길을 따라 저택을 향해 천천히 달려오는 소리가 들렸다. 개츠비는 조금 전 나와 헤어진 저택 안의 차도에서 서성거리고 있었다.

「안은 완전히 진정이 되었나?」 그가 걱정스럽게 물었다.

「응, 진정이 되었더군.」 나는 말을 얼버무렸다. 「집에 돌아가 좀 쉬는 게 좋겠네.」 그는 고개를 저었다.

「데이지가 잘 때까지 이대로 있고 싶어. 잘 가게.」

그는 양손을 양복 주머니에 찔러 넣고 돌아서서 다시 집 안을 면밀히 주시하기 시작했다. 나의 존재가 신성한 불침번의 역할에 방해가 되는 듯한 느낌이었다. 그래서 나는 걸어 나왔고 그는 달빛을 받으며 그곳에 꼼짝 않고 서 있었다. 마치 사라지고 없는 허상을 지켜보듯이.

 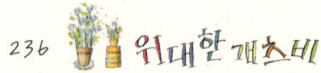

8

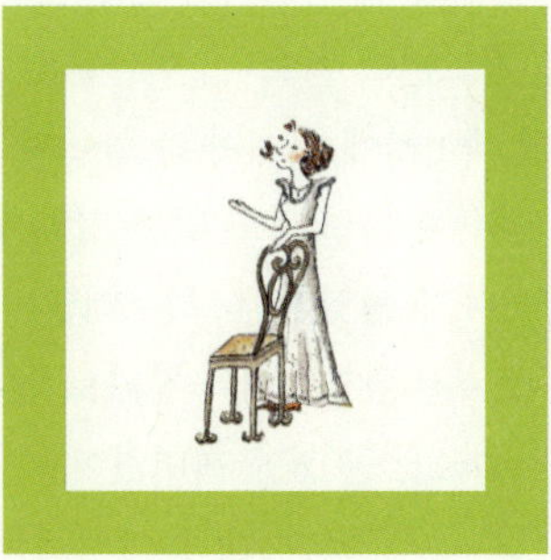

나는 밤새도록 잠을 이루지 못했다. 바다는 짙은 안개 속에서 자신의 존재를 알리는 뱃고동 소리를 끊임없이 울리고 있었다. 괴이한 현실과 잔인하고 무서운 꿈 사이를 엎치락뒤치락하는 동안 몸에서는 식은땀이 흘렀다. 새벽녘에 개츠비의 저택 안 차도에서 차 소리가 들려, 침대에서 벌떡 일어나 옷을 챙겨 입었다. 뭔가 그에게 조심하도록 주의를 줄 일이 있다는 생각이 들어서였다. 아침이면 너무 늦을 것 같았다.

정원의 잔디를 가로질러 가보니, 현관문은 활짝 열려 있었고, 개츠비는 거실 테이블에 기대어 축 늘어져 있었다.

〈낙담을 한 것일까, 아니면 자고 있는 것일까.〉

「아무 일도 일어나지 않았어.」 그는 맥없이 말했다. 「계속 지켜보고 있었는데, 4시경에 그녀가 창가로 와서 잠깐 서 있었지만, 곧 불을 꺼버렸어.」

그날 밤 둘이서 담배를 찾기 위해 커다란 방들을 이리저리 뒤지며 돌아다녔을 때만큼 그의 집이 그렇게 거대하게 보인 적이 없었다. 소풍이나 운동회 때 사용하는 커다

위대한 개츠비

란 텐트 같은 커튼을 젖히고, 한없이 넓은 새까만 벽면을 이리
저리 더듬어서 겨우 전등 스위치를 찾아냈다. 그러다가 한번
은 유령처럼 서 있는 피아노 건반 위에 쾅 소리를 내며 엎어지
기도 했다. 방 안은 오랫동안 환기를 시키지 않았는지 먼지가
수북이 쌓여 있고, 퀴퀴한 곰팡이 냄새가 진동했다. 나는 낯
선 테이블 위에서 담배를 발견했는데, 그 속에는 향이 다 날아
가 버린 버석버석한 궐련 두 개피가 들어 있었다. 응접실에 달
려 있는 프랑스풍의 창문을 열고 우리는 어둠 속에 앉아 담배
를 피웠다.

「도망쳐야 해.」 나는 말했다.

「틀림없이 자네 차를 추적할 거야.」

「지금 바로 도망가야 하나?」

「일주일 정도 애틀랜틱시티에 가 있는 거야. 아니면 북쪽의
몬트리올로 가든가.」

그는 그런 것은 생각하려고도 하지 않았다. 데이지가 어떻
게 할지 결정을 내릴 때까지는 그녀 곁을 떠날 수 없는 듯했
다. 그는 아직도 간당간당한 마지막 희망에 매달리고 있었고,
나는 차마 그를 거기에서 떼어놓을 수가 없었다.

젊은 시절, 댄 코디와 같이 생활했던 과거를 들려준 것이 이
날 밤이었다. 톰의 무자비함에 의해 유리창처럼 산산조각이
난 제이 개츠비, 그가 오랫동안 남몰래 연주해왔던 광상곡이
이제 끝나버렸기 때문이다. 이제 그는 무엇이든 숨김없이 인
정하게 된 것이다. 그러나 역시 데이지에 관한 얘기만을 하고
싶어 했다.

데이지는 개츠비가 처음으로 만난 멋진 여자였다. 이런저런 자격을 몰래 꾸며내어 그러한 사람들에게 가까이 가려고 했지만, 항상 눈에 보이지 않는 가시철조망이 가로막고 있었다. 그는 견딜 수 없을 만큼 그녀를 원했다. 처음에는 테일러 기지의 장교들과 같이 집에 드나들었지만, 나중에는 혼자서 그곳에 갔다. 개츠비는 그녀의 집을 보고 숨이 막히는 줄 알았다. 그때까지 한 번도 그렇게 아름다운 집을 본 적이 없었기 때문이다. 그런데 그 집에서 숨도 못 쉴 정도로 강렬한 무언가를 느꼈는데 그것은 데이지 때문이었다. 우연히……. 그가 기지에 머물고 있는 것이 우연이었듯이. 그 집에는 신비로움이 짙게 깔려 있었다. 2층에는 더 아름답고 상큼한 침실이 있을 것 같았다. 그리고 복도에서는 즐겁고 유쾌한 일이 일어나고 있을 것 같았다. 라벤더 향과 함께 구석에 처박힌 곰팡내 나는 로맨스가 아니라, 새로 뽑은 멋진 신형 차처럼 강렬한 로맨스가 살아 숨 쉬고 있을 것 같았다. 싱싱함을 뽐내며 영원히 시들지 않는 꽃과 같이 춤을 추고 있을 것 같았다. 이미 많은 남자가 데이지를 사랑하고 있다는 사실도 그를 자극했다. 그 때문에 그녀의 가치가 더 크게 느껴졌다. 그들이 집 주위를 맴돌고 있으면, 두근거리는 가슴속 메아리와 그림자가 주위를 가득 메우는 듯했다.

개츠비는 자신이 엄청난 행운으로 데이지의 집에 있다는 것을 알고 있었다. 제이 개츠비의 미래가 얼마나 빛날지는 모르지만 현재는 아무 능력도 없는 빈털터리 청년이었고, 군복 위의 보이지 않는 가면이 언제 어느 때 어깨에서 떨어질지 몰랐

위대한 개츠비

다. 그래서 그는 자신에게 주어진 시간을 최대한 이용했다. 손에 넣을 수 있는 것은 닥치는 대로 무엇이든 얻었다. 그러다 10월의 어느 조용한 밤, 드디어 데이지를 차지했다. 그녀의 손을 잡을 수 있는 진정한 권리는 없었지만, 손에 넣은 것이다.

그는 자신을 경멸했을지도 모른다. 그럴싸한 구실을 만들어 그녀를 차지한 것이 틀림없기 때문이다. 있지도 않은 수백만이라는 재산을 있는 것처럼 꾸며댔다는 의미는 아니다. 그러니 의도적으로 자신이 능력 있는 사람이라는 확신을 데이지에게 준 것이  다. 자신이 데이지와 같은 계층의 사람이라고 믿게 한 것이다. 충분히 그녀를 돌봐줄 수 있다고 믿게 했다. 사실 그에게는 그만한 능력이 없었다. 돈 많은 부모가 뒤를 봐줄 수 있는 것도 아니었고, 매정하고 변덕스런 정부의 손에 의해 언제 어느 구석으로 던져질지 모르는 처지였다.

모든 일은 그가 상상한 대로는 되지 않았지만 자신을 경멸하지는 않았다. 아마 그는 자신이 원하는 것을 손에 넣으면 떠나버릴 생각이었는지도 모른다. 그런데 지금 자신은 성배를 좇는 데 헌신하고 있는 것이 아닌가. 데이지가 특별하다는 것은 알고 있었지만 이 멋진 여자가 얼마나 특별한지는 몰랐던 것이다. 그녀는 돈 많은 집 속으로, 윤택하고 부족함 없는 생활 속으로 들어가 사라져버리고 개츠비에게 남은 것이라곤 아무것도 없었다. 서로 맺어진 것 같은 느낌은 있었지만 단지 그것뿐이었다.

이틀 후 데이지를 다시 만났을 때, 숨 막힐 것 같은 감정을 느낀 것은 개츠비였다. 어찌 됐건 배신감을 느낀 쪽은 개츠비였다. 현관은 사치스런 별빛으로 밝게 빛나고 있었고 데이지는 지그시 개츠비를 바라보았다. 그가 그녀의 귀엽고도 매혹적인 입술에 키스를 하자, 긴 등나무 의자가 사치스럽게 끽끽 소리를 냈다. 그녀는 감기에 걸렸는데 약간 쉰 듯한 목소리가 더 매력적이었다. 부유함 속에서 그 부유함에 보호된 청춘과 신비스러움, 각양각색의 옷, 가난한 사람들의 고단한 삶 위에 보석과 같이 빛나는 데이지를 보고 개츠비는 압도되었던 것이다.

　「그녀를 사랑하고 있다는 사실을 깨닫고 나 자신도 얼마나 놀랐는지 말로 표현할 수 없을 정도였어. 차라리 나를 내팽개쳤으면, 하고 바란 적도 있었지. 하지만 그렇게 하지는 않았어. 그녀도 역시 날 사랑했으니까. 그녀는 자신이 모르는 많은 것을 내가 알고 있어서, 나를 박식하다고 생각했지……. 나는 야망으로부터 멀어지고 점점 깊은 사랑에 빠지게 되었어. 그리고 언제부턴가 이미 그런 건 안중에도 없게 됐지. 앞으로 무엇을 할 것인지, 그녀와 얘기하는 것만으로도 충분히 즐거웠는데 큰일을 이룬다는 것이 무슨 소용이 있겠나?」

　외국으로 떠나기 전 마지막 날 오후, 그는 아무 말 없이 데이지를 꼭 안고 있었다. 싸늘한 가을이었지만 방에는 불을 지펴서 그런지 그녀의 볼은 발그스름하게 달아올라 있었다. 이따금 그녀가 움직였고 그는 팔의 위치를 조금씩 바꾸곤 했다.

  위대한 개츠비

그는 그녀의 윤이 나는 짙은 갈색 머리에 키스를 했다. 그날 오후, 그들은 잠시 아무 말 없이 조용히 있었다. 다음 날의 약속된 긴 이별 앞에서, 서로의 추억을 가슴 깊이 간직해두려는 것처럼. 그녀가 말없이 그의 어깨를 입술로 가볍게 비비거나, 깊은 잠에 빠진 듯 움직이지 않는 그녀의 손끝을 그가 부드럽게 쓰다듬었을 때, 그때처럼 서로의 마음이 깊게 통하고 가깝게 느껴졌던 적은 없었다.

그는 전쟁터에서 놀랄 만큼 잘 싸웠다. 일선에 배치되기 전에 대위였던 그는, 아르곤 전투에서 소령으로 진급해서 사단 기관총 부대의 지휘를 맡았다. 휴전이 되자 귀국하려고 미친 듯이 애를 썼지만 무엇이 잘못됐는지 아니면 오해가 있었는지 대신 옥스퍼드로 보내졌다. 그는 걱정이 되어서 견딜 수가 없었다. 데이지의 편지에는 초조함과 절망감으로 가득 차 있었다. 그가 왜 돌아오지 않는지, 그녀는 알 수 없었던 것이다. 그녀도 주위의 압력을 느끼고 있었다. 때문에 그를 만나, 그 든든한 존재 옆에서 결국 그녀가 옳았다는 확신을 얻고 싶었던 것이다.

데이지는 젊었고, 주위의 인공적인 세계에서는 난초의 향과 함께 유쾌하고 화려한 속물적인 냄새가 풍겼다. 오케스트라는 그해의 리듬을 정하고, 비애와 암시로 가득 찬 인생의 단면을 새로운 곡조에 담아 연주했다. 색소폰은 밤새도록 〈빌 스트리트 블루스〉를 불며 절망적으로 흐느끼고 반짝이는 마루 위를 수많은 금, 은색 구둣발이 미끄러져 갔다. 해가 기울고 땅거미가 지는 다과 시간이 되면 언제나 방마다 은은하고 달콤한 열기가 끊임없이 고동쳤고 새로운 얼굴들이 구슬프게 울리는 호른 소리에 맞춰, 마루에 흩뿌려진 장미 꽃잎처럼 방 안을 떠돌아다녔다.

사교의 계절이 돌아오자, 데이지는 다시 이 어슴푸레한 세계로 움직이기 시작했다. 그녀는 하루에 여섯 명의 남자와 여섯 번 만날 약속을 하고, 목걸이나 비단 야회복을 침대 옆 바닥에 놓은 시들어빠진 난초 사이에 아무렇게나 던져놓고, 새벽녘이 되어서야 눈을 붙였다. 그녀의 마음속에는 무엇인가가 결단을 요구하며 계속해서 울부짖고 있었다. 지금 바로 자신의 인생에 의미를 부여하고 싶었기 때문이다. 그 결정을 내리는 데는 어떤 힘이 있어야 했다. 사랑의 힘이든, 돈의 힘이든, 철저한 실리의 힘이든 그것은 아주 가까운 곳에 있었다.

봄이 무르익을 무렵 톰이 나타나자, 그 힘은 구체적으로 형상화되었다. 톰은 성격이나 신분, 모든 스케일이 컸기에 데이지의 마음을 끌어당기기에 충분했다. 데이지는 그러한 자신의 마음 때문에 갈등하기도 했고, 안도감을 느끼기도 했다. 그 사연은 옥스퍼드에 있는 개츠비에게 전해졌다.

이제 롱아일랜드에도 새벽이 찾아왔고, 우리는 아래층으로 내려가 모든 창문을 다 열어젖히고 막 떠오른 태양이 뿜어내는 빛을 집 안 구석구석 받아들였다. 한 그루의 나무가 갑자기 이슬 위에 그림자를 드리우고, 눈에 보이지 않는 작은 새가 푸른 잎 속에서 지저귀기 시작했다. 공기는 잔잔하면서도 쾌활한 움직임을 일으켜, 바람이라고는 할 수 없지만 시원하고 맑은 날을 예고하고 있었다.

「데이지가 그를 사랑했다고는 볼 수 없어.」 개츠비는 창가에서 몸을 돌려 도전적인 시선으로 나를 쳐다보았다. 「자네도 알겠지만, 그녀는 그때 아주 흥분해 있었어. 톰이 그런 식으로 말해버려서 깜짝 놀란 거야. 그 때문에 내가 형편없는 사기꾼처럼 보였을 거야. 그래서 그녀도 자신이 무슨 말을 하고 있는지 몰랐던 거야.」

그는 우울한 얼굴로 내 옆으로 와서 앉았다.

「물론, 잠깐 그를 사랑하기는 했겠지. 결혼하고 처음 얼마 동안은 말이야. 하지만 그때도 나를 더 사랑하고 있었어. 알겠나?」

별안간 그는 묘한 말을 꺼냈다.

「하여튼 그건..」 그는 말했다. 「단순히 개인적인 관계였을 뿐이야.」

이 말을 어떻게 이해해야 할까? 그 사건이 그의 가슴속에 깊이 못 박혀 한없는 아픔을 주고 있는 것이리라.

개츠비가 프랑스에서 돌아왔을 때, 톰과 데이지는 한창 신혼여행 중이었다. 군대에서 받은 마지막 급여로, 도저히 견딜 수 없어 루이빌까지 갔다. 비참한 여행이었다. 그곳에서 일주일을 머물면서 지난 11월의 어느 날 밤 데이지와 둘이서 활보하던 거리, 그녀의 하얀 자동차로 드라이브했던 한적한 장소

 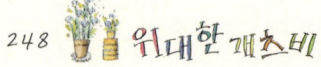

를 다시 둘러보았다. 데이지의 집은 항상 그에게 가장 신비스럽고 밝은 존재였는데 마찬가지로 이 도시 역시, 그녀는 사라지고 없지만 애처로운 아름다움이 구석구석 배어 있었다.

개츠비는 떠나면서도 더 열심히 찾아보면 그녀를 발견할 수 있을지도 모를 텐데, 하고 생각했다. 마치 어딘가에 있을 그녀를 남겨두고 떠나는 것 같았다. 무일푼인 그가 탄 3등 열차 안은 찜통 같았다. 그는 탁 트인 넓은 복도로 나와 접는 의자에 앉았다. 역이 미끄러지듯 멀어지면서 낯선 건물들의 뒷모습이 옆으로 스쳐 지나갔다. 이윽고 봄의 들판이 펼쳐지자 노란 전차가 잠깐 기차와 경주를 했다. 〈저기에 탄 사람들은 파리하지만 묘한 매력을 지닌 그녀의 얼굴을 한 번쯤은 보았을 것이다. 거리를 스쳐 지나며……. 〉

열차는 모퉁이를 돌았고, 점점 태양에서 멀어지고 있었다. 태양은 더욱 아래로 기울면서, 저편 멀리 사라져가는 도시를 축복하며 그 위에 빛을 뿌리고 있었다. 예전에 그녀가 호흡을 했던 도시. 그는 절망적으로 한쪽 손을 뻗었다. 한 줌의 공기라도 낚아채기 위해, 사랑스런 이 장소를 한 조각이라도 간직하고 싶어서. 그런데 그것들은 모두 눈물로 범벅이 된 그의 눈엔 너무나도 빨리 사라져갔고 가장 신선하고 가장 좋았던 부분을 영영 잃어버렸다는 것을 깨닫게 되었다.

우리가 아침 식사를 마치고 현관으로 나갔을 때, 시계는 9시를 가리키고 있었다. 밤 사이에 날씨가 확연히 달라져, 대기 속에는 가을 기운이 감돌고 있었다. 개츠비의 옛 고용인들 중에서 마지막까지 남아 있던 정원사가 계단 밑으로 다가왔다.

「개츠비 씨, 오늘 수영장 물을 뺄 생각이에요. 곧 나뭇잎이 떨어지면 배수관이 고장을 일으키거든요.」

「오늘은 하지 말게.」 개츠비가 대답했다. 그러곤 변명하듯이 나를 쳐다보았다. 「이봐, 올여름에는 한 번도 저 수영장을 사용한 일이 없거든.」

나는 시계를 보고 자리에서 일어났다.

「기차는 20분 후에 도착해.」

나는 시내로 나가고 싶지 않았다. 내가 남아 무슨 대단한 일을 할 수 있는 것은 아니었지만, 무엇보다 개츠비를 혼자 두고 싶지 않았기 때문이다. 처음 기차를 놓치고, 그 다음 기차도 놓치고 나서야, 그 집을 떠날 수 있었다.

「전화할게.」 나는 현관을 걸어나오며 말했다.

「그래.」

우리는 천천히 계단을 내려갔다.

「데이지도 전화하겠지.」

그는 걱정스러운 얼굴로 나를 보았다. 나에게라도 확인하고 싶은 모양이었다.

「나도 그렇게 생각해.」

「잘 가게.」

나는 개츠비와 악수를 나눈 뒤 그 집에서 걸어 나왔다. 그런데 울타리 조금 못 미치는 곳에 이르러, 나는 뭔가가 생각나 다시 돌아보았다.

「썩어빠진 놈들이야.」 나는 잔디 너머로 크게 외쳤다. 「그놈

  위대한 개츠비

들을 다 합쳐도 자네 뒤꽁무니도 못 쫓아가!」

그렇게 말한 건 지금도 잘했다고 생각한다. 단 한 번의 칭찬이었다. 왜냐하면 나는 처음부터 끝까지 그를 좋지 않게 생각했기 때문이다. 처음에 그는 정중하게 고개를 끄덕이더니, 곧 만면에 환한 미소를 띠었다. 우리가 마치 서로 공모라도 한 것처럼, 무슨 말인지 알겠다는 미소였다. 그의 호화로운 핑크색 양복이 하얀 계단을 배경으로 환하게 빛났다.

3개월 전, 처음 이 고풍스런 집에 발을 들여놓았던 때가 생각났다. 이 집은 잔디 위에도, 집 안의 차도 위에도 그에 대해 이런저런 괴이한 억측을 하는 사람들로 넘쳐났다. 그리고 그는 저 계단에 서서 불멸의 꿈을 숨긴 채 사람들에게 손을 흔들며 인사를 했다. 나는 그의 대접에 감사를 표했다. 그것에 관한 한, 다른 사람들도 항상 그에게 감사하고 있었다. 나나 다른 사람들 모두.

「잘 있게」 하고 나는 외쳤다. 「아침, 잘 먹었네. 개츠비!」

나는 회사에 도착한 후 한동안 길게 이어지는 주식시세를 기재하다가, 회전의자에 앉은 채로 깜빡 잠이 들었다. 그러다 12시 조금 못 돼서 갑자기 전화벨이 울리는 바람에 깜짝 놀라 눈을 뜨고 벌떡 일어났는데, 이마에는 땀이 송글송글 맺혀 있었다. 조던 베이커였다. 그녀는 이 시간에 전화를 거는 일이 많았다. 호텔, 골프장, 집을 불시로 들락거리므로 이렇게 해서 밖에 그녀의 소재를 알릴 수 없었기 때문이다. 보통 때는 시원하고 산뜻한 목소리가 수화기를 울려, 마치 넓은 골프장의 푸른 잔디가 사무실 안으로 날아드는 듯한 느낌이었는데, 이날은 기분이 안 좋은지 거칠고 메마른 목소리였다.

「데이지의 집에서 나왔어요.」 그녀가 말했다. 「지금 햄프스테드에 있어요. 그리고 오늘 오후 사우샘프턴으로 갈 생각이에요.」

데이지의 집을 나온 것은 눈치 있는 행동이었지만 기분이 언짢았는데 그 다음 말에 나는 표정이 굳어버렸다.

「지난밤에는 너무했어요.」

「그땐, 거기까지 신경 쓸 수기 없었잖아요?」

잠시 침묵이 흘렀다.

「저…… 만나고 싶어요.」

「나도 만나고 싶어요.」

「그러면 사우샘프턴에 가지 말고, 오늘 오후 그쪽으로 갈까요?」

「아니……, 오늘 오후는 안 되겠어요.」

「좋아요.」

「아무래도 오늘 오후는 안 되겠군요. 여러 가지로…….」

잠시 동안 이렇게 이야기를 주고받다가 갑자기 말이 뚝 끊어졌다. 어느 쪽이 먼저 수화기를 놓았는지 모르겠지만 그런 것은 아무래도 좋았다. 이 세상에서 두 번 다시 얘기할 기회가 없다고 해도, 그날은 테이블을 사이에 두고 그녀와 얘기를 나눌 수 없었다.

잠시 후, 개츠비의 집에 전화를 했는데 통화 중이었다. 네 번씩이나 전화를 했더니 교환수는 퉁명스럽게 디트로이트에

서 온 장거리전화 때문에 계속 통화 중이라고 했다. 나는 시간
표를 꺼내 3시 50분 기차에 둥글게 표시를 했다. 그리고 의자
에 등을 기대고 곰곰이 생각에 빠졌다. 12시 정각이었다.

그날 아침 기차를 타고 쓰레기 언덕을 통과하면서, 일부러
열차의 반대편으로 자리를 옮겼다. 그곳은 하루 종일 호기심
에 찬 군중으로 왁자지껄했기 때문이다. 아이들은 먼지 속에
서 검은 핏자국을 찾느라 법석을 떨 것이고 말 많은 사람들은
그 일을 떠벌리고 또 떠벌리다가 결국에는 당사자들도 점점
현실감이 없어져 머틀 윌슨의 비극은 종내 머릿속에서 잊히고
말 것이다. 여기에서 잠깐 뒤로 돌아가 전날 밤 우리가 그곳을
떠난 후 주유소에서 일어난 일을 얘기할까 한다.

사람들은 머틀의 여동생 캐서린을 찾는 데 애를 먹었다. 술
을 마시지 않는 습관이 그날 밤은 깨진 모양이었다. 현장에 도
착한 그녀는 곤드레만드레 취해서 구급차가 이미 플러싱으로
떠났다는 말도 알아듣지 못했다. 사람들이 가까스로 그 사실
을 납득시키자 그녀는 곧 기절해버렸다.
그것이 이 사건의 가장 참을 수 없
는 부분이라도 되는 것처럼. 친절
한 건지, 호기심이 많은 건지 누
군가가 자신의 차에 그녀를 태
우고 머틀의 빈소까지 데리고
갔다.

자정이 지나 더 늦은 시각까

 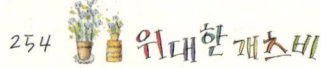

지도 새로운 구경꾼들이 계속 밀려들어 주유소 앞을 에워쌌다. 그동안 조지 윌슨은 주유소 안의 소파에 앉아 몸을 앞뒤로 흔들며 슬퍼하고 있었다. 사무실 문이 열려 있었기 때문에 주유소에 들어온 사람은 그 안을 엿보지 않고는 못 배겼을 것이다. 결국 누군가가 창피한 일이라고 말하며 문을 닫아버렸다. 미카엘리스와 몇몇 사람이 윌슨의 곁에 남아 있었다. 처음에는 네다섯 명이었는데 나중에는 두세 명으로 줄었다. 얼마쯤 더 지나 미카엘리스는 마지막으로 남은 사람에게 「15분 정도만 더 있어주세요」 하고 부탁하는 상황이 되었다. 그는 자신의 가게로 돌아와 커피를 한 주전자 만들어가지고는 새벽까지 윌슨과 함께 그곳에 있었다.

3시경이 되자, 두서없이 계속 중얼거리던 윌슨이 좀 차분해졌다. 그러고는 노란 차 얘기를 꺼내기 시작했다. 노란 차가 누구 것인지 찾아낼 방법이 있노라고 선포하듯이 말했다. 그리고 불쑥, 2개월 전 마누라가 뉴욕에서 돌아왔을 때 얼굴엔 상처가 나 있었고 코가 부풀어 있었다고 했다.

그러다 곧 자신이 한 말에 스스로 움찔해서, 다시 신음 소리를 내며, 「오오, 맙소사!」 하고 소리를 지르기 시작했다. 미카엘리스는 그의 생각을 딴 데로 돌리려고 여러모로 애를 써보았지만 잘 되지 않았다.

「결혼한 지 얼마나 됐지, 윌슨? 이봐, 잠시라도 좋으니 가만히 내 질문에 대답 좀 해봐. 결혼한 지 얼마나 됐느냐고?」

「12년.」

「아이는 있었어? 자, 이봐 윌슨. 가만히…… 내가 질문했잖

아. 아이는 있었어?」

딱딱한 갈색 딱정벌레들이 희미한 등불로 날아와 자꾸 부딪치고 있었다. 차도를 달려가는 자동차 소리를 들을 때마다 미카엘리스는 그것이 몇 시간 전 사고를 낸 그 자동차의 소음처럼 들렸다. 그는 주유소 안으로 들어가고 싶지 않았다. 시체를 눕혀놓았던 작업대에 피가 묻어 있었기 때문이다. 그래서 기분이 좋지 않아 사무실 안을 이리저리 서성거렸다. 덕분에 아침이 되기도 전에 사무실에 있는 것은 뭐든지 다 알게 되었다. 그리고 때때로 윌슨 옆에 앉아 윌슨을 진정시키려고 애썼다.

「가끔 나가는 교회가 있나, 윌슨? 오래 안 나갔어도 괜찮아. 없어? 그 교회에 전화를 걸어 목사님을 오시라고 하면 어떻겠나? 그래서 자네와 얘기를 하면 어떻겠어, 응?」

「아무 데도 안 다녔어.」

「교회가 없으면 안 되잖아, 윌슨. 이런 때를 위해서 그래도 한 번은 간 적이 있을 거야. 교회에서 결혼하지 않았나, 응? 자네, 교회에서 결혼하지 않았느냐고?」

「그건 아주 옛날 일이야.」

윌슨이 대답하려고 애쓰는 바람에 몸을 흔드는 리듬이 깨졌다. 잠시, 그는 조용히 있었다. 이윽고 그의 흐리멍덩한 눈이 다시 당황스러우면서도 뭔가 알고 있는 듯한 눈빛으로 변했다.

「저기, 저 서랍 속을 좀 봐봐」 하면서 그는 책상을 가리켰다.

「어느 서랍?」

「그 서랍……, 그쪽.」

미카엘리스는 손을 뻗어 제일 가까운 서랍을 열었다. 그 속

 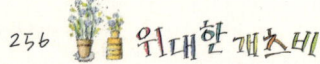

에는 꼬아 만든 은줄과 가죽으로 만든 작고 비싼 개 목걸이가 있었다. 그것은 새것이었다.

「이거 말인가?」

그는 물으면서 그것을 높이 쳐들었다.

월슨은 힐끗 보더니 고개를 끄덕였다.

「어제 오후에 발견했어. 마누라가 변명하려고 했지만, 나는 뭔가 수상쩍다는 걸 느꼈지.」

「자네 부인이 이걸 샀다는 말인가?」

「마누라가 그걸 화장지에 싸서 경대 위에 놓아두었더군.」

미카엘리스는 그것에서 특별히 이상한 점을 발견하지 못했다. 그래서 월슨 부인이 왜 개 목걸이를 샀을까 하는 이유를 열댓 가지 정도 월슨에게 늘어놓기 시작했다. 그런데 월슨은 머틀한테서도 이미 같은 얘기를 들었는지 다시「오, 맙소사! 오, 맙소사!」하고 중얼대기 시작했다. 그 바람에 나머지 이유는 허공에 떠버리고 말았다.

「그래, 그놈이 죽였어.」월슨은 외쳤다.

「누가 죽였다고?」

「찾아낼 방도가 있어.」

「자네, 병이군. 월슨.」미카엘리스가 말했다.

「이번 일로 너무 긴장해서 자기가 무슨 말을 지껄이는지도 모르는군. 아침이 될 때까지 앉아서 마음을 좀 진정시키게나.」

「그놈이 마누라를 죽였어.」

「그건 사고였어, 월슨.」

월슨은 머리를 흔들었다. 그러더니 눈을 가늘게 뜨고, 입술을 조금 벌리면서「흥!」하고 콧방귀를 뀌었다.

「난 알고 있어.」그는 단호하게 말했다.「나는 원래 사람 말을 잘 믿고, 남에게 해를 끼치지도 않는다고. 그러나 일을 알려고 들면 꼭 알아내고야 말아. 그 차에 타고 있었던 남자가 분명해. 마누라는 그놈을 불러 세우려고 뛰쳐나갔어. 그런데 그놈은 차를 멈추지 않았지.」

미카엘리스도 그 장면을 목격했지만, 거기에 특별한 의미가 있는 것 같지는 않았다. 윌슨 부인이 어느 특정한 차를 멈춰 세우려고 했다기보다는, 오히려 남편에게서 도망치려고 한 듯했다.

「자네 부인이 어떻게 그럴 수 있겠나?」

「교활한 여자거든.」

윌슨은 이 한마디로 답변을 대신했다.「아아!」

그는 또 몸을 흔들어대기 시작했다. 미카엘리스는 한쪽 손에 든 줄을 비비 꼬며 서 있었다.

「자네, 친구 있지, 윌슨? 전화를 걸 만한.」

그러나 쓸데없는 질문이었다. 그는 윌슨에게 친구가 없다는 것을 짐작할 수 있었다. 부인에게 만족스런 남편이 못 되었던 것이다. 잠시 후, 창문 쪽에서 환한 빛이 들어와 방 안이 밝아졌다. 윌슨은 동이 트기 시작하는 것을 알고는 기뻤다. 5시쯤 되자 전등을 꺼도 될 만큼 바깥은 훤해졌다.

윌슨의 흐리멍덩한 눈이 쓰레기 언덕을 바라보고 있었다. 그곳에선 작은 잿빛 구름들이 각양각색으로 살랑거리는 새벽

바람을 타고 이리저리 움직이고 있었다.

「마누라한테 말했어.」 오랜 침묵을 깨고 그는 다시 중얼거렸다. 「〈나를 속일 수는 있어도 하늘을 속일 수야 없지〉 이렇게 말해줬어. 마누라를 창문가로 데리고 갔지.」 윌슨은 가까스로 자리에서 일어나 뒤쪽의 창가로 가서 창문에 얼굴을 기댔다.

「그래, 말해줬어. 〈네가 한 짓을 하늘이 알고 있어. 네가 한 짓은 뭐든지 다 알고 있어. 나를 속일 수는 없어!〉 하고 말이지.」

뒤에 서 있던 미카엘리스는, 윌슨이 T. J. 에클버그 박사의 눈을 응시하고 있는 것을 보고 몸이 오싹해졌다. 그것은 점점 흐려져 가는 어둠 속에서 창백하고 거대한 얼굴을 드러내고 있었다.

「하늘이 내려다보고 있어」라고 윌슨은 되풀이했다.

「저건 광고야.」 미카엘리스는 윌슨을 진정시키려고 애썼다. 그리고 무언가에 이끌린 듯 창에서 얼굴을 돌려 방 안을 돌아보았는데, 윌슨은 여전히 꼿꼿하게 선 채 유리창에 얼굴을 바짝 갖다 대고 어슴푸레한 빛을 향해 고개를 끄덕이고 있었다.

6시쯤 돼서, 지칠 대로 지친 미카엘리스는 자동차가 건물 앞에서 멈추는 소리를 듣고 안도의 숨을 내쉬었다. 그것은 전날 밤 빈소에서 밤을 새운 남자였는데 미카엘리스에게 돌아온다고 약속을 했던 것이다. 그는 셋이 먹을 분량의 아침 식사를 만들었지만 결국 그와 그 남자 둘이서만 먹어야 했다. 윌슨이 많이 차분해져서 미카엘리스는 집으로 돌아가 잠깐 눈을 붙였다. 네 시간쯤 자고 일어난 후 서둘러 주유소로 돌아와 보니 윌슨은 없었다.

윌슨은 계속 걸어 다녔다. 루스벨트 항까지 가고, 그리고 나서 개스 힐까지 갔다. 거기에서 샌드위치를 샀지만 먹지 않고 커피만 한 잔 마셨다. 정오까지 개스 힐에 도착하지 못한 것을 보면 피곤한 상태라 걸음이 느렸던 모양이다. 여기까지는 어떻게 시간을 보냈는지, 설명하기 어렵지 않다. 미친 짓을 하는 남자를 봤다고 하는 아이들도 있었고, 길가에서 이상한 눈초리로 힐끔힐끔 쳐다보는 사람이 있었다고 말하는 운전자들도 있었다. 그 다음, 세 시간은 자취를 감춰버려서 알 수가 없다. 「찾아낼 방법은 있어」 하고 미카엘리스에게 소리친 것으로 보아, 경찰은 윌슨이 주변의 주유소란 주유소는 다 쑤시고 다니며 노란색 차를 찾으러 다녔을 거라고 추측했다. 그런데 그를 보았다고 하는 주유소 사람은 아무도 없었다. 윌슨은 자신이 원하는 것을 밝혀내기 위해, 더 쉽고 더 확실한 방법을 취했을 것이다. 2시 반경 그는 웨스트 에그에 있었고, 거기에서 누군가에게 개츠비의 집으로 가는 길을 물어보았을 것이다. 이미 그때 윌슨은 개츠비의 이름을 알고 있었던 것이다.

개츠비는 2시경에 수영복을 입고, 만약 누군가에게서 전화가 오면 수영장에 있을 테니 전해달라고 집사에게 일러둔 다음, 올여름에 손님들을 즐겁게 했던 매트형 튜브를 가지러 차고로 들어갔다. 펌프로 튜브에 공기를 넣는 것을 운전사가 도와주었다. 그러고 나서 어떤 일이 있어도 무개차를 밖으로 끌고 나가서는 안 된다고 지시했다. 운전사는 좀 이상한 지시라는 생각을 했다. 차는 오른쪽 앞의 흙받기가 손상돼 수리를 해야 했다. 개츠비는 튜브를 어깨에 메고 수영장으로 향했다. 중간에 멈춰 서서 어깨를 한번 들썩하기에 운전사가 「도와드릴까요」 하고 물으니, 고개를 가로저으며 단풍이 들기 시작한 나무들 사이로 모습을 감추었다.

전화는 한 통도 걸려오지 않았지만 집사는 졸지도 않고 4시까지 기다렸다. 걸려온 전화를 전해줄 다른 사람이 와서 굳이 지키고 있을 필요가 없었는데도, 계속 대기하고 있었다. 하지만 개츠비 자신도 애당초 전화 같은 것은 기다리지 않았는지도 모른다. 전화가 걸려오든 말든 신경을 안 썼는지도 모른다. 만약 그렇다면, 그는 그리웠던 따뜻한 세상을 끝내 잃고 말았다고, 너무나 오랫동안 한 가지 꿈에 매달려 온 것에 대해 비싼 대가를 치렀다고 생각했을 것이다. 겁에 질린 나뭇잎 사이로 비치는 하늘이 얼마나 낯선 것인지, 장미꽃이란 것이 얼마나 괴이한 것인지, 드문드문 돋아난 풀밭 위에 쏟아지는 햇빛이 얼마나 차갑고 싸늘한 것인지 새삼 깨닫고 몸을 떨었을 것이다. 현실은 아니지만 새로운 유형의 세계, 그곳에서 애처로운 망령들이 공기와 같은 허망한 꿈을 마시며 주위를 떠다니고 있었다. 형체 없는 나무들 사이로 그를 향해 소리 없이 미끄러져 오는 저 창백하고 환상적인 모습처럼.

운전사는 울프심의 부하였다. 그는 총소리를 들었지만 그 소리를 대수롭지 않게 여겼다. 나는 바로 개츠비의 집으로 차를 달렸고, 무슨 일이 일어난 것 같아서 현관 앞 계단을 정신없이 뛰어 올라갔다. 모두들 놀란 눈으로 나를 쳐다보았다. 그러나 그들은 이미 알고 있었다. 우리 네 사람, 운전사, 집사, 정원사, 그리고 나는 거의 한마디도 하지 않고 서둘러 수영장으로 갔다.

수영장 한쪽 끝에서 새로운 물이 쏟아져 맞은편 끝에 있는 배수구로 흘러갔기 때문에 수영장의 물은 아주 잔잔하게 움직이고 있었다. 거의 물결도 치지 않는 잔잔한 수면 위로 개츠비를 태운 튜브가 뒤뚱거리며 수영장 저편으로 흘러가고 있었다. 바람이 조금만 불어도 뜻밖의 짐을 실은 튜브는 쉽게 아무 쪽으로나 방향을 바꾸었다. 그러다가 한 뭉치의 나뭇잎과 부딪히자 그것은 천천히 회전하며 가느다란 붉은 원을 그렸다.

쓰러져 있는 개츠비를 안고 집으로 걸어가다가 조금 떨어진 풀밭에서 정원사가 윌슨의 시체를 발견했다.

비극은 이렇게 막을 내렸다.

9

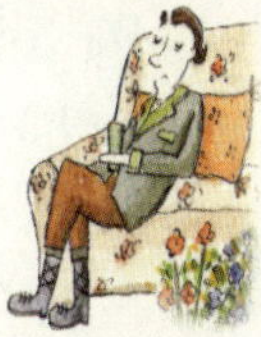

2년이 지난 지금, 그날의 나머지 시간과 그날 밤, 그리고 그 다음 날의 광경을 머릿속에 떠올려 보면 단지 경찰과 카메라맨, 신문기자들이 개츠비의 집 대문을 문턱이 닳도록 들락거렸던 기억밖에 없다. 앞문에는 밧줄이 쳐졌고 그 옆에서 경찰이 구경꾼들을 내몰고 있었는데, 아이들은 곧 우리집 뜰을 가로지르면 바로 개츠비의 집으로 들어갈 수 있다는 것을 알아채고, 몰래 들어와서는 입을 떡 벌린 채 수영장 부근에 옹기종기 모여 있었다. 또 누군지 모르지만 형사처럼 보이는 사람이 그날 오후 윌슨의 시체 옆에 웅크리고 앉아 단호한 태도로 미친 사람이라는 표현을 썼다. 권위 있는 그의 음성은 다음 날 조간신문에 단서를 주게 되었다.

대부분의 보도는 악몽과 같은 것이었다. 괴이한 상황 위주였으며 너무 자극적이어서 사실과는 거리가 멀었다. 진술 조서에서 미카엘리스의 증언으로 윌슨이 자신의 부인에게 정부가 있다고 의심했다는 사실이 밝혀졌을 때, 나는 그 사건의 자초지종이 곧 음탕한 풍자문으로 신문 지상을 장식하게 될 것이라고 생각했다. 하지만 캐서린은 뭔가 할 말이 있을 텐데, 한마디도 하지 않았다. 뿐만 아니라 그 부분에 관해서는 놀랄

만큼 자제심을 보였다. 고쳐 그린 눈썹 아래 결연한 눈빛으로 검시관을 똑바로 쳐다보며, 언니는 개츠비를 한 번도 만난 적이 없으며 결혼 생활은 원만했고, 또 결코 부정한 짓을 한 적이 없다는 것을 맹세했다. 그녀는 자신의 말에 확신을 가졌고, 항간의 소문에 참을 수 없다는 듯 울음을 터뜨려버렸다. 윌슨은 비탄에 빠진 나머지 미쳐버렸고 사건은 그저 치정에 얽힌 사고 정도로 매듭지어 졌다. 하지만 사건은 그대로 남아 있었다.

그러니 이는 모두 진실에서 널리 농떨어진 것으로 사건의 본질과는 거리가 있었다. 생각해보니, 나는 항상 개츠비 편이었다. 그런데 오로지 나 혼자만 그랬다. 그때 그 사건을 전화로 웨스트 에그 시내에 알렸더니 곧, 그와 관련된 온갖 억측이나 실질적인 질문이 나에게 쏟아졌다. 처음에는 놀라서 망설였지만 그의 사체가 집 안에 누운 채 움직이지도 않고 호흡도 멈추고 침묵하고 있는 그 시간이 길어짐에 따라, 점점 나에게도 책임이 있다는 생각이 들었다. 왜냐하면 다른 사람은 아무도 관심을 갖지 않았기 때문이다. 말하자면 결국 누구나 갖게 마련인 그 강한 호기심조차 가진 자가 없었기 때문이다.

개츠비가 발견되고 30분쯤 지나서 데이지에게 전화를 걸었다. 본능적으로 아무 주저 없이 전화를 한 것이다. 그런데 그녀와 톰은 그날 오후, 외출해버리고 없었다. 게다가 여행 가방까지 들고 나갔다고 했다.

「어디로 갔는지 모르나요?」

「네.」

「언제 돌아온다는 말도 없었나요?」

「없었어요.」

「혹시 어디로 갔는지 짐작 가는 데도 없나요? 어떻게 해야 연락이 닿죠?」

「몰라요. 잘 모르겠어요.」

나는 개츠비를 위해 누군가를 데려오고 싶었다. 그가 누워 있는 방에 가서 이렇게 말하며 안심시키고 싶었다. 「개츠비, 자네를 위해 누군가 데려오겠어. 걱정 말게. 나만 믿고 있으면 돼. 누군가 데려올 테니…….」

메이어 울프심의 이름은 전화번호부에 없었다. 집사가 브로드웨이에 있는 그의 사무실 주소를 가르쳐주어서 안내를 통해 알아봤는데, 내가 그 번호를 알아낸 것은 5시가 훨씬 지난 다음이라 아무도 전화를 받지 않았다.

「다시 한번 걸어주시겠어요?」

「세 번이나 걸었어요.」

「아주 중대한 일입니다.」

「죄송하지만, 아무도 없는 게 아닐까요?」

나는 응접실로 돌아왔다. 방 안에는 공무 집행을 하러 온 사람들로 가득 차 있었지만, 모두 스쳐 지나가는 방문객에 불과했다. 그들은 시트를 젖히고 놀란

  위대한 개츠비

토끼 눈으로 개츠비를 보았고, 개츠비는 줄기차게 이렇게 항의하고 있는 것 같았다.

「이봐 자네, 나를 위해 누군가를 데려와야 해. 힘껏 애써봐. 혼자서는 도저히 견딜 수가 없어.」

누군가 나에게 질문을 하기 시작했지만, 나는 그곳을 빠져나와 2층으로 올라가서 잠겨 있지 않은 그의 책상 서랍을 허둥지둥 뒤져보았다. 부모님이 돌아가셨다는 말을 확실하게 들은 적은 없지만 서랍에는 아무것도 없었다. 단지, 벽에 걸린 댄 코니의 사신반이 잊힌 거친 생활의 징표로서, 방 안을 내려다보고 있을 뿐이었다.

다음 날 아침, 울프심 앞으로 쓴 편지를 집사에게 들려 뉴욕으로 보냈다. 몇 가지 궁금한 것을 물어보고 다음 기차로 와주었으면 하는 내용이었다. 하지만 써놓고 보니, 안 해도 될 부탁을 한 것 같았다. 신문을 봤다면 꼭 올 것이다. 그리고 곧 데이지도 전화를 할 것이다. 그러나 데이지의 전화도, 울프심도 오지 않았다. 경찰과 카메라맨, 신문기자만 더 늘어났을 뿐이었다. 집사가 울프심의 답장을 가지고 돌아왔을 때, 나는 개츠비와 함께 그들 모두를 미워하고 경멸하지 않을 수 없었다.

친애하는 캐러웨이 씨. 이것은 내 평생 가장 끔찍한 충격이어서 정말 믿어지지가 않소. 그 남자가 저지른 미친 짓에 대해 우리는 모두 깊이 생각해봐야 할 거요. 미안하지만 나는 지금 갈 수가 없소. 아주 중대한 일에 묶여서 지금 이런 일에 신경을 쓸 여유도 없소. 나를 필요로 하

는 일이 있으면, 에드거에게 편지로 알려주시오. 소식을
들으니 정신이 혼미해지고 쓰러질 것 같은 심경이오.
　안녕히.
　　─메이어 울프심

그리고 짤막하게 밑에 덧붙였다.

　장례식 일정과 그 외 일을 알려주시오. 그의 가족에 대
　해선 전혀 아는 바가 없소.

　그날 오후 전화벨이 울렸다. 시카고에서 온 장거리전화라고
해서 분명 데이지로구나, 하고 생각했다. 그런데 전화 목소리
는 남자였고 가늘고 감이 멀었다.
　「나, 슬레글이오…….」
　「네?」 처음 듣는 이름이었다.
　「끔찍한 소식이죠? 내 전보 받았소?」
　「아뇨, 못 받았는데…….」
　「파크 녀석이 사고를 냈소.」 그는 급히 말했다.
　「그가 카운터 너머로 채권을 건네주다가 붙잡힌 거요. 그들
은 바로 5분 전에 번호를 알려주는 회람장을 뉴욕에서 받았소.
이 일로 뭔가 들은 것이 없소? 이런 시골에선 도무지 알 수가
없으니…….」
　「아, 여보세요!」 나는 숨 찬 목소리로 말을 가로막았다.
　「저……, 전 개츠비가 아닙니다. 개츠비는 죽었어요.」

 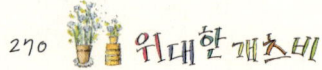

순간, 상대방은 잠잠해졌고 오랜 침묵이 흘렀다. 이윽고 절
규하는 소리가 들리더니 곧 뭐라고 투덜거리면서 전화가 끊어
졌다.

헨리 C. 개츠라고 서명된 전보
가 미네소타 주의 어느 마을에서
날아온 것은 개츠비가 죽은 지
3일째 되는 날이었다. 전보에는
곧 갈 테니, 자기가 도착할 때까지 장례식을 연기해달라는 내
용이 쓰여 있었다.

전보를 친 사람은 개츠비의 아버지였다. 그는 근엄해 보이
는 노인이었는데, 어찌할 바를 몰라 당황하는 모습이었다. 아
직 더운 기가 느껴지는 9월인데도 긴 싸구려 외투로 몸을 감싸
고 있었다. 감정이 너무 격해졌는지 눈에서는 끊임없는 눈물
이 흘러나오고 있었다. 양손에 들고 있던 봉투와 우산을 받아
들자, 얼마 되지 않는 허연 턱수염을 계속 쓰다듬는 바람에 외
투를 벗기느라 애를 먹었다. 그는 금방이라도 쓰러져 버릴 것
같았다. 우선 음악실로 데리고 가 의자에 앉히고, 사람을 시켜
먹을 것을 가져오도록 했다. 하지만 그는 아무것도 먹으려 하
지 않았고 손을 가늘게 떨더니 우유를 엎지르고 말았다.

「〈시카고신문〉에서 보았소.」 그는 말했다.

「〈시카고신문〉에서 보자마자 바로 출발한 거요.」

「어떻게 연락을 드려야 할지 몰랐습니다.」

그의 눈은 멍해져서 아무것도 보지 못할 텐데도 끊임없이

방 안을 두리번거렸다.

「미친놈이었어.」 그는 말했다. 「틀림없이 미쳤어.」

「커피 좀 드시겠어요?」 내가 권했다.

「아무것도 입에 대고 싶지 않아요. 이제 좀 괜찮소, 미스터…….」

「캐러웨이입니다.」

「그래요, 이제 괜찮아요. 지미(개츠비의 애칭)는 어디에 있죠?」

나는 그를 응접실로 데리고 갔다. 거기엔 그의 아들이 잠들어 있었다. 그를 아들 옆에 남겨두고 방을 나왔다. 몇몇 아이가 계단을 올라와 방 안을 엿보다가, 방금 도착한 사람이 개츠비의 아버지라고 얘기를 해주자 마지못해 돌아갔다.

잠시 후, 개츠 씨가 문을 열고 나왔다. 약간 벌어진 입술에, 불그스레한 얼굴을 하고 두 눈에서는 눈물이 방울져 뚝뚝 떨어지고 있었다. 그는 이제 이미 죽음이란 것도 덤덤하게 받아들일 수 있는 그런 나이였다. 그는 처음으로 주위를 돌아보았다. 높고 화려한 거실과 큰 방들이 그곳에서 다른 방으로 이어져 있는 것을 보고는 비탄에 잠긴 눈가에 경이로움과 뿌듯함을 나타내기 시작했다. 나는 그를 부축해서 2층의 침실로 데리고 올라갔다. 그가 코트와 조끼를 벗고 있을 때, 나는 모든 절차를 당신이 올 때까지 연기해두었다고 말했다.

「어떻게 하실지 잘 몰라서요, 개츠비 씨…….」

「내 이름은 개츠요.」

「개츠 씨, 유해를 서부로 가져갈 건가요.」

그는 머리를 저었다.

「지미는 언제나 동부를 더 좋아했소. 동부에서 이런 자리까지 올라섰고. 내 아들의 친구였나요? 미스터.」

「친한 친구였습니다.」

「앞길이 창창한 놈이었는데. 나이는 어려도, 여기가 빵빵했으니까.」

그는 자신의 머리에 손을 갖다댔다. 나는 고개를 끄덕였다.

「살아 있었으면 대단한 인물이 되었을 거요. 제임스 J. 힐(미국 철도를 부설한 금융가) 같은 사람 말이오. 나라를 건설하는 데 큰 역할을 했을 텐데.」

나는 「그렇습니다」 하고 말했지만, 마음은 좋지 않았다.

그는 수놓은 침대 커버를 손으로 더듬어 그것을 벗기고, 안으로 들어가 뻣뻣하게 누웠다. 그리고 곧 잠이 들었다.

그날 밤, 또 누군가에게서 전화가 걸려 왔는데 잔뜩 겁에 질린 목소리로 자신의 이름을 밝히기 전에 이쪽이 누구인지부터 물어보았다.

「캐러웨이라고 합니다.」 내가 말했다.

「아, 아!」 안심하는 것 같았다. 「나는 클립스프링거예요.」

나도 역시 마음이 놓였다. 개츠비의 무덤에 같이 갈 또 한 사람의 친구가 생겼구나 하고 생각했기 때문이다. 신문에 부고를 내서 구경꾼들을 많이 끌어들이고 싶지는 않았다. 그래서 두세 명의 사람에게 전화를 걸고 있었던 것이다. 하지만 그들은 좀처럼 찾기가 힘들었다.

「장례식은 내일입니다.」 나는 말했다.

「3시에 여기 집에서 합니다. 올 만한 사람이 있으면 그 사람들한테도 전해주세요.」

「아, 그렇고말고요.」 그는 큰 소리로 빠르게 말했다. 「아무도 만날 것 같진 않지만, 만나면 얘기하죠.」

그의 말투가 좀 의심스러웠다.

「물론, 클립스프링거 씨는 오시겠죠?」

「그래요, 어떻게든 가도록 해보죠. 그런데 내가 전화를 한 건…….」

「잠깐만요」 하고 나는 그의 말을 가로막았다. 「꼭 오시겠다는 말씀이겠죠?」

「저, 사실은…… 사실은 말입니다, 여기 그리니치빌리지(뉴욕의 남서부에 있는 지역)에 몇 사람하고 같이 머물고 있는데, 이 사람들이 내일 나와 같이 어딜 가고 싶어 해요. 어디 놀러 가거나 뭐, 그럴 계획이었거든요. 물론 될 수 있는 대로 빠져나오도록 해보겠지만.」

나는 참을 수가 없어서 그만 「흥!」 하는 콧소리를 내뱉고 말았는데, 그것을 들었는지 그가 신경질적으로 얘기를 계속했다.

「내가 전화한 건, 거기에 신발을 놓고 와서 그래요. 집사를 시켜 보내달라고 해도 될지 모르겠군요. 테니스 신발인데, 그게 없으면 곤란해요. 여기 주소는 B. F…….」

나는 다음 말은 듣지 않았다. 그리고 바로 수화기를 놓아버렸다.

 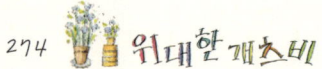 위대한 개츠비

그 다음 일로, 나는 개츠비에게 면목이 없어졌다. 내가 전화를 한 어떤 남자가, 개츠비는 그런 일을 당해도 싸다는 투로 말을 한 것이다. 어쨌거나 내가 잘못한 일이었다. 그 남자는 개츠비가 대접하는 술을 퍼마시고 그 술기운에 개츠비를 제일 신랄하게 비웃던 패거리였다. 그런 인간이라는 것을 진작부터 알고 있었는데 그만 전화를 하고 만 것이다.

장례식 날 아침, 울프심을 만나러 뉴욕으로 갔다. 그렇게 하지 않고는 달리 연락을 취할 방법이 없었기 때문이다. 엘리베이터 보이가 가르쳐주는 대로 밀고 들어간 문에는 〈스와스티카 주식회사〉라고 쓰여 있었다. 처음에는 그 안에 아무도 없을 것 같아 별 기대를 하지 않고, 「실례합니다」 하고 대여섯 번 큰 소리로 말했다. 그러자 칸막이 뒤편에서 둘이서 말다툼하는 소리가 들리더니, 얼마 있다가 예쁘장한 유대인 여자가 안쪽 문간에 나타나서 적의에 찬 검은 눈동자로 나를 빤히 쳐다보았다.

「아무도 없어요.」 그녀가 말했다. 「울프심 씨는 시카고에 가셨어요.」

아무도 없다는 건 거짓말임이 분명했다. 누군가 안에서 휘파람으로 음정도 안 맞는 〈로자리오〉를 불고 있었기 때문이다.

「캐러웨이라는 사람인데, 만나고 싶다고 좀 전해주세요.」

「지금 시카고에서 불러들일 수는 없잖아요, 안 그래요?」

그때 문 뒤편에서 「스텔라!」 하는 소리가 들렸다. 분명 울프심의 목소리였다.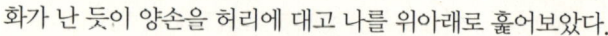

「이름을 써서 책상 위에 놓아둬요.」 그녀는 서둘러 말했다. 「돌아오면 전해드릴게요.」

「하지만 저 안에 있지 않습니까.」

그녀는 내게로 한 발자국 바짝 다가오더니, 화가 난 듯이 양손을 허리에 대고 나를 위아래로 훑어보았다.

「당신네 같은 애송이들은 항상 여기에 억지로 들어올 생각을 한단 말이야」 하고 그녀는 소리를 치기 시작했다. 「나는 이제 당신들의 그런 태도에 질렸어! 내가 시카고에 있다고 하면, 시카고에 있는 거예요!」

나는 개츠비 이름을 댔다.

「어머!」 그녀는 표정이 바뀌었다. 「잠깐 저…… 이름이 뭐라고 했죠?」

그녀는 문 뒤로 사라졌다. 곧이어 울프심이 근엄하게 문간에 서서, 양손을 내밀었다. 그는 사무실로 나를 끌고 가서, 정중한 목소리로 우리 모두에게 슬픈 일이라며 담배를 권했다.

「내가 그를 처음 만났을 때가 생각나는군.」 그는 말했다.

「제대한 지 얼마 안 된 젊은 소령이었지. 군복엔 전쟁 때 받은 훈장들을 잔뜩 달고 있었어. 그런데 군복만 계속 입고 있더군. 옷을 살 돈이 없었던 거야. 43번가에 있는 와인브레너의 공개도박장에 들어와서 일자리가 없는지 물어봤지. 그때 처음 만났어. 이틀 동안 아무것도 못 먹었다더군. 〈이리 와서 나랑 같이 점심을 먹지〉 하고 말했더니 30분 동안에 4달러어치 이

상이나 음식을 먹어치우더군.」

「당신이 그를 일하도록 했나요?」 나는 물었다.

「시작하게 했냐고! 그래, 내가 그를 키웠지.」

「아!」

「백지 상태인 그를 길러낸 거야. 완전히 밑바닥부터 말이지. 용모도 번듯했고 괜찮은 젊은이라는 걸 곧 알아봤지. 옥스퍼드를 나왔다고 했을 때, 쓸모가 있는 청년이라고 생각했어. 미재향군인회에 입회시켰는데 높은 자리를 맡더라고. 곧 나 대신 올바니에 가서 내 고객 일을 처리해주기도 하고. 우리는 무슨 일이건 그렇게 아주 사이가 좋았지.」 그는 볼록한 두 손가락을 쳐들어 보였다. 「항상 같이.」

나는 그런 협력으로 1919년 월드 시리즈 거래에 개츠비도 개입된 것이 아닌가 하는 의문이 들었다.

「이제, 그는 이 세상 사람이 아니에요.」 잠시 후 나는 말했다. 「당신이 제일 친한 친구였으니, 장례식에 참석하겠죠.」

「나도 가고야 싶지.」

「그래요, 그럼 오세요.」

그의 콧수염이 약간 떨렸다. 그리고 고개를 저었는데, 눈에는 눈물이 가득 고여 있었다.

「그게, 그럴 수가 없어……. 이 일에 개입할 수가 없다고.」 그는 말했다.

「개입할 일은 없어요. 이미 다 끝난걸요.」

「사람이 살해당했을 때는 어쨌든 개입하고 싶지 않아. 사건을 그냥 구경만 하고 싶어. 젊었을 때는 이렇지 않았어. 친구

가 죽으면 어떤 일이 있어도 놈들을 끝까지 물고 늘어졌지. 감
상적이라고 할지 모르지만, 정말 그랬어……. 최후까지 잔인
할 정도로.」

그는 그 나름대로 무언가 이유가 있어서 오지 못하는 것이
다. 그렇다는 것을 알았기 때문에, 나는 자리에서 일어났다.

「자네는 대학을 나왔나?」 별안간 그는 이렇게 물었다.

순간, 전에 언급했던 그 거래 얘기를 꺼내려고 하는 것인가
생각했으나 그는 그냥 고개만 끄덕이면서 악수를 할 뿐이었다.

「친구가 죽은 다음이 아니라 살아 있을 때 우정을 베푸는 걸
배우지 않겠나」 하고 그는 말했다. 「그 다음에는 무엇이든 놓
아주는 것이 내 원칙이야.」

사무실을 나오자 밖은 이미 어두워졌고, 나는 가랑비를 맞으
며 웨스트 에그로 돌아왔다. 옷을 갈아입고 개츠비의 집으로
가보니, 개츠 씨가 흥분한 상태로 거실을 왔다 갔다 하는 것이
눈에 들어왔다. 아들과 아들의 재산에 대한 뿌듯함에 한없이
들떠 있는 것 같았다. 그리고 나에게 무언가를 보여주었다.

「지미가 나한테 사진을 보냈소.」 그는 떨리는 손으로 지갑
에서 사진을 꺼냈다. 「자, 보시오.」

이 집을 찍은 사진인데 사진 모서리가 찢어져 있었고 여러
사람이 만지작거려서 손때가 묻어 있었다. 그는 구석구석을
세세하게 열심히 손가락으로 가리켜 보였다. 「자, 보시오!」 그
러고는 내 눈에 감탄의 빛이 나타나는지, 어떤지를 엿보았다.
사람들에게 너무나 많이 보여줘서 그런지 실제 자신이 서 있
는 집보다도 사진 쪽에 더 실감을 느끼고 있는 듯했다.

 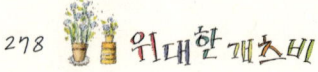

「지미가 이걸 보내줬다오. 아주 근사한 사진이지. 어때요, 잘 나오지 않았소?」

「아주 좋군요. 최근에 개츠비를 만난 일이 있으세요?」

「2년 전에 나를 보러와서, 지금 살고 있는 집을 사주었소. 물론 지미가 가출했을 때는 앞이 막막했지. 하지만 지금 생각해보니, 다 이유가 있었더군. 자기 앞에 큰 미래가 있다는 걸 안 거요.」

그는 사진을 집어넣는 것이 내키지 않는 듯 잠시 더 내 눈앞에서 어물어물했다. 이윽고 지갑을 닫고는 〈호펄롱 캐시디(카우보이를 주제로 한 소설)〉라는 너덜너덜해진 낡은 책을 주머니에서 꺼냈다.

「이것 봐요. 이건 그 애가 어렸을 때 갖고 있었던 책이오. 이걸 보면 잘 알 거요.」

그는 뒤표지를 열고, 내가 볼 수 있도록 책을 돌렸다. 책의 마지막 장에는 시간표라고 쓰여 있었는데 날짜는 1906년 9월 12일이었다. 그리고 그 밑에는 다음과 같이 적혀 있었다.

- 기상 : 오전 6시
- 아령체조와 암벽 타기 : 오전 6시 15분~6시 30분
- 전기학 공부 및 기타 공부 : 오전 7시 15분~8시 15분
- 일 : 오전 8시 30분~오후 4시 30분
- 야구와 스포츠 : 오후 4시 30분~5시

- 웅변술, 자세 연습 : 오후 5시~6시
- 발명을 위한 연구 : 오후 7시~9시

─결심─
- 샤프터스, 또는 ○○(무슨 단어인지 알아볼 수 없음)로 시간을 낭비하지 말 것.
- 금연, 씹는 담배도 하지 말 것.
- 이틀에 한 번씩 목욕할 것.
- 일주일에 한 권씩 유익한 책이나 잡지를 읽을 것.
- 일주일에 5달러(거의 지워져 있음)씩 저축할 것.
- 부모님께 더 잘할 것.

「우연히 이 책을 발견했죠.」 개츠비의 아버지는 말했다.

「이걸 보면 알겠죠, 안 그래요? 지미는 반드시 출세할 생각이었소. 항상 이런 결심을 하고 다녔으니까. 정신 수양을 위해 어떤 노력을 했는지 알겠죠? 그 점에 있어서는 정말 대단했다오. 언젠가 나보고 돼지처럼 먹는다고 하기에 때려준 적도 있었소.」

그는 책을 덮을 생각은 하지 않고 조목조목 큰 소리로 읽더니, 나를 빤히 쳐다보았다. 그 항목들을 복사라도 해서, 나 자신을 위해 써먹으면 좋을 텐데 하는 눈치였다.

3시가 조금 못 되어 루터교 목사가 플러싱에서 도착했다. 나는 무심결에 창밖을 내다보며 다른 차들이 왔는지 찾기 시작했다. 개츠비의 아버지도 마찬가지였다. 시간이 흐르고, 하인

 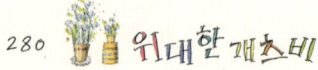 위대한 개츠비

들이 들어와서 거실에서 대기하자, 그의 눈은 불안한 듯 깜박거리기 시작했고, 초조한 표정으로 비가 오면 어쩌나 걱정을 하기도 했다. 목사도 자주 손목시계를 들여다보았다. 그래서 나는 목사를 한쪽 구석으로 데리고 가, 30분만 더 기다려달라고 부탁을 했다. 그러나 소용없는 짓이었다. 아무도 오지 않았다.

5시쯤, 세 대의 자동차 행렬이 묘지에 도착해선 문 옆에서 멈췄다. 빗줄기는 꽤 굵어지고 있었다. 제일 앞엔 비에 젖은 까만 영구차, 그 다음엔 개츠 씨와 목사, 내가 탄 리무진, 조금 떨어져서 네다섯 명의 하인과 웨스트 에그의 우편배달부가 게츠비의 스테이션 왜건에 타고 있었다. 모두 비에 흠뻑 젖어 있었다. 문을 들어서서 묘지 안으로 걷기 시작할 때, 갑자기 등 뒤에서 자동차 멎는 소리가 들리고, 이윽고 누군가가 뒤에서 철벅철벅 소리를 내며 급하게 뛰어오는 소리가 들렸다. 나는 뒤를 돌아보았다. 그 사람은 3개월 전 어느 날 밤, 개츠비의 도서실에서 수많은 책에 경탄하고 있었던, 올빼미 안경을 쓴 남자였다. 그날 이후 한 번도 만나지 못한 데다가 나는 그의 이름도 몰랐는데, 어떻게 장례식을 알고 왔는지 모르겠다. 그는 빗방울이 두꺼운 안경을 타고 흘러내리자 안경을 벗어 빗물을 닦은 후, 개츠비의 무덤을 덮고 있던 천막이 걷히는 것을 쳐다보았다.

나는 잠시 개츠비를 생각하려고 했다. 그러나 그는 이미 너무나 먼 곳으로 가 있었다. 다만 데이지가 조전도 보내지 않고, 꽃 한 송이도 보내지 않았다는 사실이 문득 생각났을 뿐이었다. 그렇다고 별로 원망스런 기분이 든 건 아니었다. 「비가 내리니 죽은 자에게 복이 있을지어다!」 하고 누군가 나지막이 중얼거리는 소리가 들렸다. 그러자 올빼미 안경의 남자가 우렁차게 「아멘!」 했다.

우리는 뿔뿔이 흩어져, 빗속을 뚫고 차 있는 데까지 서둘러 갔다. 올빼미 안경의 남자가 문 옆에서 나에게 말을 걸었다.

「집에 갈 수 없는 상황이었소.」 그가 말했다.

「아무도 오지 않았어요.」

「말도 안 돼!」 하며, 그가 펄쩍 뛰었다. 「괘씸한 사람들 같으니! 수백 명이나 거기에 놀러 갔으면서.」

그는 안경을 벗어서 안경알을 닦으며 말했다.

「불쌍한 사람이로군.」

내 머릿속에 아직도 떠오르는 생생한 기억 중의 하나는, 예비 학교 시절과 대학 시절, 크리스마스를 앞두고 서부로 돌아올 때의 일이다. 시카고보다 멀리 가는 친구들은 12월의 어느 날 저녁 6시에 낡고 어둠침침한 유니온 역에 모이곤 했다. 그리고 시카고에 사는 몇몇 친구도 휴가의 즐거움에 마냥 들떠, 서둘러 안녕을 고했다. 지금도 생생하다. 학교에서 돌아오는 털외투 차림의 여자 애들, 얼어붙은 입김을 토하면서 재잘거리는 말소리, 아는 사람을 보면 머리 위로 흔들어대던 손들. 「너 오드웨이의 집에 가니? 허시의 집에 가니? 슐츠의 집에 가

니?」 하면서 서로 물어보고, 그러면서도 기다란 초록색 기차표를 장갑 낀 손에 꼭 쥐고 있었다. 그리고 마지막으로 출입구 옆 선로에 자기 자신이 마치 크리스마스라도 되는 양 밝은 모습으로 서 있던 시카고, 밀워키, 세인트폴행의 누런 열차.

기차는 역을 빠져나와 겨울밤 속으로 돌진하기 시작하고, 하얀 눈이 우리의 눈 가까이에 확 펼쳐지면서 창가에 반짝이기 시작한다. 위스콘신의 작은 역들을 비추는 희미한 불빛이 열차 옆을 스쳐 가면 갑자기 대기 속에서 예리하고도 야생적인 기운이 느껴진다. 저녁 식사를 마치고 싸늘한 복도를 지나 좌석으로 돌아오면서, 우리는 그 공기를 깊이 들이마시고 잠시 형용할 수 없는 이곳과의 일체감을 느끼다가 이내 그 공기 속으로 완전히 녹아버리는 것이다.

이것이 내 머릿속에 있는 나의 중·서부다. 밀밭이나 대초원, 소멸돼버린 스웨덴 사람들의 마을을 의미하는 것이 아니라, 설레는 어린 마음으로 기다리던 귀성열차, 서리 내린 밤, 거리를 비추는 등불과 썰매의 종소리, 불 밝힌 창문 너머로 눈 위에 드리워지는 크리스마스 장식 꽃다발 그림자를 말하는 것이다. 나는 그 일부였으며, 그 긴 겨울의 감촉에 약간 숙연해지기도 했다. 몇십 년에 걸쳐 여전히 가족들 이름으로 집을 부르는 그런 도시의 캐러웨이 가문에서 자란 것을 생각하면 어깨가 으쓱해지기도 한다. 그러나 이건 서부의 이야기다. 톰과 개츠비, 데이지와 조던, 그리고 나는 모두 서부 사람이다. 그 때문일 것이다. 모두 하나같이 공통적으로 어떤 결함이 있어서 동부의 생활에 완전히 적응할 수 없었던 것이리라.

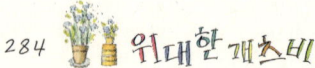

284 위대한 개츠비

동부를 몹시 동경하고 있었을 때조차도 또 오하이오 저편,
따분하게 대자로 누워 부풀어 있는 서부 마을, 아이들과 노인
들만 빼고 모두 시시콜콜하게 남의 일 캐기를 좋아하는 그 마
을에 비해 동부 쪽이 훨씬 우월하다는 것을 확신하고 있었을
때, 그때조차도 나에게 있어서 동부는 여전히 뒤틀린 면을 갖
고 있었다. 특히 웨스트 에그는 더 기괴한 꿈이 되어 나타났
다. 엘 그레코가 그린, 밤의 풍경을 보는 것 같았다. 평범한 집
인가 생각하면, 괴상한 수백 채의 집들이 하늘 아래 음울하게
늘어서 있었다. 광택 없는 달빛 아래에 웅크리고 있는 것이다.
그 앞에는 야회복을 입은 네 명의 남자가 진지한 얼굴로 들것
을 들고 가고 있었다. 들것에는 새 이브닝드레스를 입은 여자
가 고주망태가 되어 누워 있었다. 옆으로 축 늘어진 손에 낀
진주는 차갑게 빛나고 있었다. 남자들은 모두 엄숙한 얼굴로
어떤 집에 들렀다. 그러나 집을 잘못 찾았는지 주인은 여자를
보고 고개를 저었다. 아무도 여자의 이름을 몰랐고, 누구도 알
려고 하지 않았다.

　개츠비가 죽은 후, 나를 매혹시켰던 동부는 그렇게 유령처
럼 떠올랐고 내 눈의 힘으로는 어떻게 할 수 없을 정도로 뒤틀
려 있었다. 그래서 마른 나뭇잎을 태우는 연기가 파
랗게 하늘로 올라갈 무렵, 줄에 걸린 젖은 빨래가
바람에 빳빳하게 마를 무렵, 나는 고향으로 돌아
가기로 결심했다. 그런데 떠나기 전에 해야 할
일이 하나 남아 있었다. 귀찮고 내키지 않는
일로, 그대로 방치해두는 편이 좋았을지도 모

른다. 그러나 일을 마무리하고 싶었다. 저 마음 좋은 듯하면서
도 무심한 바다가 내가 남기고 가는 쓰레기를 쓸어가 버리도
록 두기는 싫었다.

나는 조던 베이커를 만나서 그동안 일어났던 일과 그 후 내
가 경험한 일 등 많은 것을 얘기했다. 그녀는 커다란 의자에
기댄 채 꼼짝도 않고 귀를 기울였다. 골프복 차림의 그녀의 모
습이 한 폭의 그림 같다고 생각했던 것이 지금도 기억이 난다.
턱을 약간 거만하게 들었는데, 머리카락은 가을 나뭇잎 색이
었고 얼굴은 무릎 위에 놓은 손가락 없는 장갑과 같은 갈색 빛
이었다. 내 말이 끝나자 그녀는 아무 말도 덧붙이지 않고, 다
른 남자와 약혼했다고 말했다. 〈정말일까?〉 하긴, 그녀에게는
긍정의 뜻으로 머리만 끄덕이면 결혼할 수 있는 상대가 대여
섯 있기는 했다. 그래도 나는 깜짝 놀라는 척했다. 〈이 여자와
헤어지다니, 내가 잘못하는 것은 아닐까〉 하고 잠깐 생각했지
만 곧 생각을 고치고 자리에서 일어나 작별을 고했다.

「어쨌든 당신은 날 버렸어요.」 조던이 불쑥 말했다.

「전화로 날 버렸어요. 지금은 당신에 대
해 아무런 미련도 없지만, 새로운 경험이
었죠. 그래서 잠시 정신이 아찔했어요.」

우리는 악수를 했다.

「참, 기억해요?」 그녀는 덧붙였다. 「언
젠가 운전 문제로 얘기했던 것?」

「글쎄, 잘 기억은 안 나지만……」

「이렇게 말했죠? 조심성 없는 운전자는

위대한 개츠비

다른 조심성 없는 운전자를 만나기 전까지만 안전하다고. 그래요, 그런 운전자를 만난 거예요. 그렇죠? 제가 경솔했다는 말이에요. 당신에 대해 그런 잘못된 생각을 하다니. 당신은 성실하고 솔직한 사람이라고 생각했어요. 그것이 당신의 감춰진 장점이라고 생각했죠.」

「나는 서른 살이에요.」 내가 말했다. 「다섯 살이나 더 나이를 먹으면, 자신에게 거짓말도 할 수 없고 그것이 명예라는 말도 못 하죠.」

그녀는 대답하지 않았다. 화가 나서, 그래도 반쯤은 그녀를 사랑하면서, 섭섭한 느낌을 가지고 나는 발길을 돌렸다.

10월 하순 어느 날 오후, 나는 우연히 톰을 만났다. 그는 활동적이고 도전적인 걸음걸이로 5번가를 지나며 내 앞을 걸어가고 있었다. 자신의 걸음을 방해하는 것과 싸우며 격퇴하듯이 양손을 몸에서 조금 앞으로 내밀고 눈길이 가는 대로 머리를 휙휙 돌리며 걸어가고 있었다. 그를 앞지르는 것을 피하려고 보조를 늦추는데, 도중에 그는 보석상의 유리창에 얼굴을 대고 눈살을 찌푸리며 들여다보기 시작했다. 그러더니 쇼윈도로 나를 봤는지 갑자기 한 손을 내밀었다.

「어떻게 된 거야, 닉? 나랑은 악수도 하기 싫은가?」

「그래. 내가 자네를 어떻게 생각하는지, 알고 있지 않나?」

「자네 돌았나, 닉?」 그는 놀라며 말했다. 「자네 머리가 이상해진 것 같아. 도대체 어떻게 된 거야? 도무지 모르겠네.」

「톰!」 하고 나는 물었다.

「자네, 그날 오후 월슨에게 뭐라고 말했나?」

그가 입을 다문 채 뚫어지게 나를 쳐다보았기 때문에, 행방이 묘연했던 그 시간에 대한 나의 추측이 옳았다는 것을 알았다. 나는 몸을 돌려 걷기 시작했는데, 그는 바로 뒤를 쫓아와 내 팔을 잡아당겼다.

「사실을 얘기했을 뿐이야」라고 그는 냉정하게 말했다.

「우리가 외출할 준비를 하고 있는데, 문간에 나타났어. 없다고 말하려고 했지만, 억지로 2층까지 쳐들어온 거야. 그는 제정신이 아니었어. 차 주인을 대지 않았으면 분명 나를 죽였을 거야. 주머니의 권총을 손으로 만지작거리고 있었어…….」

그는 꿀릴 게 없다는 태도로 말을 중단했다.

「얘기한 게, 뭐가 어떻다는 거지? 그 개츠비라는 놈, 자신이 그렇게 만든 거야. 놈이 자네 눈을 멀게 했군. 마찬가지로 데이지의 눈도 멀게 했어. 하지만 그 자식 겁도 없더군. 마치 개새끼를 치듯이 머틀을 쳐놓고, 차를 멈추지도 않았으니.」

나는 할 말이 없었다, 그것은 사실이 아니라는 말밖에는. 하지만 입 밖으로 낼 수는 없었다.

「나는 고통받지 않았다고 생각하나? 이봐, 내가 뉴욕의 아파트를 처분하러 갔을 때, 그놈의 개가 먹던 비스킷 상자가 찬장 위에 놓여 있는 것을 보고 그만 털썩 주저앉아 어린애처럼 울었다고. 정말 끔찍했어…….」

톰을 용서할 수도, 좋아할 수도 없었다. 그러나 그의 행위는, 그의 입장에서는 완전히 정당한 것이었음을 알았다. 모든 것이 너무 경솔했고 혼돈스러웠다. 그들, 톰과 데이지는 책임

 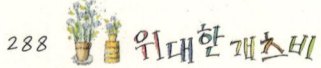

을 모르는 인간들이었다. 사물이든 사람이든 간에 산산조각을 내버리고는 그들의 돈, 혹은 둘을 같이 있게 하는 것이라면 무엇이든, 그 속으로 숨어버리는 것이다. 그리고 자신들이 어질러놓은 쓰레기를 다른 사람이 치우도록 만들었다.

나는 손을 내밀어 악수를 했다. 그렇게라도 하지 않으면 나 자신이 바보라도 된 것 같았다. 마치 어린아이와 얘기하고 있는 것 같았기 때문이다. 이윽고 내 촌스러운 깐깐함에서 영원히 벗어나 진주 목걸이를 사기 위해, 아니면 그냥 커프스단추나 샀을지 모르지만 어쨌든 보석상 안으로 들어갔다.

내가 마을을 떠날 때도 여전히 개츠비의 집은 비어 있었다. 잔디의 풀은 방갈로 집 뜰 못지않게 지저분했다. 마을의 한 택시 운전사는 정문 앞을 지날 때마다, 잠깐 멈춰 서서 꼭 안을 손으로 가리켰다. 아마 사건이 있었던 날 밤, 데이지와 개츠비를 이스트 에그까지 실어다 주었던 운전사인 모양이다. 그는 나름대로 온갖 상상을 동원해 이야기를 꾸며냈을 것이다. 나는 그것을 듣고 싶지 않아서 기차에서 내려도 일부러 그의 차는 피했다.

토요일 밤은 주로 뉴욕에서 지내곤 했다. 옆집 정원에서 열렸던 그 현란한 파티가 너무나도 생생하여, 오케스트라의 지칠 줄 모르는 음악 소리, 웃음소리, 차도를 왔다 갔다 하는 자동차 소리가 여전히 들려오는 것 같았기 때문이다. 어느 날 밤, 그곳에서 오랜만에 진짜 자동차 소리가 들려서 고개를 내밀어 보니, 자동차 불빛이 현관의 계단 앞에서 멈춰 있었다. 그러나 나는 자세히 살펴보지는 않았다. 아마, 어딘가 먼 곳에 가 있다가 파티가 그친 줄도 모르고 들른 마지막 손님이리라.

떠나기 전날 밤, 나는 짐을 싼 후에 자동차를 식료품점에 팔아버리고 나서 밖으로 나갔다. 그리고 모순된 실패의 산물인 그의 집을 다시 한번 둘러보았다. 하얀 계단에는 아이들이 벽돌 조각으로 낙서한 욕설이 달빛을 받아 선명하게 드러나 있었다. 나는 낙서를 구두 바닥으로 비벼, 지워버렸다. 그리고 해변 쪽으로 슬슬 걸어 내려가, 모래 위에 두 다리를 뻗고 벌렁 드러누웠다.

해변가의 큰 저택들은 대부분 문이 굳게 닫혀 있었다. 불빛이라곤 바다 건너 연락선의 희미하게 움직이는 등불뿐이었다. 그리고 달이 더 멀어지면서 보잘것없는 집들은 하나둘 사라지기 시작했고 내 머릿속엔 오래전 네덜란드 선원들의 눈을 감탄하게 했던 옛 섬, 싱싱한 초록빛 가슴과 같은 신대륙이 서서히 떠올랐다. 그 섬의 사라진 나무들, 개츠비의 집으로 향하는 길을 열어준 나무들은 한때, 인간의 온갖 꿈 중에서도 가장 크고 가장 위대한 꿈을 귓가에 속삭였을 것이다. 한순간 인간은 이 대륙의 존재 앞에 넋을 잃고 숨을 죽였을 것이다. 역사상 가장 크고 가장 경이로운 것을 앞에 두고 상상도 할 수 없고 이해할 수도 없는 아름다움 속으로 저도 모르게 이끌려 갔으리라.

나는 거기에 앉아 옛 미지의 세계를 곰곰이 생각하다가, 개츠비가 데이지의 집 부둣가에서 처음으로 그 푸른 불빛을 보았을 때, 그 놀라움이 어떠했을까를 생각해보았다. 그는 이 파

 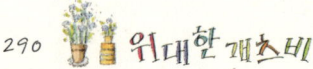 위대한 개츠비

란 잔디까지 먼 길을 걸어왔고, 이제 그의 꿈은 바로 코앞에 다가와 도저히 놓치려야 놓칠 수 없는 존재가 된 것이다. 그는 그 꿈이, 이미 대륙의 어두운 평원이, 밤하늘 아래 넘실거리는 도시 저편의 망막한 어둠 속으로 영원히 사라져버린 것을 몰랐던 것이다.

개츠비는 그 푸른 불빛을 믿고 있었고, 해마다 우리 앞에서 뒷걸음질 치는 황홀한 미래를 믿고 있었다. 그것은 그때 우리를 피해 갔지만 그런 것은 문제가 안 된다. 내일이 되면 우리는 더 빨리 달릴 것이고, 더 멀리 팔을 뻗을 것이다. 그 어느 해맑은 날 아침에…….

그렇게 우리는 과거 속으로 끊임없이 밀려가면서도 흐름을 거스르며 배를 띄우고, 파도를 가르는 것이다.

작품 해설

　문학작품에서 제목이 차지하는 비중을 논할 때 프랜시스 스콧 피츠제럴드의 『위대한 개츠비(The Great Gatsby)』를 빼놓을 수 없다. 『위대한 개츠비』라는 제목에 이끌린 독자라면, 책을 다 읽고 난 후에 개츠비의 위대성에 공감하고 싶을 것이다. 하지만 책을 읽고 난 후에도 여전히 개츠비가 어째서 위대하다는 건지 답을 찾지 못한다면, 당연히 작품에 대한 이해와 공감에도 실패할 가능성이 높다. 오히려 제목에 낚였다는 낭패감까지 더해지면서 그 작가에 대한 반발감은 더 커질 것이다.

　"대체 뭐가 위대하다는 건가? 가치 없는 여자를 위해 온갖 고생을 하며 돈을 벌고 성공까지 했는데 결국 허망하게 죽어버린, 그런 인생이 뭐가 위대하다는 건지……."

　오랫동안 우리나라 성마른 남성 독자들의 볼멘소리는 꽤 높았다. 특히나 젊은 남성 독자들한테는 공감 제로에 가까울 만큼 악평이 높았다. 사실 이 책의 제목은 저자인 피츠제럴드가

지은 것이 아니라 출판사가 개입해 선정한 것이다. '황금 모자를 쓴 개츠비(Gold-hatted Gatsby)', '높이 뛰어오르는 연인(High-bouncing Lover)', '거지와 백만장자 사이에서', '웨스트 에그의 트리말키오', '웨스트 에그로 가는 길', '인생 역전을 이룬 남자의 사랑' 등이 제목 후보군에 있었지만 결국 출판사에서 주장한 '위대한 개츠비(The Great Gatsby)'가 낙점되었다.

작가가 지은 제목이 아니니 작가에게 불만을 토로하지 말라는 변호가 아니다. 이 작품이 가진 문학적 가치와 의미를 작가 본인도 크게 염두에 두지 않았던 것 같다. 이 책이 출간될 당시 판매는 극히 저조했다. 피츠제럴드의 첫 작품인 『낙원의 이쪽(This Side of Paradise)』에 훨씬 못 미쳤으니 말이다. 하지만 작가 사후에 작품이 재평가되면서 이 책은 제목이 가진 위대성을 획득한다.

『위대한 개츠비』는 미국의 20세기를 대표하는 소설로 미국 고등학생들이 배우는 영문학 교과서에 수록되어 있다. 미국 국민이라면 한 번쯤 이 책을 읽는다는 이야기다. 그리고 할리우드에서 이 책을 영화로 제작한 횟수만 총 6회, 이 책이 가진 의미와 비중을 짐작할 수 있다. 하지만 국내 독자들에게서는 이 책에 대한 관심과 공감, 이해를 이끌어내는 데 역부족이었던 게 사실이다. 최근에 와서 저작권 보호 기간이 만료되면서 번역 붐이 일어나더니, 디카프리오 주연의 영화까지 개봉되자 자연스럽게 이 책에 대한 관심이 높아졌다.

비록 저자 생전에는 제대로 평가받지 못했으나 오늘날 이 책은 가장 미국적인 소설로, 나아가 세계 문학의 고전 반열에 올랐다. 현재 이 책이 차지하는 비중은 가히 독보적이다. '미국 대학생 선정 20세기 100대 영문 소설 1위', '모던 라이브러리 선정 20세기 100대 영문학 2위', '미국대학위원회 추천 서양 고전 100선' 외에도 각국의 권위 있는 언론에서 뽑은 명저에 이 책이 순위를 차지하고 있다.

소설의 줄거리는 간단하지만 정작 소설 속 주인공의 등장은 늦는다. 이 때문인지 처음 소설을 읽는 독자들은 지루해한다. 이 작품은 총 9장으로 구성되어 있는데 주인공 개츠비는 4장부터 나온다. 개츠비 등장 이전까지는 일인칭 화자인 닉 캐러웨이의 이야기를 통해 개츠비의 존재를 드러내는 데 그친다.

닉의 옆집에 사는 개츠비는 어마어마한 대저택의 소유자로, 그 저택에서는 여름 내내 화려한 파티가 성대하게 열린다. 그런데 파티에는 낯선 사람들만 진창 마시고 춤추며 즐길 뿐 정작 주인의 모습은 보이지 않는다. 사람들 사이에서 개츠비는 소문만 무성한 수수께끼 같은 인물이다. 닉의 시선으로 개츠비를 바라보는 만큼 이 소설은 객관적 입장을 견지한다.

가난한 중서부 출신인 개츠비는 빈농의 아들이지만 어릴 때부터 '신의 아들'을 자칭하는, 성공의 야심을 품고 있는 인물이다. 그런 그가 제1차 세계대전 때 미 육군 장교로 근무하던 중 우연히 상류층 가문의 데이지를 만나 사랑하게 된다. 하지만 개츠비가 유럽 전선으로 떠나자 데이지는 연인을 기다리지 못하고 곧 시카고 출신의 돈 많은 톰 뷰캐넌과 결혼한다. 전선

 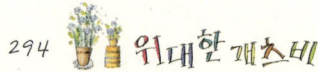 위대한 개츠비

에서 돌아온 개츠비는 그녀가 이미 다른 사람의 아내가 되었다는 사실을 알게 되지만 첫사랑을 다시 찾기 위해 갖은 수단과 노력으로 재산을 모은다. 자신을 사랑하면서도 데이지가 톰과 결혼할 수밖에 없었던 이유가 자신의 가난 때문이었음을 절감한 개츠비는 더욱더 성공과 부에 집착한다. 그는 첫사랑을 끝내 잊지 못하여 결국 5년 동안 불법 사업으로 돈을 번 후 데이지가 있는 곳 근처에 집을 산다.

여성 편력이 심한 톰에게는 머틀 윌슨이라는 정부가 있고 데이지는 이 사실을 알고 있으면서도 물질적 풍요와 안락함 때문에 톰의 곁을 떠나지 못한다. 이러한 상황에서 개츠비가 나타난 것이다. 개츠비는 데이지를 되찾기 위해 우연을 가장해 톰과 데이지를 만난다. 개츠비와 데이지의 사랑은 다시 불탔으며 데이지의 결정이 남은 상황에서 예기치 않은 교통사고가 일어난다. 아내의 부정을 알게 된 머틀의 남편 윌슨이 서부로 가자고 채근하자 광란 상태에 빠진 머틀이 거리로 뛰쳐나가다 데이지가 운전하는 차에 치여 사망한 것이다. 머틀이 교통사고로 죽자 윌슨은 아내를 죽인 사람을 찾아 나서는데, 머틀을 죽인 사람이 개츠비라고 착각한 톰은 윌슨에게 개츠비의 집을 가르쳐준다. 이로써 자기 가정의 위험인물을 제거할 기회로 삼는다. 개츠비는 자기 집 수영장에서 윌슨의 총을 맞고 젊은 나이에 안타까운 최후를 맞는다.

『위대한 개츠비』는 소설이지만 놀라운 시적 감각을 보여주는 한편 작가 피츠제럴드의 자전적 분위기가 짙은 작품이다.

피츠제럴드는 작품 대부분의 소재를 자신이 직접 체험한 일이나 자신의 주변에서 일어났던 사건에서 얻었다.

작가 피츠제럴드를 평생 사로잡은 것은 열망, 문학, 프린스턴, 젤다 세이어, 그리고 알코올이었다. 그는 1896년 미국 미네소타 주 세인트폴에서 태어났다. 그의 원래 이름은 프랜시스 스콧 키 피츠제럴드였다. 이 이름은 미국의 국가인 〈성조기여 영원하라〉를 작사한 아버지 쪽 먼 친척의 이름을 딴 것이다. 그의 아버지는 메릴랜드 출신으로 옛 남부의 전통적 가치를 존중하던 사람이었으며, 외가는 식료품 도매업으로 큰돈을 벌어 세인트폴에서는 알아주는 집안이었다. 가구업을 하던 아버지의 사업 실패로 피츠제럴드는 뉴욕 주 버펄로, 시러큐스 등에 이주하여 가난한 어린 시절을 보냈다. 7세 때 고향으로 돌아와 초등교육을 받는데 13세 때 단편소설을 발표할 정도로 문학적 재능이 뛰어났다. 15세 때 그는 뉴저지 주의 가톨릭계 중학교인 뉴먼 스쿨에 진학한다. 이곳에서 그는 그의 초기 지적 단계에 중요한 인물인 시고니 페이 신부를 만난다. 페이 신부는 피츠제럴드의 남다른 문학적 자질을 알아보고 그에게 문학적 야망을 갖도록 독려하며 지적 안내자 역할을 해주었다. 페이 신부와의 돈독한 관계 때문인지 학업에 별다른 열의가 없었던 피츠제럴드였지만 문학 수업만은 계속하여 학교신문에 단편소설을 연달아 발표한다.

17세 때 프린스턴 대학에 진학한 그는 학업보다는 문학과 연극 활동에 골몰하여 단편소설과 희곡, 시를 발표하면서 연극과 문학 서클에서 두각을 나타낸다. 하지만 성적 부진으로

대학을 중퇴한다. 이 무렵 그의 삶에서 결코 잊을 수 없는 최초의 불행이 닥친다. 결혼을 약속했던 첫사랑인 부잣집 딸 지니브러 킹으로부터 가난하다는 이유로 결별당한 것이다.

1917년 말 군에 입대한 그는 이듬해 앨라배마에 배치된다. 여기서 대법원 판사의 딸인 젤다와 만나 운명적인 사랑에 빠진다. 1919년에 제대한 후 젤다와 약혼했으나 다시 가난을 이유로 파혼당한다. 실의에 빠진 그는 직장을 사직하고 고향으로 돌아가서 첫 장편소설 『낙원의 이쪽』을 탈고한다. 이 작품이 성공을 거두자 그는 젤다에게 다시 청혼하여 결혼한다.

코네티컷에 잠시 정착했던 그는 첫 단편집 『말괄량이 아가씨와 철학자들(Flappers and Philosophers)』을 출판한 후 뉴욕으로 진출한다. 26세에 발표한 장편소설 『저주 받은 아름다운 사람들(The Beautiful and Damned)』과 두 번째 단편집 『재즈 시대의 이야기들(Tales of the Jazz Age)』이 거듭 성공을 거두면서 경제적 여유를 얻게 되자 그는 뉴욕의 롱아일랜드에 이주하여 호화로운 생활을 시작한다. 1923년 뉴저지에서 공연된 장편 희곡 「채소(The Vegetable)」가 흥행에 실패하여 다시 어둠이 깃드는 듯했으나 20대 중반의 그는 이미 전 미국 출판계가 탐내는 유명 작가의 반열에 올라 있었다.

열병처럼 유럽으로 흘러들어 가는 당시 미국 젊은 예술가들을 따라 28세 때 프랑스로 거주지를 옮긴 그는 파리에서 그의 대표작이 된 세 번째 장편소설 『위대한 개츠비』를 쓴다. 이듬해 이 소설이 발표되자 세계 문단의 요란한 주목을 받게 된 그는 방탕한 생활로 치닫는다. 아내 젤다 역시 파리에서 젊은 조종사와 놀아나는 등 가정불화 속에 정신이상 증세를 보인다. 그는 이런 생활 속에서도 경제력을 지탱하기 위한 창작 활동만은 투철하게 지켜나간다.

1926년, 30세가 된 그는 세 번째 단편집『모든 슬픈 젊은이들(All the Sad Young Men)』을 출간한 후 미국으로 돌아와 할리우드 영화사에 일자리를 구한다. 그러나 이번에는 그가 여배우와 애정 행각을 벌여 젤다의 신경쇠약이 악화된다. 잠시 스위스에서 정신 치료를 받은 젤다는 병중에 장편소설『나를 위해 왈츠를 남겨주오(Save Me the Waltz)』를 발표하는데, 1932년부터는 아예 정신병원 신세를 지게 된다.

어느덧 30대 후반에 이른 피츠제럴드는 1934년 네 번째 장편소설『밤은 부드러워(Tender Is the Night)』를 발표한 후 단편소설을 계속 집필하면서 아내를 위한 요양 생활을 꾸려나간다.

1940년, 44세가 된 그는 41세 때부터 사귄 여성 영화 칼럼니스트 셰일러 그레이엄의 아파트에서 심장 발작을 일으켜 사망한다. 미완성 유작인 다섯 번째 장편소설『마지막 거물(The Last Tycoon)』을 끝으로 짧은 생애였지만 장편소설 5편과 희곡 1편, 160편에 달하는 방대한 단편소설들을 남겼다. 젤다는 그가 죽고 8년 후 정신병원에서 일어난 화재로 딸 하나를 남긴 채 사망했다.